KAMPENWAND
VERLAG

ISBN: 978-3986601461

© 2024 Kampenwand Verlag
Raiffeisenstr. 4 · D-83377 Vachendorf
www.kampenwand-verlag.de

Versand & Vertrieb durch Nova MD GmbH
www.novamd.de · bestellung@novamd.de · +49 (0) 861 166 17 27

Text: Thomas Herzberg
Bilder: Shutterstock: Vector Tradition, Nejron Photo, Evannovostro, brickrena
Druck: CUSTOM PRINTING
Wał Miedzeszynski 217, 04-987 Warszawa, Polen

THOMAS HERZBERG

ZWISCHEN MORD UND OSTSEE

NASSES GRAB

DAS BUCH

Am Ostseestrand der Halbinsel Holnis, Dänemark in Sichtweite, wird die schrecklich entstellte Leiche eines Mannes gefunden. Eine Hiobsbotschaft, die kurz vor Start der neuen Urlaubssaison zahlende Gäste abschrecken könnte. Somit ist bei den Ermittlungen Leisetreten angesagt.

Ina Drews und Jörn Appel – das neue Team der Flensburger Mordkommission – kommen da gerade recht. Aber schon ihr erstes Aufeinandertreffen endet im Eklat, wofür es gute Gründe gibt.

Während sich die beiden widerwillig zusammenraufen, geht es mit den Ermittlungen anfangs erfreulich schnell voran. Doch mehr und mehr versinkt alles sicher Geglaubte in einem Strudel aus Lügen und Halbwahrheiten. Hinzu kommt Druck von oben, mit dem sich Ina und Jörn noch zusätzlich herumschlagen müssen. Dabei gerät selbst der Mordfall zeitweise in Vergessenheit …

Zwischen Mord und Ostsee - Ein Tippfehler? Keineswegs! Vielmehr definiert diese Schreibweise, wo genau die Kommissare Ina Drews und Jörn Appel auf die Jagd nach Mördern gehen. Zwischen den Meeren, wo Wind und Wetter einen auf die Probe stellen, die meisten Leute nicht besonders redselig sind, und wo das Land so flach ist, dass man morgens schon sehen kann, wer mittags zu Besuch kommt. Eine Landschaft, in die man sich einfach verlieben muss.

Für meinen besten Freund Udo.
Verdammt ... wir hatten zusammen noch so viel vor!

PROLOG

Kommt schon, wir schmeißen die Scheißkerle einfach über Bord. Na, los ... packt mit an!

Zuerst glaubte er noch, sich verhört zu haben. Schließlich war er gerade erst aufgewacht. In seinem Kopf drehte sich alles und vermischte sich mit aufsteigender Übelkeit, die in seinem Magen wie Feuer brannte. Er lauschte angestrengt, war sich inzwischen nicht mal mehr sicher, ob er diese seltsame Aufforderung wirklich gehört hatte. Vielleicht handelte es sich ja nur um das Überbleibsel eines wirren Traums.

Hoffte er zumindest, bis über ihm an Deck Gepolter zu hören war. Dazu leise Stimmen, die er weder richtig verstehen noch jemandem zuordnen konnte. Im spärlichen Licht, das durch eins der beiden Bullaugen über seiner Pritsche fiel, konnte er die Uhr neben sich schemenhaft erkennen. Fast Mitternacht. Um diese Zeit hätte sich der Kutter eigentlich in voller Fahrt auf dem Weg zur Flensburger Außenförde befinden sollen. Aber das war definitiv nicht der Fall, denn der Dieselmotor schnurrte im Bauch des Schiffes nur vor sich hin.

„Dann geht mir gefälligst aus dem Weg! Ich schmeiß die beiden selbst ins Wasser!"

Dieses Mal hatte er es eindeutig gehört. Kein Traum also. Wer genau dort jemanden ins Wasser werfen wollte, war ihm immer noch nicht klar. Wie auch, bei dem Wetter? Ein paar Stunden zuvor stand im Hafen gerade das Ablegemanöver an, da kam eine Sturmwarnung vom Deutschen Wetterdienst rein. Unter normalen Umständen hätten sie die Fahrt abblasen müssen. Schon allein aus Sorge um das Wohl von Mensch und Maschine. Doch bei der brisanten Fracht, die sie an Bord hatten, war das völlig ausgeschlossen. Schließlich wurden sie erwartet. Alles war minutiös geplant.

„Na endlich!", drang ein Schrei mit Wind und einsetzendem Sprühregen durch das nur spaltweit geöffnete Bullauge. Einen Atemzug später landete etwas, von lautem Klatschen begleitet, in der eiskalten Flensburger Förde.

Inzwischen hatte er sich aufgerappelt und kniete auf der Pritsche. Sein Kopf fühlte sich an, als würde darin jemand Karussell fahren. Um halbwegs in der Senkrechten zu bleiben, musste er sich festhalten. Und er hatte es eben erst geschafft, sich nach vorne zu beugen, als drei, höchstens vier Meter entfernt erneut etwas ins Wasser klatschte. Natürlich hatte er so schnell nicht erkennen können, worum es sich dabei handelte. Irgendwas Dunkles, von der Größe eines … Nein … so genau hatte er nicht hingesehen. Nicht mal seinen Ohren, die einen angsterfüllten Schrei vernommen haben wollten, traute er.

Eine Stimme, die über ihm an Deck zu hören war, konnte aber selbst er nicht ignorieren: „Bist du völlig bekloppt? Du kannst nur hoffen, dass keiner was mitgekriegt hat."

Dass mit ›keiner‹ insbesondere er gemeint war, störte ihn nicht. Vielmehr ärgerte es ihn, dass er nicht heraushören konnte, wer genau dort sprach. Dafür waren nicht nur Wind und Wetter verantwortlich, sondern auch sein Schädel, in dem das Karussell immer mehr zur Achterbahn anwuchs.

Über ihm ging es weiter: „Falls jemand ein Problem damit hat, soll er lieber aufpassen, dass er nicht den gleichen Weg nimmt." Diese Unverschämtheit stammte von einem anderen Mann. Das stand fest. Dessen Stimme war tiefer, aber trotzdem nicht eindeutig zu identifizieren.

So oder so wurde es höchste Zeit, etwas zu unternehmen. Aber schon die erste Herausforderung, sich von der Pritsche hochzustemmen, glich einem ausgewachsenen Kraftakt. Immer wieder musste er sich irgendwo festhalten, denn das Schiff geriet unter den kräftigen Böen zunehmend ins Wanken. Er wollte gerade zur Verriegelung seiner Kajüte greifen, da klopfte es vor ihm gegen die Tür.

Blitzartig kam ihm die vorangegangene Drohung in den Sinn, die nur von einem aus der Mannschaft stammen konnte. Und er war zwar von Haus aus kein ängstlicher Mensch, aber im Laufe der Jahre vorsichtiger geworden. „Was ist denn?", fragte er deshalb.

„Wir müssen reden!", kam die Antwort zurück.

Inzwischen hatte er wenigstens diese Stimme erkannt und nahm beruhigt zur Kenntnis, dass es sich um seinen einzigen Vertrauten an Bord handelte. Grund genug, die Tür zu seinem winzigen Reich zu entriegeln, sie aber vorerst nur ein kleines Stück weit zu öffnen. Man wusste ja nie. „Was ist denn da oben los?", fragte er gegen das Keuchen vor seiner Tür an.

„Das glaubst du mir sowieso nicht. Lass mich erst mal rein und schließ bloß gleich wieder ab!"

1

MONTAGMORGEN, POLIZEIDIREKTION FLENSBURG

Kriminaldirektor Karsten Bruhn hatte gerade erst Schlüssel und Brieftasche in seiner Schreibtischschublade verstaut, da klingelte bereits sein Telefon. Weil seine Sekretärin noch in der Teeküche stand – vermutlich hielt sie ihr allmorgendliches Schwätzchen mit den Kolleginnen – warf er selbst einen Blick aufs Display. Kieler Nummer. Genauer gesagt: die vom Innenministerium. An einem Montag, zu so früher Stunde, konnte das nichts Gutes bedeuten.

„Bruhn", meldete er sich nach einem kräftigen Räuspern.

„Haben Sie schon von Holnis gehört?"

Eine seltsame Art, ein Gespräch zu eröffnen, dachte Bruhn. Aber als Innenminister von Schleswig-Holstein konnte man sich so etwas offenbar erlauben. Davon abgesehen wurde es Zeit für eine Antwort, denn seinen Chef ließ man besser nicht zu lange warten. „Falls Sie den Leichenfund am Strand meinen, ja. Außerdem wäre ich wohl der Falsche auf diesem Stuhl, wenn ich noch nichts von der Leiche wüsste. Holnis ist nämlich nur einen Katzensprung von Flensburg entfernt und zählt eindeutig zu meinem Verantwortungsbereich."

Der Minister fuhr unbeirrt fort: „Angeblich haben sich Möwen und Krebse an der Leiche zu schaffen gemacht. Auf einer Nachrichtenseite hieß es, da wäre kaum noch was von seinem Gesicht übrig."

Bruhn wurde es zu bunt. „Bei allem Respekt: Sie sollten nicht alles glauben, was nach solch einem Fund im Internet kursiert. Es würde mich nicht wundern, wenn da morgen das Gerücht auftaucht, vor Glücksburg wäre ein UFO gelandet oder ..."

„Haben Ihre Leute schon was herausgefunden? Wissen Sie wenigstens, wer der Tote ist?"

Am liebsten hätte Karsten Bruhn dem Innenminister etwas über ordnungsgemäße Polizeiarbeit erzählt, aber dann würde sich wohl seine nächste Beförderung um etliche Jahre nach hinten verschieben. Deshalb fiel seine Antwort ganz anders aus: „Entschuldigen Sie! Ich bin gerade erst hinter meinem Schreibtisch angekommen und habe es bis jetzt nicht mal geschafft, die Einsatzberichte der letzten Nacht in Ruhe zu lesen."

„Dann fangen Sie am besten sofort damit an!" Dem Minister war anzuhören, dass er sich vom Tonfall her zu zügeln versuchte. Aber nicht besonders erfolgreich. „Mein Telefon steht nicht mehr still und jeder will wissen, was bei Ihnen da oben los ist. Wäre nett, wenn Sie mir in der nächsten halben Stunde eine Antwort geben könnten. Falls bis zum Wochenende die Sonne das erste Mal richtig rauskommt, will jeder die neue Saison gebührend begrüßen und ..."

„Ausgerechnet auf Holnis?", vergewisserte sich Bruhn skeptisch.

„Ist doch egal, wo – Hauptsache am Strand. Stellen Sie sich mal vor, solche Schlagzeilen von Mord und Totschlag vermiesen den Hotels im ganzen Land gleich die ersten Geschäfte! Das können wir momentan am wenigsten gebrauchen."

Bruhn wollte schon entgegnen, dass für einen Mordfall ein paar Hinweise, besser noch Fakten fehlten, doch ein Klopfen an seiner Bürotür hielt ihn davon ab.

„Haben wir uns verstanden?", hakte der Minister unfreundlich nach.

Jedes einzelne Wort hatte Bruhn verstanden und gleichermaßen verinnerlicht. Als es zum zweiten Mal an seine Tür klopfte, bekam zunächst der Minister seine Antwort: „Ich habe jetzt noch einen Termin und kann mir in frühestens einer Stunde einen richtigen Überblick verschaffen. Reicht Ihnen das?"

„Klingt, als hätte ich sowieso keine Wahl."

„Ich melde mich so schnell wie möglich."

Das Gespräch war eben erst beendet, da klopfte es zum dritten Mal. Die Tür öffnete sich langsam nach innen. Eine nicht gerade unattraktive und sportlich wirkende Frau steckte ihren blonden Strubbelkopf herein. Sie klang leicht überdreht „Hoffentlich stör ich dich nicht. Soll ich lieber später wiederkommen?"

Karsten Bruhn winkte einladend und erhob sich hinter seinem Schreibtisch, um Hauptkommissarin Carina Drews zuerst per Handschlag und dann mit einer etwas ungeschickten Umarmung zu begrüßen. „Du siehst gut aus ... wie nach 'nem langen Urlaub. Freut mich, dich zu sehen! Darf ich immer noch Ina zu dir sagen?"

„Es gibt niemanden, der Carina sagt", kam es lachend zurück. „Abgesehen von meiner Mutter – früher. Also ja, gerne!"

Nach diesem Freifahrtschein in Sachen Spitzname standen die beiden ein wenig verloren mitten im Büro herum. Folglich versuchte es Ina mit ein paar lockeren Worten: „Erst mal Glückwunsch zur Beförderung, Karsten! Hier sieht's ja richtig nach großem Chef aus."

„Setz dich!", forderte Bruhn sie auf, während er seinen Schreibtisch umrundete. „Hast du dich in Flensburg gut eingelebt?"

„Die ersten zwei Wochen hab ich bei 'ner alten Freundin auf dem Sofa geschlafen." Ina fasste sich an den Rücken und verzog das Gesicht, was den Rest erklärte. Doch ihre Miene hellte sich deutlich auf. „Seit Freitag hab ich endlich meine eigene Wohnung. Brixstraße ... im Internet stand was von Fördeblick. Dafür muss ich mich aber im Gästeklo auf Zehenspitzen stellen und seitlich aus dem Fenster linsen. Wenn man so will, passt nur die Höhe der Miete zur versprochenen Aussicht."

„Und?"

Ina musste nachdenken. So genau hatte es bisher niemand wissen wollen. „Mein neues Reich ist zwar nicht sonderlich groß, allerdings urgemütlich. Nur einer der Nachbarn macht leider schon seit dem ersten Tag Ärger. So ein typischer Ich-finde-in-jeder-Suppe-ein-Haar-Opa."

„Weißt du denn, wem das Haus gehört?"

„Werner Clausen." Ina räusperte sich, was nach aufkeimender Empörung klang. „Sag mal: Hab nur ich das Gefühl oder reißt der sich immer mehr von Flensburg untern Nagel?"

Bruhn huschte ein Lächeln um die Mundwinkel. „Werner und ich spielen jeden zweiten Samstag im Monat zusammen Skat. Falls du Hilfe brauchst, kann ich ihn jetzt gleich anrufen und dafür sorgen, dass er den haarigen Opa rausschmeißt und …"

Ina stoppte das auf den ersten Blick verlockende Angebot mit einer energischen Handbewegung. „Ist nett von dir, Karsten. Aber solche Angelegenheiten regle ich gerne allein, vorzugsweise mit Geduld und Freundlichkeit."

„Immer noch die Alte! Selbst ist die Frau oder wie hast du's damals so schön gesagt?"

„Alte", kokettierte Ina und verdrehte dabei scherzhaft ihre Augen. „Ich bin fünfundvierzig, also gerade erst in den besten Jahren angekommen. Außerdem bin ich mit meiner Methode bisher ganz gut gefahren. Vermutlich halte ich deshalb so krampfhaft daran fest", ergänzte sie augenzwinkernd.

„Wie lange warst du nicht mehr im Dienst?", fragte Bruhn nach kurzem Schweigen. Ein halbwegs geschickter Themenwechsel, wodurch er diesem Gespräch wohl eine professionelle Note verleihen wollte. „Waren das neun Monate?"

„Elf!", stellte Ina klar, zum ersten Mal kurz angebunden.

„Und … fühlt es sich komisch an?"

„Du meinst, wieder dabei zu sein und 'ne Marke zu tragen?"

„Zum Beispiel. Obwohl ich eher die Kanone meinte." Ein Hinweis, der auf Inas Schulterholster abzielte, das unter ihrer, für dienstliche Zwecke viel zu schicken Lederjacke hervorlugte. „Ich habe alles über den Vorfall gelesen – ist damals ziemlich mies gelaufen."

„Für mich, ja!" Ina spürte Wut und altbekannte Verbitterung in sich aufsteigen. Ein Doppelpack, an dem sie sich im Laufe des vergangenen Jahres zuweilen fast die Zähne ausgebissen hätte. Aber wenigstens klang ihre Stimme noch einigermaßen beherrscht. „Wie wär's, wenn wir die letzten elf Monate einfach komplett vergessen und weitermachen? Lass uns doch nach vorne blicken, alles andere macht sowieso keinen Sinn."

Nach dieser Bitte breitete sich erneut peinliches Schweigen aus. In seiner Not versuchte es Karsten Bruhn mit hoch offiziellem Ton: „Als deine Bewerbung auf meinen Schreibtisch geflattert ist, habe ich alle anderen sofort entsorgt – also, bis auf eine. Du kannst den Job ja nicht allein machen."

„Und wie komm ich zu der Ehre?", wollte Ina wissen.

„In all den Jahren habe ich deinen Werdegang genau verfolgt und dich – wenn man so will – immer im Auge behalten." Diese Erklärung sorgte im Gesicht des Kriminaldirektors für gesunde Röte. Danach redete er ein wenig überhastet weiter. „Du warst zuerst in Hannover, dann in Bremen und zuletzt in Kiel für Mord zuständig."

„Sagen wir lieber: für die Ermittlungen drumherum. Klingt irgendwie besser, wenn du mich fragst."

„Sei's drum. Auf jeden Fall heißt es von Seiten deiner Vorgesetzten, du hättest überall einen guten Job gemacht."

„Wer es in unserem Laden so lange aushält, macht doch zwangsläufig 'nen guten Job."

„Das sehe ich anders."

Ina nahm die Widerrede zur Kenntnis, reagierte jedoch nicht darauf.

Mit der gewünschten Wirkung, denn Karsten Bruhn senkte seine Stimme und fuhr verschwörerisch fort: „Kannst du dir ansonsten vorstellen, warum du meine erste Wahl bist?"

Ina schickte ein schelmisches Lächeln vorweg. „Vielleicht, weil wir uns seit über zwanzig Jahren kennen und du mir genauso lange Avancen machst?"

„Bilde dir bloß nichts drauf ein! Du sitzt hier, weil du dich mit Mordermittlungen bestens auskennst. Davon abgesehen brauche ich jemanden, der mit Fingerspitzengefühl vorgeht und mir nicht ständig wegen irgendwelchem Blödsinn in den Ohren liegt." Bruhn holte für einen erneuten Anlauf tief Luft. „Und nur, weil wir ein- oder zweimal zusammen essen waren, heißt das doch noch lange nicht, dass ich deshalb …"

„Viermal!", unterbrach Ina und konnte sich nur mit aller Mühe ein Grinsen verkneifen. „Bei unserem letzten Essen hast du mir einen Heiratsantrag gemacht. Erinnerst du dich etwa nicht mehr?"

„Kann schon sein. Aber das ist ewig her und wie du vielleicht weißt, bin ich mittlerweile glücklich verheiratet. Susanne und ich haben zwei Söhne und du wirst es kaum glauben: Das dritte Kind ist unterwegs. Ein Unfall."

„Schöner ›Unfall‹, würde ich sagen." Ina überlegte kurz, ob sie überhaupt etwas über ihre damaligen Gefühle preisgeben wollte. Aus einer plötzlichen Laune heraus entschied sie sich dafür: „Du warst seinerzeit ein richtiger Heißsporn und wolltest immer mit dem Kopf durch die Wand – auch bei mir. Dabei ist dir nicht mal aufgefallen, dass ich genauso verliebt war."

„In mich?"

„In wen denn sonst, du …?" Den Rest verschluckte Ina gepflegt und überlegte krampfhaft, wie sie die Kurve kriegen sollte, bevor die Situation ins Peinliche abdriftete: „Aber alles gut, keine Sorge! Ich bin längst drüber hinweg."

Karsten Bruhn sah ein wenig hilflos aus. Er wischte die verfahrene Debatte mit einer Handbewegung beiseite und sein Ton wurde wieder dienstlich. „Hast du schon von Holnis gehört?"

„Klar! Wir reden von einer Halbinsel, mit dem Auto höchstens 'ne Viertelstunde von hier. Kein Schickimicki – Natur pur. Falls einer weit genug spucken kann, schafft er es sogar bis rüber nach Dänemark. Reicht das?"

„Eigentlich schon, wenn es nicht um eine Leiche ginge, die man gestern Morgen am Strand gefunden hat, direkt am Seemannsgrab."

„Wie passend! Und ja: Natürlich hab ich davon gehört. Weißt du was über die näheren Umstände? Reden wir von einem Unfall oder könnte es auch Mord gewesen sein?"

Karsten Bruhn war sein wachsendes Unbehagen deutlich anzusehen. „Du bist die Erste, mit der ich über den Fall rede. Auf dem Weg hierher habe ich mit einem der Beamten gesprochen, die gestern vor Ort waren … ein altgedienter und erfahrener Streifenkollege. Der ist sich sicher, dass wir es mit einem Mord zu tun haben."

„Wieso?"

„Weil einer oder eine unserem Unbekannten auf brutalste Weise den Schädel eingeschlagen hat. Dafür kommen die Möwen wohl kaum infrage."

„Jetzt weiß ich auch, was du eben mit ›Fingerspitzengefühl‹ gemeint hast. Schieben die ersten Gastronomen schon Panik, weil ihnen womöglich die Gäste wegbleiben?"

„Mein Gott, Ina! Wir sind hier in Schleswig-Holstein, da erwarten die Leute frische Luft, Sonne und … bestimmt keine Leichen am Strand."

„Dann brauchst du also jemanden, der leise und diskret vorgeht?"

„Genau!", bestätigte Bruhn eifrig nickend. Mittlerweile war seine Metamorphose vom verschmähten Verehrer zum routinierten Kriminaldirektor vollständig abgeschlossen. „Ich hatte heute Morgen bereits das Vergnügen mit unserem ach so hoch geschätzten Innenminister."

„Was mischt der sich denn bei so 'nem Fall ein? Hat er nicht genug andere Dinge zu tun?"

Bruhn senkte die Stimme, bevor er antwortete. „Seine Schwester hat letztes Jahr das sechste Küstenhotel eröffnet, ausgerechnet hier in Flensburg. Bestimmt hat die jetzt Angst um ihren Umsatz. Wie ich ihn kenne, erwartet der Herr Minister, dass wir bei den Ermittlungen auf Samtpfoten umherschleichen und bloß keinen großen Wirbel veranstalten."

„Ist bestimmt 'n Katzenliebhaber", erwiderte Ina staubtrocken. „Hat er dir auch erklärt, wie das funktionieren soll? Ich meine: Unsere Aufgabe ist doch hoffentlich immer noch, die Täterin oder den Täter zu finden."

„Natürlich!"

Ina holte hörbar Luft. „Ich kann zwar verstehen, dass du so kurz nach deiner Beförderung an deinem Stuhl klebst, aber manchmal muss man eben auch einem Minister Paroli bieten."

Bruhn rieb sich nachdenklich das Kinn und schaute auf. „Bist du sicher, dass ich einer wie dir damals einen Heiratsantrag gemacht habe? War ich betrunken?"

„Auf jeden Fall warst du am Ende ziemlich beleidigt und bist mit deinem eigenen Wagen davongerast – hoffe, einigermaßen nüchtern. Ansonsten wäre es nett, wenn du etwas konkreter werden könntest. Ich rede übrigens vom Mordfall, nicht von deinem missglückten Antrag."

Bruhn war seine Erleichterung über den Themenwechsel anzuhören. „Bei dem Toten handelt es sich um einen Mann, geschätzt Mitte vierzig, den man bisher allerdings noch nicht identifiziert hat."

„Wo ist er jetzt?"

„Kieler Rechtsmedizin. Schätze, in ein paar Stunden hast du den ersten Bericht auf deinem neuen Schreibtisch. Gefunden wurde die Leiche von einem Rentner, der da draußen mit seinem Dackel unterwegs war. Den Namen, seine Adresse und Telefonnummer findest du im System."

„Wenn der unsere Leiche tatsächlich nur gefunden hat, sorge ich mit einer intensiven Befragung höchstens für Albträume. Oder gibt es Hinweise, dass der Rentner was damit zu tun haben könnte – oder sein Dackel?"

„Nicht, dass ich wüsste", kam es grinsend zurück. „Dein schräger Humor kann es immer noch mit damals aufnehmen."

„Sind denn die Kollegen vor Ort auf irgendwas Spezielles gestoßen?", fragte Ina, die sich längst im Ermittlermodus befand. *Das funktioniert also auch nach elf Monaten noch vollautomatisch und ohne Probleme,* dachte sie. „Der Mann ist doch nicht vom Himmel gefallen und am Strand von Holnis aufgeschlagen, oder?"

Bruhns Gesicht verfinsterte sich. „Wenn ich dir mehr sagen könnte, bräuchte ich keine Ermittlerin, sondern nur eine Schreibkraft, die den Abschlussbericht tippt."

„Verstehe." Ein Klopfen hielt Ina von weiteren Worten ab.

Karsten Bruhn warf einen Blick auf seine Armbanduhr, ein edles Teil. „Zehn Minuten zu spät", murmelte er. Und weil sich die Tür zu seinem Büro bereits öffnete, übernahm der Kriminaldirektor gleich die Vorstellung: „Da hätten wir deinen neuen Kollegen und zukünftigen Partner: Hauptkommissar Jörn Appel. Er stößt aus Bochum zu uns – leider unpünktlich."

Ina hätte es liebend gern verhindert, doch ihr entglitten sämtliche Gesichtszüge.

„Ihr kennt euch?", fragte Bruhn, dem das nicht entgangen war. Obendrein hatte auch Jörn Appel seine Miene nicht mehr unter Kontrolle.

Die Antwort kam von beiden gleichzeitig. Gequält, aber dennoch wie aus einem Mund: „Kann man so sagen!"

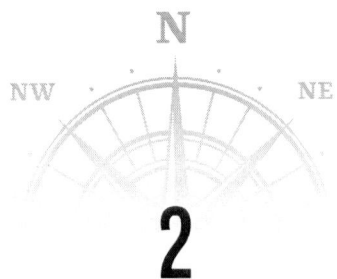

2

„Ist das ein schlechter Witz? Was hast du hier in Flensburg verloren?", giftete Ina ihren neuen Partner keine zwei Minuten später an. Dieses Gespräch fand auf dem Flur vor Karsten Bruhns Tür statt. Als sich in dessen Büro ein Drama ankündigte, hatte sich der Kriminaldirektor überhastet entschuldigt und zog es vor zu arbeiten.

„Glaubst du vielleicht, ich kann mir nichts Schöneres vorstellen, als mit dir zusammen Dienst zu schieben?", kam es von Jörn Appels Seite ähnlich aufgebracht zurück. „Solange ich es mir aussuchen darf, bist du garantiert die Letzte, mit der ich …"

Ina schnitt ihm das Wort ab: „Hast du's gewusst? Sag schon!"

„Dass wir uns hier treffen?"

„Natürlich! Was denn sonst?"

Jörn Appel schüttelte derart energisch den Kopf, dass seine nächsten Worte nur der Wahrheit entsprechen konnten: „Ich dachte, du wärst noch in Kiel und hatte keine Ahnung. Wenn, dann hätte ich lieber 'nen Posten in der Asservatenkammer angenommen, glaub mir!"

Inas nachdenklicher Blick wanderte zu Bruhns Bürotür. Ihr Mund öffnete sich, klappte jedoch wortlos wieder zu.

„Du meinst, dein alter Freund Karsten hat was damit zu tun", erriet Jörn ihre Gedanken.

„Ich wüsste nicht, weshalb er sowas tun sollte. Das zwischen ihm und mir ist Ewigkeiten her. Woher weißt du überhaupt davon?"

Jörn winkte ab. „Was ist mit deiner Schwester? Hat die vielleicht ihre Hände im Spiel?"

Angesichts dieser Nachfrage wich Ina sogar einen Schritt zurück. „Wieso sollte Heike … sie kennt Karsten doch kaum – nur von damals. Außerdem ist sie nicht nur meine Schwester, sondern zufälligerweise auch deine Ex-Frau. Und sie weiß ganz genau, dass wir bereit sind, uns gegenseitig die Augen auszukratzen."

Jörn ließ die Arme seitlich herunterbaumeln und hielt Ina sein Gesicht ein Stück entgegen. „Dann fang am besten sofort an!"

Sie schüttelte den Kopf und zeigte den langen Flur hinunter. „Ich könnte vorher gut 'nen Kaffee gebrauchen. Wie sieht's bei dir aus?"

Ein paar Minuten später setzten die beiden ihren Disput an einem Tisch in der Kantine des Präsidiums fort. Die füllte sich langsam, denn kurz vor zehn plagte die meisten Kollegen wohl Kaffeedurst.

Jörn fing einfach an: „Wenn du willst, gehe ich noch heute zu Bruhn und bitte ihn, mich gleich wieder zu versetzen. Ganz egal, wohin."

„Das lässt du schön bleiben! Ich rede mit Karsten."

„Wegen 'ner Versetzung?"

„Nein, wegen der nächsten Weihnachtsfeier. Ich hab da was Tolles geplant."

Jörn bemühte sich, ein Grinsen zu unterdrücken, und warf einen Blick in die Runde. „Ordentlich was los. Ich dachte, hier in Flensburg würden denen die Leute davonlaufen. Als ich mich beworben hab, dauerte es mit der Antwort nicht mal zwei Tage. Der Kollege aus der hiesigen Personalabteilung wollte es gar nicht glauben."

„Warst du schon bei Heike?", erkundigte sich Ina beiläufig. Die Details im Zusammenhang mit Jörns Stellenwechsel schienen sie nicht sonderlich zu interessieren.

„Natürlich war ich bei ihr! Drei- oder viermal, seitdem ich hier bin."

„Und wieso hat sie mir nichts davon erzählt?"

„Das musst du sie selbst fragen."

„Dann sag mir einfach, weshalb du hier bist. Hieß es nicht immer, du wärst in Bochum so unheimlich zufrieden gewesen und hättest dort dein großes Glück gefunden?"

„War ja auch so. Nette Kollegen, hübsche ... ich hab sogar in 'ner Altherrenmannschaft Fußball gespielt."

„Das klingt ja alles traumhaft! Trotzdem bleibt die Frage, was dich hergetrieben hat."

Jörn dachte kurz über seine nächsten Worte nach. „Deine Schwester hat sich mehrfach beschwert, dass ich mich nicht genug um unsere gemeinsame Tochter kümmere. Und weil da vielleicht was dran ist, hab ich beschlossen, meinen Lebensmittelpunkt hierher zu verschieben."

„Soll das heißen, dass deine ach so tolle Freundin mit dem Sonnenstudio Schluss gemacht hat?"

„Ich weiß nicht, wieso du fragst, wenn du eh schon alles weißt", konterte Jörn hörbar frustriert. „Susi und ich hatten uns einfach auseinandergelebt. Da sind wir ja wohl nicht die ersten – und für mich war es eben 'ne günstige Gelegenheit, in Bochum die Reißleine zu ziehen."

„Um mit deinem Fallschirm ausgerechnet hier in Flensburg zu landen?" Ina war anzuhören, was sie über die Taten ihres Ex-Schwagers dachte. Auf einen Kommentar konnte sie dennoch nicht verzichten: „Du hast seinerzeit meine Schwester geschwängert, sie in dem Zustand ins Ruhrgebiet verschleppt und sie zwei Jahre später betrogen. Da frag ich mich, was du tatsächlich hier suchst – die Absolution? Das kannst du vergessen!"

Jörn holte tief Luft. Sein Gesicht verhieß keinen Rückzug, sondern vielmehr Angriffsbereitschaft. „Ich denke, du solltest Heike mal fragen, wie es damals wirklich war. Ich war nämlich nicht der Einzige, der ..."

„Erspar mir bitte deine Lügenmärchen!", unterbrach Ina rabiat. Sie hätte vermutlich noch mehr zu sagen gehabt, doch plötzlich stand Karsten Bruhn am Tisch und fing gleich an.

„Na, habt ihr zwei euch schon angefreundet?" Jörn bekam zuerst einen prüfenden Blick ab, dann war Ina an der Reihe. Für eine Reaktion fand keiner der beiden Zeit, denn Bruhn war noch nicht fertig. „Mir hat man auf der Polizeischule beigebracht, dass private Dinge im Dienstalltag nichts verloren haben. Es sei denn, einer von euch ist nicht professionell genug für den Job. Dann müssen wir darüber reden, ob ..."

„Ist gut!", schnitt Ina ihrem neuen Chef das Wort ab. Sie schaute Jörn an und erhielt ein angedeutetes Nicken als Antwort. „Keine Sorge, wir raufen uns schon irgendwie zusammen."

„Das hast du aber schön gesagt", lobte Jörn sie, nachdem Karsten Bruhn außer Hörweite war und sich vor der Ausgabe der Kantine angestellt hatte. „Ist das dein Ernst? Wollen wir es tatsächlich miteinander versuchen?"

„Was bleibt uns denn nach dem Auftritt eben anderes übrig?"

***

„Bald sind's drei Tage", murmelte Elisabeth Nissen vor sich hin, während sie ihre Küchenschränke nach Kaffeepulver durchforstete. Mit ihren fünfundachtzig Jahren hatte sie gelernt, auf vieles zu verzichten. Notgedrungen, mit einer derart kümmerlichen Rente. Nur ihre morgendlichen zwei Tassen Kaffee – Hauptsache stark und richtig heiß – waren ihr einziges Heiligtum. Vorausgesetzt, sie hatte Kaffeepulver im Haus.

„Seit drei Tagen", wiederholte sie und zog an der letzten Möglichkeit, dem Schubfach unter ihrem museumsreifen Gasherd. Dort stieß sie auf verstaubte Backbleche, eine Kuchenform und die Schürze, die sie schon seit Ewigkeiten vermisste. Aber nicht auf Kaffee!

In ihrem Alter konnte sie sich nicht mehr lange bücken, deshalb schob sie das Fach mit dem Fuß zu und lehnte danach ein wenig atemlos am Küchenbuffet. Nach und nach kam sie zu Kräften und überlegte, ob ihr Sohn Peter sie jemals so lange am Stück alleingelassen hatte. Abgesehen von den sechs Monaten, die er in der Justizvollzugsanstalt Neumünster verbracht hatte. Aber über diese Zeit hatten sie seit seiner Entlassung nie wieder gesprochen. Wozu auch? Peter war erst vor drei oder vier Jahren bei ihr ausgezogen, mit Anfang vierzig. In eine WG. Seiner Mutter hatte er zunächst erklären müssen, was das überhaupt war, doch verstanden hatte sie es trotzdem nicht richtig. Seitdem schaute er jeden Tag vorbei, erledigte sämtliche Einkäufe, brachte den Müll runter und schwang – wenn Elisabeth Nissen von heftigen Rheuma-Attacken geplagt wurde – auch mal den Staubsauger. Widerwillig und nicht besonders gründlich, aber er tat es.

„Drei Tage", nuschelte die alte Frau auch auf dem Weg ins Wohnzimmer immer noch vor sich hin. „Wie ist das nur möglich?", fragte sie sich selbst, als sie in ihrem antiken Ohrensessel saß. Ihre knorrigen Finger hatten längst die Fernbedienung gefunden. Ein wenig Ablenkung konnte in kaffeelosen Zeiten ja nicht schaden. Doch dann fiel ihr Herr Kruse von schräg über ihr ein. Der alte Mann hatte wochenlang tot in seiner Wohnung gelegen. Aufgefallen war es den anderen Nachbarn erst, als süßlicher Verwesungsgeruch durchs Treppenhaus waberte. Kruse war vierzig Jahre zur See gefahren, hatte keine Kinder und auch sonst niemanden, der sich um ihn kümmerte. Traurig, aber wahr.

Was wäre denn, wenn Peter in seiner Wohnung – oder seinem Zimmer in dieser WG – lag und keiner merkte was davon? War so etwas überhaupt vorstellbar, wenn so viele Menschen gleichzeitig in einer Wohnung hausten?

Elisabeth Nissen ließ die Fernbedienung neben sich auf den kleinen Tisch plumpsen und langte zum Mobiltelefon, das ihr Peter letztes Jahr zu Weihnachten geschenkt hatte. ›Immer schön auf den Akku achten‹ ermahnte er sie seither ständig. Aber wie sollte sie? Das Ladekabel befand sich irgendwo ganz oben in ihrem Wohnzimmerschrank. Es war also an Peter, bei jedem seiner Besuche für erneute Aufladung zu sorgen. Elisabeth Nissen hätte einen Stuhl – oder besser noch: eine Leiter – gebraucht, um ihren eigenen Schrank zu besteigen.

„Nur noch ein Strich", flüsterte sie und schüttelte ihren von grauer Wolle bedeckten Kopf. Ein Schauer durchfuhr sie. In solchen Fällen meckerte Peter nur zu gerne. Schließlich meldete er sich auch mindestens einmal am Tag per Handy. Meistens abends, bevor er an Bord ging.

Elisabeth Nissen drückte die winzigen Tasten an ihrem Mobiltelefon mit zitternden Fingern. Zweimal die *1*, einmal die *0*.

Es tutete, dann war bereits die Stimme einer Frau zu hören, die verhältnismäßig freundlich klang.

Was sagte man in so einem Moment eigentlich? Vermutlich war alles ohnehin nur Blödsinn und Peter würde sich schon sehr bald melden. Seiner Mutter reumütig gestehen, dass er am Wochenende versackt und erst Sonntag mit dickem Schädel aufgewacht wäre. Aber man wusste ja nie. Und genau deshalb bemühte sich Elisabeth Nissen um eine feste Stimme, als sie zum ersten Mal antwortete: „Ich weiß nicht, was ich tun soll. Mein Junge ist verschwunden."

„Wie alt ist Ihr Junge denn?", hakte die Frau nach. Unverkennbar, dass sie mit derartigen Anrufen vertraut war und noch nicht an einen wirklichen Notfall glaubte.

„Sechsundvierzig … nein … siebenundvierzig. Macht das einen Unterschied?"

3

„Na, wenn das unser zukünftiges Büro ist ... prost Mahlzeit!" Jörns
erster Satz, nachdem er die Tür zu einem staubigen Kabuff am Ende
eines langen Korridors vor sich aufgeschoben hatte. „So ʼne Rum-
pelkammer hätte ich eher direkt unterm Dach vermutet. Und selbst
dort nicht!"

„Am besten lüften wir erst mal gründlich durch", schlug Ina vor
und schritt gleich zur Tat. Sie warf Jörn den ersten halbwegs freundlichen Blick zu. „Du hattest auf jeden Fall recht: Die Flensburger
Kripo kämpft wohl schon seit Ewigkeiten mit Personalnotstand.
Wahrscheinlich hat hier zum letzten Mal vor hundert Jahren jemand Dienst geschoben."

„Zur Kaiserzeit", ergänzte Jörn und umrundete einen der zwei
vorhandenen Schreibtische. Dessen Schubladen zog er nacheinander auf und hob dann den Kopf. „Leergefegt ... nicht mal ʼne ros-
tige Büroklammer."

Ina wollte schon antworten, doch ein Räuspern hinter ihr hielt sie
davon ab. Und sie schaffte es nicht mal, sich zur Hälfte umzudre-
hen, da fuhr ihr bereits eine Hand entgegen. Eine mit rot lackierten
Nägeln, fraglos künstlicher Natur. Die gehörten zu einer weiblichen

Erscheinung von geschätzt Ende zwanzig, die eine Spur zu dick geschminkt aussah.

„Guten Morgen! Ich bin Britta, eure zukünftige Schreibkraft."

„Moin!", erwiderte Ina und langte nach der Hand, die vor ihr in der Luft hing. Mit aller gebotenen Vorsicht, schließlich wollte sie keine der waffenscheinpflichtigen Krallen abbrechen.

Doch diese Britta war ohnehin längst mit Jörn beschäftigt und kicherte plötzlich wie ein junges Mädchen. Auch eine Erklärung hatte sie parat: „Hab gehört, du kommst aus Bochum. Ich bin nach der Schule aus Duisburg hergezogen. Wir werden uns bestimmt gut verstehen."

„Das Gefühl hab ich auch", murmelte Ina vor sich hin und ließ die Hand endlich los. Während Jörn und Britta im Hintergrund bereits Ruhrpott-Erinnerungen austauschten, widmete sie sich ihrem zukünftigen Arbeitsplatz. Dabei wanderte ihr Blick über eine Schreibtischplatte, der jahrzehntelange Ermittlungsarbeit anzusehen war. Das galt auch für ihren Drehstuhl, auf dem einer ihrer Vorgänger vermutlich schon in der Nachkriegszeit gesessen hatte.

Als ihre beiden Kollegen für einen Moment den Mund hielten, nutzte sie die Gelegenheit für einen Vorstoß, der sich an Britta richtete. „Hier fehlt so gut wie alles: Locher, Tacker ... ich hab nicht mal 'nen Kugelschreiber."

Die Miene der jungen Frau verfinsterte sich und machte klar, dass sie sich persönlich angegriffen fühlte. „In der Bestandsliste steht aber was anderes ... hab extra nachgesehen." Vom Tonfall her ein entschlossener Gegenangriff. „Und wenn tatsächlich alles weg ist, sollten Sie vielleicht Ihre Kollegen von *Raub und Diebstahl* einschalten. Die haben nämlich kaum was zu tun."

Jörn lachte schallend, verstummte jedoch gleich wieder, als er Inas Gesicht sah. Er zeigte unter seinen eigenen Schreibtisch und wandte sich ebenfalls Britta zu. „Nur mal so nebenbei: Falls das Deutsche Museum anruft und den versprochenen Computer abholen will ... das Teil steht hier bei mir."

Britta schüttete sich zwar nicht vor Lachen aus, doch Jörn bekam wenigstens ein breites Grinsen ab. Als sie sich zu Ina umdrehte, war davon nichts mehr übrig. „Ich schau mal, was sich machen lässt, Frau Drews. Aber erwarten Sie bitte keine Wunder, ja!" Mit diesen Worten entschwand die zukünftige Schreibkraft der Flensburger Mordkommission.

„Das ist doch mal 'n guter Anfang", amüsierte sich Jörn und klatschte unverdrossen in die Hände. Erst als sich Ina in seine Richtung drehte, verging selbst ihm jeglicher Frohsinn. Das machte auch seine Stimme klar. „Warte ab! In ein paar Tagen seid ihr wahrscheinlich die besten Freundinnen. Unter Frauen passiert sowas manchmal und nennt sich wohl Stutenbissigkeit. Mein früherer Chef meinte immer …"

„… dass du deine Weisheiten lieber für dich behalten solltest?" Ina wartete die Antwort nicht ab. Sie fischte ihr Smartphone aus der Tasche, wischte kurz darauf herum und warf es auf ihren Schreibtisch. Ihr war anzusehen, dass sie noch nicht fertig war, doch dann stand auch schon der nächste Revierkollege hinter ihr, ein blutjunger Uniformierter.

„Was gibts denn?", wollte Jörn wissen.

„Nur 'ne alte Frau, die ihren Sohn seit drei Tagen vermisst. Der Wachhabende meinte, das könnte euch zwei vielleicht interessieren – wegen der Leiche auf Holnis."

Ina sagte nichts und hielt dem Kollegen nur die offene Hand entgegen.

„Hab ich alles im System hinterlegt!", verteidigte der sich sofort. „Ihr braucht nur …" Der junge Mann verstummte für einen Moment, weil Ina fragend unter ihren Schreibtisch, auf einen ebenfalls museumsreifen Computer zeigte. „Ist okay … ich druck euch die Adresse aus."

„Bevor du fragst: Das ist mein Privater!", stellte Ina klar, als sie wenig später mit Jörn vor ihrem schneeweißen Smart stand.

„Pass ich da überhaupt rein?", machte er sich über den fahrbaren Untersatz lustig.

Ina zog wortlos die Beifahrertür auf und deutete mit gequältem Lächeln eine Verbeugung an.

Jörn saß kaum, da fing er auch schon zu schwärmen an: „Donnerwetter! Ledersitze, riesiges Display und Klima. Nicht schlecht, Frau Specht!"

Inzwischen saß Ina neben ihm auf dem Fahrersitz. Sie startete den Motor, ein satter Sound erfüllte den Innenraum des Zweisitzers.

„Wie viel PS?", wollte Jörn wissen.

„Neunzig." Ina zog am Wählhebel der Automatik, der Smart setzte sich mit einem Hüpfer in Bewegung.

Neben ihr wischte Jörn auf seinem Handy herum. „Zur Toosbüystraße gehts nach links und die übernächste gleich wieder links rein, in die Neue Straße. Dann nur noch über die Kreuzung und wir sind …"

Ina fuhr aufgebracht dazwischen: „Ich bin hier aufgewachsen, falls du's vergessen hast!" Als die Ampel auf Grün umsprang, gab sie viel zu viel Gas und musste ein Stück weiter voll in die Eisen steigen, um nicht mit einem Sprinter zu kollidieren.

„Also … wenn wir es überleben, die nächste links rein … damit du rechtzeitig die Landeklappen ausfährst", sagte Jörn ein wenig kleinlauter. „Ich ruf jetzt mal in der Kieler Rechtsmedizin an. Die sollen uns ein paar Bilder von der Leiche schicken. Kennst du dort zufällig einen?"

„Kannte!", korrigierte Ina. „Bis vor ein paar Monaten hat Stefan Eickhoff den Laden geschmissen. Aber der musste ja unbedingt heiraten und sich mit seiner Angetrauten in die Ägäis absetzen. Ist übrigens 'ne bildhübsche Griechin … ich war sogar auf der Hochzeit."

„Besetzt", stellte Jörn fest und schaute Ina dabei zu, wie sie ihren Smart in eine Lücke auf mittlerer Höhe der Toosbüystraße lenkte. Ein bestenfalls halber Parkplatz, der so auch nur zu einem Auto vergleichbarer Größe passte – oder zu einem Fahrrad. „Hier gehts ganz schön steil bergauf. Braucht man in Flensburg einen Anker oder reicht auch 'ne Handbremse?"

Ina zog kraftvoll an deren Hebel und warf einen drohenden Blick zur Seite. „Mein Auto reagiert empfindlich auf schlechte Witze und erst recht auf Beleidigungen. Am besten entschuldigst du dich sofort, sonst mach ich dich gleich mit dem Schleudersitz bekannt. Noch kannst du es verhindern."

Um dieses Angebot zu nutzen, strich Jörn vor dem Aussteigen übers Armaturenbrett und nuschelte etwas in seinen nicht vorhandenen Bart. Ina konnte nur ›Zwerg‹ und ›kleine Kiste‹ verstehen, beließ es aber dabei. Als sie zwei Minuten später vor dem richtigen Hauseingang stand, zögerte sie noch kurz.

„Was ist los?", fragte Jörn.

Ina atmete vernehmlich, bevor sie sich zu einer Antwort aufraffte. „In den letzten Monaten gab's Momente, in denen ich die Arbeit vermisst hab. Aber ich schwöre dir: Auf solche Besuche kann ich für den Rest meines Lebens verzichten."

„Wir haben es doch bis jetzt nur mit 'ner Vermisstenanzeige zu tun." Jörn zeigte die Fassade empor. „Da oben hockt 'ne alte Frau, die ihren Sohn vermisst und …"

„… ihn nie mehr wiedersehen wird", vervollständigte Ina. Sie zog ihr Smartphone aus der Tasche, wischte eine Weile auf dem Display und hielt es Jörn dann entgegen.

„Hättest du auch gleich sagen können, als ich versucht hab, jemanden in der Rechtsmedizin zu erreichen. Wann hast du das denn erledigt?"

„Vorhin, als du auf der Toilette warst. Ich hatte denen nur kurz geschrieben und ihnen ein Foto von Peter Nissen geschickt … aus dem Melderegister. Und siehe da: Der Mann sieht einer Leiche, die in der Kieler Rechtsmedizin liegt, zum Verwechseln ähnlich. Ich würde ja gern, aber glaubst du da an einen Zufall?"

Jörn starrte weiter auf das Foto. „Meinst du, mir würde so ein Vollbart stehen? Macht einen irgendwie älter, oder?"

Diese Frage überging Ina vollständig und fuhr mit Informationen zum Fall fort: „Wie's aussieht, heißt unser Toter Peter Nissen. Er wäre im Juni siebenundvierzig geworden und kommt hier aus

Flensburg. Mehr hab ich auf die Schnelle nicht herausfinden können."

„Dann müssen wir also einer alten Frau schonend beibringen, dass ihr Sohn tot ist. Scheißspiel!"

Ina nickte träge und verstaute ihr Handy in einer ihrer vorderen Hosentaschen. „Wir sollten lieber anfangen. Lässt du mir da oben erst mal den Vortritt?"

„Mit größtem Vergnügen! Du wirst bestimmt niemals erleben, dass ich mich bei solchen Dingen vordrängle."

4

Die Flensburger Toosbüystraße besteht hauptsächlich aus Altbauten, die sich, wie auf eine Schnur gezogen, lückenlos aneinanderreihen. Liebhaber reden vom Charme der Gründerzeit, schließlich waren hier vormals einige der besten Adressen der Stadt zu finden. Heutzutage umfahren viele die Schlaglöcher und teilweise renovierungsbedürftigen Häuser. Alles in allem ein Zankapfel, der auch die Verantwortlichen im Flensburger Rathaus seit langer Zeit beschäftigt.

Im Treppenhaus stieg Ina leichtfüßig die hölzernen Stufen empor. Vor der Wohnungstür im dritten Stock war sie kaum außer Atem; Jörn stand neben ihr und keuchte.

Das hatte gleich einen ketzerischen Kommentar zur Folge. „Lass mich raten: Bei den Sportprüfungen lässt du wahrscheinlich einen anderen für dich laufen, richtig?"

„Ich hatte im Januar 'ne faustdicke Lungenentzündung. Seitdem ist nichts mehr so, wie's mal war."

„Davon hat Heike ja gar nichts erzählt."

„Weil sie es nicht wusste. Oder glaubst du etwa, sie wäre nach Bochum gekommen, um mich gesund zu pflegen?"

Ina reagierte gar nicht auf die Frage, sondern peilte schon den ursprünglich mal weißen Knopf an, der zu einer antiquierten Klingelanlage gehörte. Auf der anderen Seite der Tür schrillte es. „Wow! Damit kann man notfalls auch Tote aufwecken", war ihr erster Kommentar.

Dennoch tat sich nichts. Jörn schob Ina sanft beiseite und versuchte, einen Blick durch die Glasscheibe zu werfen, die sich im typischen Altbaustil inmitten der Tür befand. Aus heutiger Sicht eine Todsünde, wenn es um Themen wie Einbruchschutz ging.

„Die Gardine ist im Weg", schimpfte er. „Vielleicht hat sie das Klingeln nicht gehört."

„Dann müsste sie wirklich tot sein."

„Probier es einfach noch mal! Ansonsten holen wir einen Schlüsseldienst dazu. Der knackt so ein Schloss in …" Jörn verstummte, denn Ina war dem ersten Teil seiner Aufforderung längst gefolgt. Das zweite Schrillen war noch lauter, die Klingel also warmgelaufen. Das nutzte sie gleich für einen dritten Versuch.

„Jaja … ich komme … bin unterwegs." Das Krächzen einer alten Frau war zu hören. „Bist du das, Peter?"

Ina huschte ein Anflug von Verunsicherung übers Gesicht. „Wir sind von der Polizei, Frau Nissen!" Ihre Stimme dröhnte durchs Treppenhaus. „Sie haben heute Morgen mit unseren Kollegen von der Wache telefoniert – wegen Peter."

Auch wenn sich hier vorerst nichts tat, weiter oben öffnete sich bereits quietschend eine Wohnungstür. Vermutlich sorgte dieser lautstarke Treppenhaus-Auftritt für neugierige Zaungäste, denn von unten war ebenfalls etwas zu hören. Eine weitere Tür, die sich leise öffnete. Kurz darauf hallte das gedämpfte Schreien eines Babys bis in den dritten Stock hoch.

„Wenn Sie wollen, kann ich gerne meinen Dienstausweis durch den Briefschlitz schieben", bot Ina an. Eine erprobte Methode, um gerade bei alten Leuten vorhandenes Misstrauen zu entkräften. „Können Sie mich hören? Wenn Sie ein Stück zurücktreten, schieb ich …"

Das war gar nicht mehr nötig, denn der Schlüssel drehte sich im Schloss. Elisabeth Nissen zog die Tür gleich zur Hälfte vor sich auf und schaute zu ihren beiden Besuchern empor. Sie blinzelte, hatte wahrscheinlich ihre Brille irgendwo liegen lassen. Gelüftet hatte sie wohl auch lange nicht mehr, denn den Kommissaren schlug der typische Geruch entgegen.

Weil es Ina offensichtlich die Sprache verschlagen hatte, übernahm Jörn die Begrüßung: „Guten Morgen! Sie sollten aber nicht jedem einfach so aufmachen. Lassen Sie sich immer einen Ausweis zeigen!"

„Sie sind doch von der Polizei", kam ein gekrächzter Einwand zurück.

Ina winkte ab. „Erfreulicherweise ist es in diesem Fall ja auch so. Mein Name ist Drews und das ist mein Kollege, Herr Appel. Sind Sie so nett und lassen uns rein? Das Treppenhaus ist doch ein bisschen hellhörig."

Die Tür öffnete sich weiter mit einer freundlichen Aufforderung und einem Fingerzeig in den halbdunklen Flur: „Am besten gehen Sie vor, ich kann in meinem Alter nicht mehr so schnell."

Es ging über dicke Läufer mit Auslegeware darunter, dann nach rechts, wo sich das Wohnzimmer befand. Dort nahm der schlechte Geruch noch mal deutlich zu.

Die Märzsonne stand tief. Ein paar ihrer Strahlen mogelten sich an Gardinen und Vorhängen vorbei und brachten dahinter den Staub zum Tanzen.

„Die Luft ist echt zum Schneiden", beschwerte sich Ina leise.

„Sowas wie das hier nannte man bei uns Gelsenkirchener Spätbarock", flüsterte Jörn grinsend. „Die Möbel kannst du allesamt in ein Museum verfrachten – zusammen mit unseren Computern." Er verstummte, denn Elisabeth Nissen schloss von hinten auf.

„Setzen Sie sich doch! Aber ich hab nur das eine Sofa … wollen Sie einen Kaffee trinken?" Die alte Frau lachte plötzlich und schüttelte den Kopf. „Ach … geht ja nicht, ich hab gar keinen mehr im Haus. Hoffentlich kommt mein Peter bald und bringt mir welchen vorbei."

Jörn ließ sich vorsichtig auf dem uralten Sofa nieder. Das ächzte bedrohlich unter seinen neunzig Kilo. Ina zog es vor, stehen zu bleiben. Außerdem half sie der alten Frau, sich in ihrem Ohrensessel niederzulassen.

Dort angekommen, begann Elisabeth Nissen gleich von Neuem: „Ich habe schon über zwei Tage keinen Kaffee mehr. Das gab's seit fünfzig Jahren nicht – nicht mal direkt nach dem Krieg."

Ina schaute Jörn an. „Zwei Häuser weiter war doch 'n Kiosk, oder?" Er nickte zaghaft und wusste sofort, was er zu tun hatte.

Seine Stimme fand er erst wieder, als er bereits in der offenen Wohnzimmertür stand „Koffeinhaltigen, richtig?"

„Am besten besorgst du zwei Packungen", flüsterte Ina und drückte ihm einen Zwanziger in die Hand. „Falls davon was übrig bleibt, bring bitte irgendwas Süßes mit! Ich glaube, sie kann in ein paar Minuten gut 'ne Stärkung gebrauchen – und ich auch."

Jörn wollte sich schon aus dem Staub machen, als Ina noch etwas einfiel: „Wenn möglich, bestell jemanden von der Seelsorge!" Als restliche Erklärung reichte ein vielsagender Blick in Richtung Ohrensessel.

Auf dessen Lehne ließ sich Ina nieder, nachdem Jörn verschwunden war. Vorsichtig legte sie einen Arm um zwei dürre Schultern. „Machen Sie sich keine Sorgen, gleich gibts frischen Kaffee. Danach sieht alles schon ganz anders aus."

Die alte Frau schaute zu ihr auf. In ihren ohnehin trüben Augen schimmerten nicht nur altersbedingte Tränen, sondern auch eine düstere Vorahnung. „Ist meinem Peter was passiert?", fragte sie mit dünner, kaum hörbarer Stimme.

Anstelle einer Antwort umschlang Ina die zerbrechliche Frau so fest, wie sie es eben noch verantworten konnte. Wenn sie ehrlich war, brauchte sie gerade selbst eine Schulter zum Anlehnen.

„Er hat mich doch angerufen", ging es flüsternd weiter.

„Ihr Sohn? Wann?"

Knorrige Finger wanderten zitternd nach vorne und wollten nach dem Mobiltelefon greifen. Ein Teil von einfachster Machart.

Ina kam ihr zu Hilfe.

„Peter meint, man kann sehen, wer angerufen hat. Aber ich weiß nicht, wie das funktioniert."

„Da müssen Sie irgendwas gelöscht haben", lautete Inas Ergebnis nach einigen Versuchen. „Ich schreib mir mal Ihre Nummer auf, vielleicht kann unsere Technik noch was retten. Sobald wir Ihren Verbindungsnachweis haben, wissen wir auf jeden Fall Bescheid."

„Und er ist wirklich tot? Sind Sie sicher?"

Ina hatte nicht nur mit Trockenheit in ihrem Mund zu kämpfen, sondern auch damit, die traurige Wahrheit in möglichst schonende Worte zu verpacken. „Sieht so aus, ja. Letzte Sicherheit bekommen wir aber erst, wenn man ihn zweifelsfrei identifiziert hat."

„Was soll denn jetzt aus mir werden?", fragte Elisabeth Nissen nach langem Schweigen. Sie zitterte am ganzen Leib und schniefte zum ersten Mal. „Ich hab doch nur Peter – sonst niemanden mehr."

Nach diesen Worten höchster Verzweiflung war es um Inas inneres Bollwerk vollständig geschehen. Klar, sie war nach elf Monaten Pause ein wenig aus der Übung. Aber an solchen deprimierenden Herausforderungen wäre sie garantiert auch vor ihrer Zwangspause kläglich gescheitert. Erste Tränen liefen ihre Wangen herunter. Sie stand auf und kramte in ihrer Jeans nach einem Taschentuch. Dabei versuchte sie krampfhaft, dem Blick der alten Frau auszuweichen.

Das klappte auch halbwegs, aber der krächzenden Stimme konnte sie nicht entkommen. „Können Sie mir sagen, was mit Peter passiert ist?"

Ina schüttelte den Kopf, was der Wahrheit entsprach. Andernfalls hätte sie auch nur mit größter Mühe etwas herausgebracht.

„Er hat oft getrunken und sich dann mit anderen geprügelt", fuhr die alte Frau nachdenklich fort. „Aber er war kein schlechter Mensch, schließlich hat er sich gut um mich gekümmert. Jeden Tag! Er ist vom Schiff runter und immer gleich zu mir gekommen."

„Vom Schiff?", hakte Ina nach. In anderen Fällen hätte sie längst beim Finanzamt nachgefragt und sich nach Peter Nissens Job erkundigt. In diesem Fall hatte die Zeit dafür nicht gereicht. Außerdem war es vermutlich viel einfacher, die Fakten aus dem Mund der Mutter zu hören.

Oder auch nicht, denn was jetzt folgte, sorgte höchstens für weitere Verwirrung: „Ich weiß gar nicht, wie sein Kutter heißt. Der letzte hieß ... nein … keine Ahnung."

Inzwischen hatte Ina schon selbst einige Puzzleteile zusammengesetzt. „Dann hat Ihr Sohn also auf einem Fischkutter gearbeitet? Sonst hätte er kaum jeden Tag bei Ihnen vorbeikommen können."

„Fische", bestätigte die alte Frau eifrig nickend. „Er hat oft welche mitgebracht – es gut gemeint. Aber ich hab mir noch nie besonders viel aus Fisch gemacht und die meisten weggeworfen. Erzählen Sie ihm das bloß nicht!" Eine kurze Pause entstand. Dem faltigen Gesicht war anzusehen, dass dahinter ein erbitterter Kampf stattfand. Fakten gegen Wünsche – traurige Gewissheit gegen die Liebe einer Mutter. „Ich rede dummes Zeug, oder?"

Ina hielt es nicht mehr aus und starrte auf den dunklen Fernseher: Ein riesiger Flachbildschirm, der fast die halbe Wohnzimmerwand einnahm und auch direkt daran montiert war. Alles andere hier sah wie Sperrmüll aus, der aus dem letzten Jahrhundert stammte. Diese offensichtliche Diskrepanz gab Ina zu denken. Also nutzte sie die Zeit zwischen zwei schweren Seufzern der alten Frau, um eine Frage loszuwerden: „Hat Peter Ihnen den Fernseher geschenkt?"

„Zu Weihnachten. Ich sag doch, er ist ein guter Junge."

„Arbeitet Ihr Sohn denn als Kapitän oder verdient man als einfacher – wie nennt man das? – Matrose oder Seemann so viel Geld?"

Die Antwort kam wie aus der Pistole geschossen: „Er hat ja nichts gelernt und ist an Bord sowas wie ein Mädchen für alles. Hilft Ihnen das weiter?"

Ina nickte, obwohl ihr nach dem genauen Gegenteil zumute war. Sie hatte auch schon die nächste Frage parat, doch Jörn, der den Schlüssel der alten Frau mitgenommen hatte, platzte herein.

Ein paar Schritte später stand er mitten im Wohnzimmer. In seinen Händen hielt er die bestellten zwei Päckchen Kaffee und eine Papiertüte, die von außen nichts über ihren Inhalt verriet. Wieder keuchte er und es dauerte eine Weile, bis er regelmäßig atmen konnte.

„Alles in Ordnung?", erkundigte sich Ina der Form halber. „Soll ich lieber einen Arzt rufen?"

„Nichts ist in Ordnung!", erwiderte Jörn und zeigte seiner Kollegin hinter vorgehaltener Hand den ausgestreckten Mittelfinger. „Wir müssen sofort los!"

„Und was ist mit Frau Nissen?" Ina deutete auf den Ohrensessel. „Ich lasse sie hier nicht allein, bevor ..."

„Die Frau von der Seelsorge ist in spätestens 'ner Viertelstunde hier. Aber das ändert nichts daran, dass wir sofort losmüssen."

„*Lütje Deern!*", platzte es aus der alten Frau heraus.

Ina fing dieses vermeintliche Kompliment lächelnd auf, auch wenn Jörn an ihr zerrte. „Ich bin schon ein bisschen älter, das passt in meinem Fall nicht mehr ganz", sagte sie und ließ es sich nicht nehmen, Elisabeth Nissen zum Abschied noch kurz über die Schulter zu streichen.

„Ich meine doch den Fischkutter", erklang es krächzend. „Das Ding heißt *Lütje Deern.*"

Jörn schien es zwar noch immer eilig zu haben, trotzdem schaute er fragend.

„Kleines Mädchen", übersetzte Ina für ihren Kollegen aus dem Ruhrpott.

Der nahm den Hinweis schweratmend zur Kenntnis. „Das passt ja bestens zu unserem nächsten Problem."

5

Kapitän Per Christensen – ein kleiner, stämmiger Mann mit wettergegerbtem Gesicht – hatte seinen schwimmenden Arbeitsplatz seit der Rückkehr in den Hafen am Samstagmorgen nicht mehr betreten. Man konnte sogar sagen: Er mied ihn mit voller Absicht. Weshalb, wurde ihm schlagartig bewusst, als er an diesem Montag gegen Mittag über eine Planke das Deck der *Lütje Deern* betrat. Dort stürmte ihm Heino Wollesen, den alle an Bord nur Wolle nannten, mit ausgebreiteten Armen entgegen. Fast so, als würde er seinen Kapitän zur Begrüßung am liebsten umarmen.

„Bleib mir bloß vom Pelz!", wehrte der sich mit Worten. Erfolgreich, denn Wolle blieb in zwei oder drei Metern Entfernung stehen und musterte seinen Chef mit einer Mischung aus Skepsis und Misstrauen.

Christensen kam einer Frage zuvor: „Dieses Mal seid ihr eindeutig zu weit gegangen! Und falls ihr euch Hoffnungen macht, dass ich euch decke oder beim Vertuschen helfe, habt ihr euch gründlich geschnitten. Ich bin raus!"

„Was soll das denn heißen, Käpt'n ... willst du uns etwa verpfeifen?"

„Ich weiß doch noch nicht mal genau, was überhaupt passiert ist", knurrte Christensen, während er sich an seinem Maschinisten und – falls der erste nicht da war – zweiten Steuermann vorbeischob. Er war schon vor der Tür zum Führerstand des Kutters angekommen, da blieb er stehen und drehte sich um. „Nur fürs Logbuch: Ich will es auch gar nicht wissen. Lasst mich mit eurem Scheiß gefälligst in Ruhe!"

Von dieser Aufforderung ließ sich Wolle nicht abhalten. Er folgte seinem Kapitän in den Führerstand und begann sofort mit einer unaufgeforderten Rechtfertigung: „Wir wollten das nicht. Ehrenwort! Die Sache ist wohl ein bisschen aus dem Ruder gelaufen."

„Das könnte man kaum besser sagen", lobte Christensen seinen Maschinisten. Dass dieses Lob nicht ernst gemeint war, bewiesen gleich seine nächsten Worte: „Und was heißt hier eigentlich ›ein bisschen‹? Wegen eurer Dämlichkeit landen wir alle noch im Knast."

„Soweit darf's nicht kommen", flüsterte Wolle und wurde ganz blass. Dabei beobachtete er seinen Kapitän, wie der nacheinander einige Instrumente checkte. Zuletzt war das Funkgerät dran. Aus dessen Lautsprecher knackte und pfiff es unentwegt. Um noch etwas loszuwerden, musste der dürre Maschinist beinahe brüllen: „Solange du uns nicht in die Pfanne haust, ist alles in Ordnung. Das gilt übrigens nicht nur für mich, sondern auch genauso für …"

„Und falls doch?" Christensen war mit dem Funkgerät fertig, der Lautsprecher schwieg von nun an. „Was soll ich den Bullen denn erzählen, wenn die plötzlich vor mir stehen und tausend Fragen stellen?"

„Am besten die Wahrheit", schlug Wolle nach kurzem Überlegen vor. „Du warst Freitagabend stockbesoffen, hast unten auf deiner Pritsche gepennt und von nichts was mitbekommen."

„Stimmt ja auch – fast", kam es genuschelt zurück. „Wo ist eigentlich Piet? Der wollte doch heute hier auf mich warten und mir mit den Tragarmen helfen. Die Hälfte muss geschweißt werden, die andere bauen wir einfach ab. Mit der dämlichen Fischerei ist es sowieso bald ganz vorbei."

„Wahrscheinlich hockt er wieder bei seiner Mutter und kommt nicht von ihr los", erwiderte Wolle beiläufig. „Du kennst ihn doch. Wenn es um die alte Krähe geht, läuft ihm das Herz über."

„Ist sonst noch was?", fragte Christensen kopfschüttelnd, nachdem er sich umgedreht hatte.

„Nö, nö, Käpt'n! Alles in Butter aufm Kutter."

***

„Kannst du mir bitte mal verraten, was das zu bedeuten hat!", rief Ina, während sie hinter Jörn die Treppenstufen hinunterhechtete. Sie bekam allerdings erst eine Antwort, als sie auf dem Bürgersteig vor dem Haus angekommen waren.

„Es geht um Dini ... sie steckt in der Klemme." Jörn setzte sich schon wieder in Bewegung und wollte die Toosbüystraße im Laufschritt überqueren. Nach einem Blick über die Schulter musste er jedoch feststellen, dass Ina immer noch wie angewurzelt vor dem Hauseingang stand.

Mit funkelnden Augen fragte sie: „Ist das dein Ernst? Deine Tochter hat ein Problem, und deshalb beenden wir da oben unser ..."

„Erstens ist sie nicht nur meine Tochter, sondern auch deine Nichte! Und zweitens hatte sie wohl in der Pause Streit und Pfefferspray dabei, um sich gegen ihre Widersacher zu wehren."

„Pfefferspray? Woher hatte sie das denn?" Ina verstummte. In ihrem Gesicht machte sich eine schreckliche Vermutung breit.

Mit nicht zu übersehender Schadenfreude sagte Jörn: „Hat Heike auch schon gedacht. Sie ist sich sogar sicher, dass Nadine dir das Pfefferspray geklaut und es mit zur Schule genommen hat. Da gehts in den Pausen mittlerweile zu wie auf dem Kiez."

„So ein Scheiß!" Auf weitere Worte verzichtete Ina, packte Jörn am Jackenärmel und zog ihn kurz darauf quer über die Straße. Als die beiden im Auto saßen, fand sie ihre Stimme wieder. „Klang Heike am Telefon sauer?"

„Auf jeden Fall solltest du dich in den nächsten Tagen lieber nicht bei ihr blicken lassen." Jörn überlegte; das Ergebnis war ein verhaltenes Lachen. „Aber du kennst sie ja: Kocht schnell über und beruhigt sich auch genauso schnell wieder."

„Dann weiß sie also schon, dass wir in Zukunft zusammenarbeiten?"

„Glauben wollte sie es zuerst nicht. Und irgendwie war sie danach komisch – nicht nur wegen der Geschichte mit dem Pfefferspray."

Vor der nächsten roten Ampel legte Ina eine Vollbremsung hin. Nachdem die auf Grün umsprang, gab sie Vollgas, bog in rasanter Fahrt nach links ab und ein Stück weiter nach rechts, noch schneller.

„Wenn das Ei umkippt, brauchst du dir wegen Heike keine Sorgen mehr zu machen", keuchte Jörn.

„Kriegst du die Probleme in der Schule auch allein in den Griff, wenn ich dich dort absetze?" Ina war wieder mit Fahren beschäftigt, beziehungsweise mit dem Überholen eines Paketdienst-Sprinters, der mit Warnblinker in zweiter Reihe stand. Dann ging es verbal weiter: „Karsten hat es dir gegenüber nicht erwähnt: Er steht unter Druck von oben und erwartet deshalb so schnell wie möglich Resultate von uns."

„Ist das nicht immer so? Ich hab noch keinen Mordfall erlebt, bei dem mein Chef etwas wie ›Lassen Sie sich ruhig Zeit, Herr Appel! Wir haben schon genug Mörder hinter Gittern‹ gesagt hätte. Du etwa?"

Ina musste lächeln und notgedrungen den Kopf schütteln. „Hast recht, sowas hört man selten." Minuten später absolvierte sie auf dem Parkplatz der Schule ein abenteuerliches Wendemanöver und stoppte vor dem Haupteingang. Sie hielt Jörn zum Abschied die Rechte entgegen. „Danke!"

„Wofür?"

Ina winkte ab. „Grüß Dini schön und richte ihr aus, dass ich ihr die Hammelbeine langziehe, wenn wir uns das nächste Mal sehen. Das war Diebstahl und obendrein wahrscheinlich gefährliche Körperverletzung."

„Dann sag ich lieber gar nichts. Ansonsten klaut sie dir bei nächster Gelegenheit die Dienstwaffe und richtet noch schlimmeres Chaos an."

Nachdem Jörn ausgestiegen war, schaute ihm Ina hinterher, bis er durch eine der breiten Glastüren in der Schule verschwand. Was sich gleich im Zimmer der Direktorin abspielen würde, konnte sie sich nicht mal richtig ausmalen, schließlich hatte sie keine eigenen Kinder. Aber sie erinnerte sich an ein paar negative Vorfälle der letzten Jahre. Auch an Nadines absonderliche Wandlung vom kleinen Mädchen, das man gar nicht oft genug knuddeln und knutschen konnte, bis hin zum pubertierenden Monster, dem man vorzugsweise aus dem Weg ging. Auf jeden Fall dann, wenn man keinen gesteigerten Wert auf flapsige Kommentare oder eisiges Schweigen legte.

Ina startete den Motor und fuhr erstmals an diesem Tag einigermaßen gesittet los. Symptomatisch für ihren Neustart hier in Flensburg. Den hatte sie sich nach elf Monaten Zwangspause irgendwie anders vorgestellt. Wie genau, konnte sie nicht sagen. Und weil sie dieser seltsame Zwischenstand gleich vor neue Rätsel stellte, drehte sie die Musik lauter und jaulte den Refrain von Alan Parsons Projekt *Eye in the Sky* aus voller Kehle mit.

Ihr letzter Freund in Kiel, mit dem sie eine zweieinhalbjährige On-Off-Beziehung hinter sich hatte, meinte mal, sie solle froh sein, dass sie bei der Polizei untergekommen wäre. Als Sängerin hätte ihr der Hungertod gedroht. Dieses unverschämte Fazit war zwar nicht Ursache für das endgültige Off, aber mit derartigen Kommentaren hatte er sich nur selten zurückgehalten. Ein Bundesliga-Profi, wenn es ums Austeilen ging. Einstecken konnte er dagegen nur wie ein Anfänger in der Kinderturngruppe. Der wahre Grund für das Scheitern der ansonsten verhältnismäßig zwanglosen und manchmal sogar angenehmen Beziehung.

Ina lachte über ihren ungeplanten Ausflug in die Vergangenheit, drehte die Musik noch lauter und passte ihr Gejaule an, um mitzuhalten. Flensburg sollte für sie nicht nur beruflich, sondern auch privat ein Neuanfang werden. Bis hierhin war dieser Start vielleicht ein wenig holprig verlaufen, aber von solchen kleinen Problemen wollte sie sich keinesfalls aufhalten lassen …

6

„Dürfte ich erst mal erfahren, wer Sie überhaupt sind?", monierte die Schulleiterin, als Jörn vor ihrem Schreibtisch stand. Der hatte seine vierzehnjährige Tochter Nadine auf dem Flur abgefangen und sie wie einen störrischen Esel hinter sich hergezogen. Aktuell zappelte sie an seiner Seite und wäre mit Sicherheit davongelaufen, hätte er die Umklammerung ihres Unterarms leichtfertig aufgegeben.

Jörn streckte der Schulleiterin seine freie Linke entgegen. „Verzeihung … Appel, Jörn Appel … Nadines Vater. Also, ihr richtiger … Vater, meine ich."

„Jetzt hör doch mal mit dem Gestotter auf, Papa!" Diese unverschämte Aufforderung stammte natürlich von Nadine. Die machte keinen Hehl daraus, was sie in dieser Situation von ihrem Erzeuger hielt. „Du bist sowas von peinlich!"

Die Direktorin bemühte sich um ein Lächeln, weil sie vermutlich schon ganz andere Dinge erlebt hatte. „Sie wissen bereits, was passiert ist, Herr Appel?"

„Nur so viel, dass es um einen Streit auf dem Schulhof und um Pfefferspray geht", antwortete Jörn so beiläufig wie möglich.

Geradewegs, als spräche er über einen albernen Streich. „Ich muss mich wohl entschuldigen. Ich bin Polizeibeamter und …"

„Dafür muss man sich in unserem Land hoffentlich noch nicht entschuldigen", unterbrach ihn die Schulleiterin lächelnd.

Erst jetzt fiel Jörn auf, dass es sich – die Hornbrille und den strengen Haarknoten weggedacht – um eine höchst attraktive Frau in den besten Jahren handelte. Aber dies war kaum der richtige Ort und noch weniger die richtige Zeit, um sich von seinen Hormonen leiten zu lassen. Ungeachtet dessen versuchte er es weiter mit Demut. „Nadine hat offenbar mein Pfefferspray in die Finger bekommen. Die Dienstwaffe schließe ich selbstverständlich jeden Abend weg, aber andere Dinge, wie zum Beispiel Handschellen …" Er verstummte, weil sich das dezent geschminkte Gesicht vor ihm schon allein beim Wort ›Handschellen‹ seltsam veränderte.

Diese Gelegenheit nutzte Nadine für eine Richtigstellung: „Das war gar nicht von dir, Paps! Ich hab's Tante Ina geklaut."

„›Tante Ina‹ also?", wiederholte die Schulleiterin und auch bei diesen Worten wollte ihr süffisantes Lächeln nicht nachlassen.

„Macht ja unterm Strich keinen Unterschied", haspelte Jörn. „Ich kann Ihnen auf jeden Fall garantieren, dass so etwas nicht wieder vorkommt – dafür sorge ich."

Die Direktorin schaute streng und nickte, wobei sich Jörn ziemlich sicher war, hinter dieser Fassade ein unausgesprochenes ›Schade!‹ erkennen zu können.

Nach ein paar weiteren Entschuldigungen und dem – wie es in solchen Fällen üblich war – pauschalen Versprechen, alles würde besser werden, fanden sich Jörn und seine Tochter zwei Minuten später auf dem Flur vor dem Sekretariat wieder. In ihm brodelte es, denn diese Duckmäuser-Nummer passte von Haus aus so gar nicht zu ihm.

Nadine wollte sich postwendend aus dem Staub machen, doch ihr immer noch aufgebrachter Vater schaffte es, sie am Ärmel ihrer olivfarbenen Jacke festzuhalten.

„Hiergeblieben, junges Fräulein! Darf ich erfahren, wo du hinwillst?"

„Ich hab Unterricht", kam es wie selbstverständlich zurück. „Reli, beim alten Braak." Von diesem Umstand abgesehen, machte Nadines Ton klar, was sie nach der bedingungslosen Kapitulation ihres Vaters im Büro der Schulleiterin von ihm hielt. Wohlwollend aufgerundet: nichts.

„Wär's dir lieber gewesen, du hättest den nächsten Verweis kassiert?", entgegnete Jörn zornig. „Deine Mutter hat mir erzählt, dass du letztes Jahr nur haarscharf am endgültigen Rauswurf vorbeigeschrammt bist. Stimmt das?"

Nadine zuckte mit den Schultern, verschränkte die Arme vor der Brust und präsentierte ihren schönsten Schmollmund. Sie sagte zwar nichts, aber das war auch gar nicht nötig.

Jörn wollte ihr nicht zu viel verraten. Erst recht nicht, was er und seine Ex-Frau in Sachen Schule für die gemeinsame Baustelle namens Dini planten. Im Grunde seines Herzens freute er sich, wenn er seine Tochter mal derart exklusiv zu Gesicht bekam. Auch wenn die heutigen Umstände alles andere als angenehm waren. Als Resultat dieser plötzlichen Gefühlsduselei knuffte er sie liebevoll in die Seite und sagte: „Trotzdem schön, dich zu sehen, Knuddel."

Dini schaute zu ihm hoch, demonstrierte Fassungslosigkeit. „Nenn mich bloß nicht so, wenn jemand in der Nähe ist!"

Nach dieser Ermahnung rang sich Jörn nur mit größter Anstrengung ein Lächeln ab. Doch das diente ohnehin nur als Einleitung für eine Moralpredigt. Er hatte nicht vor, hier einen Abgang als großer Verlierer hinzulegen. „Wenn du dir solche Sperenzchen nicht abgewöhnst, dann seh ich für deine Zukunft schwarz."

„Spe…was?"

„Du sollst aufhören, deiner Mutter, mir und dir selbst Probleme zu machen!", übersetzte Jörn nach einem schweren Atemzug. „Und wir sind uns übrigens einig: Wenn du am Ende der Neunten wieder zwei Fünfen hast, dann ist das Handy erst mal weg."

„Könnt ihr nicht machen … das Teil gehört mir!"

Jörn erinnerte sich ans letzte Weihnachtsfest. Insbesondere an Nadines strahlende Augen, als sie das brandneue iPhone ausgewickelt hatte und ihm um den Hals gefallen war. ›Mein Paps ist der größte, beste und schönste‹ hatte sie damals regelrecht gejubelt. Hinterher hatte sie sich allerdings zum Chatten in ihr Zimmer verkrümelt und ward den Rest des Heiligen Abends nicht mehr gesehen.

„Ist noch was?", erkundigte sich der einzige Grund, weshalb Jörn seiner alten Dienststelle und Bochum den Rücken gekehrt hatte.

„Wir schreiben nächste Woche Reli, Paps. Da muss ich …"

„Lass gut sein!" Jörn versuchte, seine Tochter zum Abschied zu umarmen, doch sie entzog sich geschickt und verabschiedete sich ihrerseits mit einem genervten Blick.

Zurück blieb ein ratloser Vater, der nicht nur an sich selbst, sondern auch am Fortbestand der Zivilisation zweifelte. Aber damit würde er sich später beschäftigen, nach Feierabend.

***

Die Flensburger Förde endet mitten in der Stadt, wo man von der sogenannten *Hafenspitze* spricht. Am Westufer liegen vereinzelt Ausflugsdampfer und Museumsschiffe, dazu zahlreiche Segelboote. Touristen schlendern über die Uferpromenade, sitzen in der Sonne und beobachten das rege Treiben auf der Förde. Von Zeit zu Zeit können sie sogar die *Dannebrog*, die Yacht der dänischen Königin Margarete bestaunen, wenn sie ihren deutschen Nachbarn einen Besuch abstattet. Ein großes weißes Segelschiff mit drei Masten, edlem Holz und goldenen Verzierungen. Die Matrosen, deren Aussehen königlich angemessen erscheint, sind oft eine zusätzliche Attraktion für die weiblichen Zuschauer. Gerne wird dieses Ereignis von beiden Seiten mit großem Tamtam und allerlei Veranstaltungen rund um den majestätischen Ehrengast zelebriert.

Am Ostufer markiert der neu eröffnete *Gosch* den Anfang der Fressmeile. Aber Ina stand der Sinn nicht nach Essen, sondern nach Ergebnissen. Also lenkte sie ihren Smart vom Hafendamm in den Ballastkai und parkte dort vor der einzig verbliebenen Halle, in der hier noch Fischhandel betrieben wurde.

Sie stieg aus, reckte sich, um die verspannten Muskeln zu dehnen und warf zunächst einen Blick in die Runde. Das Handwerk der Fischerei hatte schon vor Jahrzehnten seinen ursprünglichen Charme verloren. Selbst hier in Flensburg, mit der Förde direkt vor der Tür, kam der meiste Fisch aus Hamburg und stammte von riesigen Trawlern, die systematisch alle Weltmeere leerfischten. Eine milliardenschwere Industrie, die nichts mehr mit alten Bräuchen oder gar Seefahrerromantik gemein hatte.

Sämtliche Tore der Halle waren verschlossen; auch auf Inas mehrfaches Klingeln und Klopfen reagierte niemand. Eine weitere Besonderheit des Fischgeschäfts. Man fing ganz frühmorgens an, damit möglichst schon mittags alles frisch auf den Tellern der Hungrigen liegen konnte.

Wasserseitig lagen zwei museumsreife Schiffe an der Kaimauer – wahrscheinlich ehemalige Fischkutter –, die dem Aussehen nach einen neuen Verwendungszweck als schwimmende Wohnwagen gefunden hatten. Auf einem davon saß ein Hund, der Ina kläffend begrüßte und erst verstummte, als sein Herrchen auftauchte. Ein Vollbartträger von etwa Ende vierzig. Äußerlich eine Mischung aus Künstler, Dauerstudent und Halbaffe.

Der schaute zu Ina hoch und hob zur Begrüßung eine Hand. Offensichtlich ein ungeahnter Kraftakt, denn die fiel genauso schnell herunter und rührte sich einstweilen nicht mehr.

Ina ließ ihren Blick am verrosteten Schiffsrumpf entlangwandern und blieb am Bug hängen. Dort hatte jemand den ursprünglichen Namen mit schwarzer Farbe übermalt. Aktuell durfte sich der Stolz der Flensburger Aushilfsflotte *Black Thunder* nennen. Aber mit Donner war wohl nur zu rechnen, wenn man verrückt genug wäre, den Schiffsmotor zu starten.

„Moin!", begann Ina eine Unterhaltung auf typische Weise. Und um nicht gleich dienstlich werden zu müssen, zeigte sie auf den Hund. Der sprang unentwegt an seinem Herrchen hoch. Sicher forderte er ein Leckerli, weil er doch mit dem Bellen aufgehört hatte. „Ist das ein Jack Russell?", wollte Ina wissen.

Der Mann schaute den Hund an, als würde er ihn zum ersten Mal sehen und verzog das Gesicht, bevor er den Kopf wieder hob. „Keine Ahnung. Ist 'n Hund … gehört meiner Freundin. Müssen Sie die fragen."

Als hätte sie diesen Weckruf vernommen, tauchte plötzlich auch diese Freundin an Deck auf. Abgesehen vom fehlenden Vollbart passte sie bestens zu ihrem Lebensgefährten.

Ina hatte große Mühe, nicht laut loszulachen. Vorausgesetzt, die beiden hätten ein gemeinsames Kind, dann wäre das ganz bestimmt ein niedlich anzusehendes Äffchen, dachte sie. Aber es wurde höchste Zeit, ernsthaft zu werden. „Sagt Ihnen der Name *Lütje Deern* etwas? Soll ein Fischerboot sein."

„Klar!", erwiderte der Bärtige einsilbig. Seine Freundin nickte beipflichtend, was ihre zottelige und sicherlich seit Wochen ungewaschene Mähne in Bewegung brachte. Überdies hatte sie wohl schon zum Frühstück einen Joint durchgezogen. Hoch an Deck war sie scheinbar nur gestiegen, um ihren Freund zu einer mittäglichen Wasserpfeife zu animieren.

„Legt die hier von Zeit zu Zeit an?" Ina deutete auf die Halle hinter sich und dann die Kaimauer entlang. „Platz genug wäre ja noch."

Der Mann verzog nachdenklich das Gesicht. Es sah aus, als hätte er soeben seinen restlichen Verstand verloren. Und er antwortete auch nicht, sondern bestieg die wackelige Planke, die seinen schwimmenden Wohnsitz mit festem Boden verband. Plötzlich blieb er darauf wie angewurzelt stehen, spähte erst nach rechts, dann nach links und deutete zum Abschluss in die entsprechende Richtung. Nun konnte Ina seine Finger richtig sehen. Die waren nicht nur dunkelbraun vom Tabakrauch. Jeder einzelne Fingernagel hätte ein klassisches Indiz dafür sein können, dass dieser seltsame Zeitgenosse vergangene Nacht seine Großmutter mit bloßen Händen beerdigt hatte.

Sein Mund öffnete sich und gab ein erstaunlich intaktes Gebiss frei. „Da hinten liegt sie doch! Sind Sie blind?"

Bei so viel nordischem Charme auf der Gegenseite verzichtete Ina auf Abschiedsworte, hob nur kurz die Hand, um sich zu bedanken und stand keine zwei Minuten später vor der *Lütje Deern*. Rein äußerlich ein Schiff, dem man ansah, dass es noch im Einsatz war.

Ina überlegte, ob sie die Planke betreten und einfach so an Bord gehen sollte. Juristisch gesehen, würde es sich dabei bereits um Hausfriedensbruch handeln. Und um sich genauer umzusehen, bräuchte sie ohnehin einen Durchsuchungsbeschluss. Also zögerte sie eine Weile, denn bei ihrem ersten Flensburger Fall wollte sie keinesfalls gleich ins offene Messer einer Dienstaufsichtsbeschwerde laufen.

Am Heck des Kutters tauchte plötzlich ein Mann auf. Der hatte Ina längst entdeckt, schwieg jedoch. Also musste sie notgedrungen den Anfang machen: „Moin ... sind Sie der Kapitän?"

„Wer will das denn wissen?"

„Drews, Hauptkommissarin, Kripo Flensburg." Ina fischte ihren brandneuen Dienstausweis aus der Tasche. Den hatte sie am Morgen, neben einem Batzen druckfrischer Visitenkarten, in ihrer ansonsten leeren Ablage gefunden. „Außerdem wäre es nett, wenn Sie einfach auf meine Frage antworten."

„Der Käpt'n is grad wech."

„Und das ist alles?", hakte Ina nach, wofür sie lediglich ein Schulterzucken erntete. Sie zeigte auf die Planke, in diesem Fall eine Mini-Gangway. „Haben Sie was dagegen, wenn ich an Bord komme?"

„Immer zu, aber passen Sie auf, dass Sie nicht ins Wasser fallen!"

Kurz darauf stand Ina an Deck der *Lütje Deern* und tat erstaunt, um das Gespräch im zweiten Anlauf positiver zu eröffnen. „Donnerwetter! Hier blitzt und blinkt ja alles. Sind Sie dafür verantwortlich?"

„Kennen Sie sich mit Schiffen aus?", fragte der Mann gelangweilt.

„Vielleicht sind Sie so nett und sagen mir erst mal Ihren Namen. Und am besten auch gleich, was Sie hier an Bord so tun."

Selbst dieses freundliche Gehabe half nicht, denn Inas Gegenüber blieb wortkarg. „Horst Jansen ... erster Steuermann."

Ina schaute sich um und lächelte. „Gibt es auf Schiffen dieser Größe auch einen zweiten?"

„Wenn ich krank bin oder Urlaub hab." Plötzlich war der vorherige plattdeutsche Slang verschwunden. „Ich habe zu tun! Ist sonst noch was?"

„Dann komme ich wohl lieber mal auf den Punkt", fuhr auch Ina mit ganz anderer Stimme fort. Von nun an klang sie wie eine Hauptkommissarin und nicht mehr wie die nette Frau von nebenan. „Sagt Ihnen der Name Peter Nissen etwas?"

„Falls Sie unseren Piet meinen, ja."

„Also arbeitet er hier auf dem Schiff?"

Ein Nicken.

„Wann haben Sie Herrn Nissen zuletzt gesehen?"

„Samstagmorgen", kam es nach kurzem Überlegen zurück. „Als Feierabend war."

„Und da war alles in Ordnung? Oder erinnern Sie sich an einen besonderen Zwischenfall?"

„Was denn zum Beispiel?" Zum ersten Mal wirkte Jansen argwöhnisch.

Ina tat, als müsse sie sich schnell etwas ausdenken und bemühte sich dann, so naiv wie möglich zu klingen. „Ich hab keine Ahnung … gab's vielleicht einen Unfall? Ist Herr Nissen ins Wasser gefallen und Sie haben versucht, ihn zu retten? Oder ist er …?"

„Wenn hier bei uns einer ins Wasser fällt, wird er gerettet – da bleibt's nicht beim Versuch!"

„Das klingt ja toll … nach richtiger Kameradschaft an Bord", schwärmte Ina und schnappte künstlich nach Luft. „Dann können Sie mir doch bestimmt auch erklären, wieso Herr Nissen am Strand von Holnis tot aufgefunden wurde. Hat das mit der Rettung dieses Mal nicht so ganz geklappt oder was ist passiert?"

„›Holnis‹?", war Jansens erste Frage. Gerade so, als hätte er den Rest überhört.

„Wundert es Sie gar nicht, dass Herr Nissen tot ist?"

„Wundern tut's mich schon, aber ich weiß nichts darüber."

Ina wollte augenblicklich etwas erwidern, doch ihr fiel so schnell nichts Sinnvolles ein. Klar, Jansens Teilnahmslosigkeit wirkte verdächtig. Aber das war beim rauen Gemüt vieler Seeleute auch nichts Besonderes.

„Piet ist am Samstagmorgen gesund von Bord", erklärte Jansen unaufgefordert. „Mehr kann ich Ihnen nicht sagen."

„Wann kommt denn der Kapitän zurück?", fragte Ina nach einem Fingerzeig in Richtung Führerstand des Kutters.

Wieder nur Schulterzucken.

„Dann lassen Sie mir leider keine andere Wahl." Ina zog ihr Handy aus der Tasche, wählte Jörns Nummer, aber dort ging gleich die Mailbox an. Sie wollte schon die nächste Nummer wählen, besann sich jedoch eines Besseren und warf Jansen ein gezwungenes Lächeln zu. „Hiermit lege ich die *Lütje Deern* von Amts wegen an die Kette. Was bedeutet, dass sie ab sofort nicht mehr auslaufen darf."

„Wieso nicht?"

„Weil es sich bei diesem Schiff möglicherweise um einen Tatort handelt. Sie hören von mir!" Ina drückte dem völlig verdutzten Jansen eine ihrer druckfrischen Visitenkarten in die Hand und kletterte bereits die Planke nach oben. Wieder festen Boden unter den Füßen blieb sie stehen und drehte sich um. „Damit das klar ist: Falls hier jemand meint, er wäre schlauer als ich, dann endet das für denjenigen hinter Gittern. Hoffe, das ist angekommen!"

7

Hinter Jörn lag eine wahre Odyssee. Er hatte von Nadines Schule aus den Bus genommen. Den falschen, wie sich herausstellte, als er sich plötzlich am ZOB in der Innenstadt wiederfand. Der Bus in die entgegengesetzte Richtung fuhr ihm direkt vor der Nase weg, was für eine Viertelstunde Warterei sorgte.

Vor seinem neuen Domizil, einem mehrstöckigen Wohnhaus in der Apenrader Straße, musste er feststellen, dass er seine Schlüssel im Seitenfach von Inas Smart vergessen hatte. Er war schon im Begriff, alles und jeden zu verfluchen, da lief ihm sein Vermieter über den Weg. Ein Türke, der sich gleich zu Beginn als Ali vorgestellt hatte. Den Nachnamen auf seinem Mietvertrag hätte Jörn sowieso nicht aussprechen können. Und wie es der Zufall wollte: Ali verfügte natürlich über einen Generalschlüssel, der zu jeder Wohnung passte.

Darüber, ob das rechtens war, wollte Jörn gar nicht nachdenken. Als er endlich seinen Golf mit dem Zweitschlüssel starten konnte, war es längst Mittag und er mit den Nerven völlig am Ende.

Sein Navi hatte ihn dann problemlos nach Holnis geführt, wo er seinen Wagen auf einem Seitenstreifen abstellte. Er war kaum ausgestiegen, da begegnete ihm eine ältere Frau, die einen riesigen Neufundländer ausführte.

Nachdem der von Jörn ausreichend Streicheleinheiten abbekommen hatte, wurde es Zeit aufzubrechen. „Gehts hier runter zur Nordspitze?", fragte er die Frau und bekam neben einem freundlichen Nicken auch noch eine genaue Wegbeschreibung obendrauf.

Inzwischen ging er einen schmalen Sandweg entlang, den die Natur links und rechts zurückzuerobern versuchte. Spätestens, wenn Ende März zum ersten Mal die Sonne richtig rauskäme, müsste hier ein Bauer für Ordnung sorgen. Ansonsten würde man den nördlichsten Punkt der Halbinsel bald nur noch per Schiff oder Hubschrauber erreichen.

Am Rand der Klippe wurde der Weg noch mal um einiges schmaler. Es ging ziemlich steil bergab und selbst der Bewuchs rundherum nahm noch weiter zu. Unten angekommen, wurde man für diesen beschwerlichen Abstieg umso mehr entlohnt. Ein wahres Paradies tat sich vor Jörn auf: knorrige efeuberankte Eichen in Gesellschaft betagter Schlehenbüsche. Dazu beinahe undurchdringliches Dickicht, durch das man nur auf überwucherten Pfaden zum Meer fand. Allerdings offenbarte sich bei kräftigem Wind und höchstens zehn Grad auch eine raue Seite.

Dennoch blieb selbst jemand wie Jörn, der es mit Ausflügen auf Schusters Rappen allgemein nicht so hatte, eine Weile mit offenem Mund stehen. Er war regelrecht fasziniert von dieser schönen Welt hier draußen und nahm sich vor, sobald wie möglich in seiner Freizeit zurückzukehren. Am besten mit einer neuen Frau an seiner Seite, die solchen Dingen ebenfalls etwas abgewinnen konnte.

Hier, an der Nordspitze der Halbinsel Holnis, hatte man schnell das Gefühl, vollständig vom Wasser der Förde umgeben zu sein. Dahinter war in drei Himmelsrichtungen ausschließlich Dänemark zu sehen. Teilweise zum Greifen nah. Außerdem sah es so aus, als bestünde das Nachbarland im Norden nur aus sattem Grün sowie ein paar winzigen Häusern und Kirchtürmen.

Von links näherten sich zwei Hunde, die sich gegenseitig jagten und von Zeit zu Zeit einfach in die Luft sprangen. Ein Mann, der zu den beiden gehörte und sich die Leinen um den Hals gelegt hatte, rief Jörn etwas zu. Gegen den Wind, deshalb kam davon so gut wie nichts bei ihm an.

„Die tun nichts!", stellte dann der zweite Anlauf klar. Ein paar Meter weiter blieb der Mann stehen und schaute fragend. „Alles in Ordnung mit Ihnen?"

„Ja, ja … klar!" Jörn überlegte und kam zu dem Ergebnis, dass er auf einen Außenstehenden wohl einen lebensmüden Eindruck machte. Also nickte er energisch und versuchte es mit besonderem Frohsinn in der Stimme. „Alles bestens! Können Sie mir sagen, wo ich das Seemannsgrab finde?"

Diese Frage sorgte zwar für neue Skepsis, trotzdem zeigte der Mann den schmalen Küstenstreifen entlang. „Sie müssen dort hinten über die Steine rüber und dann ungefähr noch mal genauso weit. Irgendwo steht dann links ein Schild – können Sie gar nicht verfehlen."

„Kommt man, wenn man weiterläuft, wieder oben bei der Surfschule an? Ich hab da in der Nähe geparkt."

Der Mann nickte flüchtig und stieß einen schrillen Pfiff aus, weil seine Hunde im Begriff waren, ein Bad in den kühlen Fluten der Förde zu nehmen. „Ich mach mich mal lieber auf die Socken", entschuldigte er sich übereilt.

Jörn schaute dem Hundehalter, der seine Vierbeiner mit weiteren Pfiffen und Schreien von einem salzigen Vollbad abzuhalten versuchte, lachend hinterher. Im nächsten Moment erinnerte er sich an seinen eigentlichen Grund, hierher zu fahren: Schließlich wollte er sich den Fundort der Leiche genauer anschauen und dabei – falls möglich – auf Hinweise stoßen. Ungeachtet dessen tat es gut, wenn einem der Wind lästige Gedanken aus dem Kopf vertrieb. Die Entscheidung, nach Flensburg umzusiedeln, hatte er spontan, praktisch aus dem Bauch heraus getroffen. Nach dem heutigen Scharmützel um seine Tochter Nadine blieb zu hoffen, dass er das nicht schon sehr bald bereute …

***

„Moin!", rief Kapitän Christensen, als er am frühen Nachmittag auf die *Lütje Deern* zurückkehrte.

Sein erster Steuermann Horst Jansen war an Deck mit dem Austausch einiger Scharniere beschäftigt und nahm kaum Kenntnis von ihm. Er verzichtete auch darauf, wenigstens das seemännisch unterkühlte *Moin!* zu erwidern.

„Hat sich Piet in der Zwischenzeit mal blicken lassen?", fragte Christensen.

„Das wollte die Bullentante vorhin auch wissen."

„Welche ›Bullentante‹?"

„Tu doch nicht so! War doch klar, dass uns die Polente irgendwann aufs Dach steigt. Nur so früh hätt ich nicht damit gerechnet", schob Jansen noch nuschelnd hinterher.

„Vielleicht sagst du mir endlich mal, was die Tante hier wollte! Du Idiot hättest mich ja auch mal anrufen können", knurrte Christensen.

Für seine nächsten Worte wandte Jansen nicht mal den Blick von einem rostigen Scharnier ab: „Piet ist tot!"

„Was soll das heißen?"

„Dass er nicht mehr atmet. Was denn sonst?"

Per Christensen brauchte einen Moment, um den Schock zu verdauen. Dabei lehnte er am Arm eines Auslegers, der hinter ihm nachgab. Also stieß er sich ab und taumelte kurz. „Hat die Frau auch gesagt, was ihm passiert ist?"

Jansen hielt mit der Arbeit inne und schaute zum ersten Mal richtig auf. „Die haben ihn am Strand von Holnis gefunden. Keine Ahnung, ob ihn die Flut dort angespült hat oder ob er besoffen eingeschlafen und nicht mehr aufgewacht ist."

Christensen schwieg, deshalb fuhr Jansen gleich fort: „Mein Gott … mehr weiß ich nicht! Du hast doch selbst gesehen, wie Piet am Samstagmorgen gesund und munter von Bord marschiert ist. Oder etwa nicht?"

„Hab ich", gab der Kapitän grummelnd zu. „Aber ansonsten hab ich von der ganzen Nacht nicht viel mitbekommen, weil ..."

„... du deinen Rausch ausschlafen musstest. Logisch!" Jansen war wieder mit dem Scharnier vor sich beschäftigt. Das hielt ihn jedoch nicht von einem weiteren gehässigen Kommentar ab: „Wenn du mich fragst, wird dir die Sauferei früher oder später zum Verhängnis."

„Dann bin ich froh, dass ich dich nicht frage. Und wenn dir hier irgendwas nicht passt, kannst du gerne abmustern."

Jansen hielt erneut mit seiner Arbeit inne, wollte schon antworten, doch sein Kapitän kam ihm mit drohender Stimme zuvor: „Falls du meinst, dass du hinterher aus allem fein raus bist, muss ich dich leider enttäuschen. So einfach geht das nicht."

Jansen büßte einiges an Gesichtsfarbe ein. „Hast du sie noch alle? Ich selbst hab doch nie ..."

„Du hast jahrelang die Hand aufgehalten und dich nicht drum gekümmert, woher das ganze Geld kommt. Und jetzt, wo es ein bisschen ungemütlicher wird, zeigst du mit dem Finger auf andere. Du bist ein Volltrottel, Jansen!" Wenn er in Rage war, dann gewann auch heute noch – sogar nach über dreißig Jahren auf deutscher Seite – Christensens dänischer Akzent die Oberhand. Seine Stimme bebte. „Wenn sie mich rankriegen, sorg ich dafür, dass du der Nächste bist. Versprochen!"

„Was ist denn hier los?", wurde diese Auseinandersetzung plötzlich von einem uniformierten Polizeibeamten unterbrochen. Der stand oberhalb auf der Kaimauer und musterte die beiden Männer unter sich skeptisch. „Alles in Ordnung?"

„Du hältst schön die Klappe!", zischte Christensen seinen ersten Steuermann an, bevor er den Kopf hob und sich um ein unverfängliches Lächeln bemühte. „Alles gut ... können wir irgendwas für Sie tun?"

„Wir haben Anweisung, regelmäßig vorbeizuschauen. Damit Sie nicht auf die Idee kommen auszulaufen."

„Wieso sollten wir denn nicht auslaufen?", erkundigte sich Christensen sichtbar verwundert.

Jansen fischte Inas zerknitterte Visitenkarte aus einer Hosentasche und hielt sie seinem Kapitän entgegen. „Hab ich vergessen … hat die Bullentante von vorhin angeordnet. Aber frag mich nicht, wieso!"

„Können Sie mir das dann vielleicht erklären?", motzte Christensen stattdessen den Streifenbeamten an.

Doch der beließ es bei einem Schulterzucken. Inzwischen hatte sich ein zweiter Uniformierter eingefunden, der sich weiter oben am Kai wie ein Revolverheld neben seinem Kollegen aufbaute und ein lässiges *Moin!* verlauten ließ. Dann folgte wenigstens noch eine halbherzige Erklärung: „Befehl von oben. Falls Sie den Motor starten, sollen wir Sie am Auslaufen hindern – notfalls festnehmen oder die Wasserschutzpolizei rufen."

„Ich komm mir langsam wie im Irrenhaus vor", beschwerte sich Christensen lautstark. „Immerhin bin ich Kapitän dieses Schiffes. Wieso informiert man mich da nicht als Ersten über sowas?", polterte er weiter. „Wäre das nicht der normale … Dienstweg, oder wie man das bei euch nennt?" Mit dieser letzten Frage ließ der Kapitän die beiden Streifenpolizisten kurzerhand stehen. Er war bereits auf dem Weg unter Deck, stoppte jedoch vor den stählernen Stufen und drehte sich um. Sein erster Steuermann bekam einen vielsagenden Blick ab, der nichts mit Freundlichkeit zu tun hatte. „Falls du ausnahmsweise mal was für dein Geld tun willst, rufst du die anderen an und sagst ihnen Bescheid, dass wir heute nicht auslaufen. Die sollen am besten bleiben, wo sie sind und mich in Ruhe lassen."

Horst Jansen sah ehrlich entrüstet aus. „Heißt das, du willst dich nicht dagegen wehren? Die Alte kann doch nicht einfach …"

„Doch, kann sie! Siehst du doch."

8

„Ich brauche einen richterlichen Beschluss – und zwar möglichst schnell." Das war Inas unmissverständliche und ziemlich forsche Ansage, als sie zum zweiten Mal an diesem Montag vor Karsten Bruhns Schreibtisch saß.

Der beendete noch schnell eine Notiz und schaute erst dann auf. „Dein ›möglichst schnell‹ hört sich für mich so an, als müsste da im Nachhinein etwas richtiggestellt werden. Kann das sein?"

Ina nickte und informierte ihren Chef ausführlich über die bisherigen Ermittlungen. Sie schloss mit einer kurzen Zusammenfassung: „Unsere Leiche heißt Peter Nissen, hat auf diesem Fischkutter gearbeitet und sich nebenbei rührend um seine Mutter gekümmert."

Ein Umstand, der Bruhn nicht sonderlich zu interessieren schien, denn er hatte eine andere Rückfrage: „Den Kutter willst du an die Leine nehmen, nur weil Nissen an Bord gearbeitet hat und …"

„… am Sonntag tot auf Holnis gefunden wurde", vollendete Ina. „Ich hab zwar nur den ersten Steuermann angetroffen, aber der wirkte schon mehr als verdächtig. Jörn und ich knöpfen uns schnellstmöglich den Kapitän und den Rest der Mannschaft vor. Würde mich nicht wundern, wenn die alle was zu verbergen haben."

„Dann sorge ich dafür, dass wir den Kutter per richterlicher Verfügung an die Leine nehmen." Bruhns Bedürfnis nach Informationen war gestillt, denn er beschäftigte sich wieder mit seinem Bildschirm. Kurz zuvor hatte sich sein Computer mit leisem Klingelton gemeldet. Vermutlich eine neue Nachricht.

„In Kiel ist man mit der Obduktion durch", murmelte er geistesabwesend. Dabei bewegten sich seine Augen rasant hin und her. Als er vorläufig fertig war, löste er den Blick vom Monitor und sah Ina durchdringend an. „Damit wäre es offiziell: Wir haben es mit einem Mord zu tun."

***

Es war später Nachmittag und fing bereits zu dämmern an, als Jörn das Polizeipräsidium betrat. Hinter der breiten Eingangstür lief ihm gleich Ina über den Weg.

Sie schaute an ihm herunter und verzog fragend ihr Gesicht. „Hattest du heute Morgen nicht 'ne schwarze Jeans an?"

Jörn hätte gerne auf eine Antwort verzichtet, aber irgendwas musste er ja sagen. Also versuchte er es mit einer Gegenfrage: „Bist du da draußen, auf der wunderschönen Halbinsel Holnis, schon mal über die Felsbrocken geklettert … um weiterzukommen?"

„Die sind zu dieser Jahreszeit verdammt glitschig, da muss man sich vorsehen."

„Was du nicht sagst! Als ich zu Hause ankam, um die Hose zu wechseln, musste ich erst mal 'ne halbe Stunde nach meinem Vermieter suchen."

„Wieso? Verwaltet der auch deine Hosen?"

„Der musste mich heute schon zum zweiten Mal reinlassen", stellte Jörn mit unterdrückter Wut in der Stimme klar. „Meine Schlüssel liegen bei dir in der Beifahrertür."

„Lagen!", korrigierte Ina und zog das Corpus Delicti aus ihrer Jackentasche. Sie wedelte damit in der Luft herum. „Das Teil hat in der Tür geklötert, als ich die Musik aufgedreht hab. Ziemlich nervig!"

Jörns Miene verriet, dass er genug von diesem Thema hatte. Er zwang sich zu einem künstlichen Lächeln. „Hast du ansonsten was erreicht?"

„Verrat du mir lieber mal, wieso du unseren Tatort allein besichtigst! Unter Partnern erledigt man sowas in der Regel gemeinsam, weil vier Augen mehr als zwei sehen."

„Dort hätte es auch für sechs Augen nichts mehr zu sehen gegeben", konterte Jörn. „Es sei denn, du legst Wert darauf, dir ein bisschen Absperrband und ein paar Schilder anzusehen." Er gab ein Stöhnen von sich, das vermutlich stellvertretend für eine Antwort stehen sollte. „Und jetzt sag mir lieber, ob du was bewegen konntest!"

Nach dieser Aufforderung durfte sich auch Jörn die Geschichte rund um die *Lütje Deern* anhören. Ina schloss mit hörbarer Erleichterung: „Inzwischen hat Richter Krüger meinen Vorstoß abgesegnet. Der Kutter bleibt im Hafen, bis wir mit ihm fertig sind."

„Aber du willst doch hoffentlich nicht heute noch rausfahren und …?"

„Bestimmt nicht! Wir lassen die Kerle über Nacht schmoren. Morgen sieht alles vielleicht schon ganz anders aus." Ina zeigte auf ein Tablet, das sie sich unter den Arm geklemmt hatte. „Der Autopsiebericht ist vorhin gekommen. Bis wir zwei Hübschen neue Computer kriegen, müssen wir uns eben damit helfen."

Jörn nahm das Tablet an sich, öffnete dessen Schutzhülle und wartete geduldig, bis das Display zu neuem Leben erwachte. Er hob den Kopf. „Hast du den Bericht schon gelesen?"

„Willst du 'ne kurze Zusammenfassung?"

„Ich hab seit heut Morgen nichts gegessen und nur einen halben Liter Kakao getrunken. Meinst du, wir können das auch in der Kantine erledigen?"

„Dann spitz die Ohren!", verlangte Ina, als ihr Jörn gegenübersaß. Vor ihm auf dem Teller lagen zwei große Bockwürste, daneben stand eine Flasche *Flensburger alkoholfrei*. Ideale Voraussetzungen also, um zuzuhören. Davon abgesehen war es in der Kantine herrlich ruhig, denn am späten Nachmittag waren die Kollegen entweder satt oder längst auf dem Heimweg.

Ina fing einfach an: „Laut Autopsie weist Nissens Schädel an drei Stellen die Spuren stumpfer Gewalt auf. Der leitende Rechtsmediziner in Kiel, Dr. von Storch, ist überzeugt, dass es sich bei der Tatwaffe um 'ne Eisenstange oder etwas ähnlich Stabiles handelt. Er hat Rostpartikel in den Wunden gefunden und sie sofort ins Labor geschickt. Auf die Ergebnisse dürfen wir im günstigsten Fall aber noch ein paar Tage warten."

„Wie immer", urteilte Jörn und nahm dazu einen großen Schluck aus seiner Bierflasche. „Den Unterschied schmeckt man kaum, vielleicht bleib ich beim alkoholfreien."

„Glaubst du denn, das hilft uns auch bei unserem Fall?"

„Nö." Jörn zeigte auf seinen Teller und die zweite Bockwurst, von der er noch nicht abgebissen hatte. „Willst du die Hälfte abhaben?"

Ina schüttelte den Kopf und fuhr fort: „Der liebe Dr. von Storch meinte, dass jede Attacke für sich allein tödlich gewesen wäre. Da war 'ne Menge Wut im Spiel."

„Wenn sowas als spontane Reaktion, also im Affekt passiert, dann wiederholt es sich normalerweise nicht", steuerte Jörn mit halbvollem Mund bei. „In unserem Fall wollte jemand sichergehen, dass der Nissen nicht wieder aufwacht."

Ina nickte zustimmend und wischte nebenbei auf dem Tablet herum. „Es gab auch noch ein paar weitere Spuren, die auf einen heftigen Kampf deuten. Außerdem haben der Storch und seine Assistenten Faserspuren gesichert. Unter Nissens Fingernägeln und auch in seiner Lunge."

„Was für Fasern?", hinterfragte Jörn.

„Das werden uns die Kollegen vom Labor hoffentlich bald sagen können. Die Anfrage liegt dort mit dem Vermerk auf höchste Dringlichkeit." Ina klappte den Deckel vom Tablet zu und sah plötzlich ganz anders aus. „Was war denn in der Schule los? Konntest du die Wogen einigermaßen glätten?"

„Ich glaube, die Schulleiterin macht uns wegen der Sache erst mal keine Probleme mehr."

„Hast du deinen unwiderstehlichen Charme spielen lassen?"

„Ich bin mehr oder weniger auf die Knie gefallen, wenn du's genau wissen willst."

„Und was ist mit Dini? Hat sie sich wenigstens entschuldigt?"

„Aber sicher doch!", erwiderte Jörn lachend. „Nach der Schule wollte sie schnell zum Klavierunterricht und hinterher für die alte Frau Wuttke von nebenan einkaufen gehen."

„Und ernsthaft?"

„Ich würde sagen, ihr Vater war schon wieder einfach nur peinlich. Wahrscheinlich hat sie erwartet, dass ich die Schulleiterin erschieße und das Ganze gleich online stelle. Danach hätte ich mich vor Likes gar nicht mehr retten können."

„Hast du inzwischen mal mit Heike geredet?"

„Lieber nicht. Und wenn ich du wäre, dann ..."

„Bist du ja nicht."

„Heißt das, du willst dich in die Höhle der Löwin trauen?"

„Für heute ist auf jeden Fall Feierabend", sagte Ina und erhob sich bereits. „Der Kutter schwimmt uns nicht davon und alles andere ist morgen auch nicht besser oder schlechter als heute."

„Hast du nicht gesagt, Bruhn würde Wunder von uns erwarten?"

„Natürlich ... aber wenn er welche nach siebzehn Uhr erwartet, muss er auch dafür sorgen, dass die bezahlt werden."

„Ist das dein Ernst?"

„Ich hab mir auf jeden Fall vorgenommen, hier in Flensburg nicht mehr rund um die Uhr Polizistin zu sein. Was also deine Frage betrifft: ja ... mehr oder weniger."

„Wegen der Geschichte letztes Jahr mit ...?"

„Weshalb denn sonst?" Ina schnaubte vor Wut. Wobei die wohl kaum etwas mit ihrem neuen Kollegen zu tun hatte. „Sowas kann doch nur passieren, wenn man permanent am Limit ist. Oder siehst du das anders?"

„Wenn du so fragst, käme ich gar nicht auf die Idee, anderer Meinung zu sein." Jörn riss sich zu einem Schmunzeln hin. „Ich finde, unser erster gemeinsamer Tag war gar nicht so schlecht."

„Am besten treffen wir uns morgen früh direkt am Kutter", schlug Ina vor und ignorierte damit den vorangegangenen Kommentar. „Die Adresse schick ich dir gleich aufs Handy."

„Wie wär's denn, wenn ich mich morgen als Erstes um unseren Dienstwagen kümmere und dich damit zu Hause abhole? Oder willst du lieber deinen eigenen Sprit verfahren und hinterher fünf Formulare ausfüllen, um die Kohle zurückzukriegen?"

Ina zeigte ein schiefes Grinsen und erhob sich im nächsten Moment. „Dafür müsste ich dir meine Adresse geben."

„Ist das ein Problem?" Jörn lachte kurz auf. „Mach dir keine Sorgen! Ich steh nicht mitten in der Nacht vor deiner Tür, um mich bei dir auszuheulen."

„Wenn das ein Versprechen ist, schick ich sie dir."

„Herzlichen Dank!" Vielleicht hätte Jörn noch etwas zu sagen gehabt, doch er sah Ina nur noch eiligen Schrittes entschwinden. Die Tür zur Kantine hatte sich gerade erst hinter ihr geschlossen, als sie sich erneut öffnete und Platz für Präsidiumsleiter Karsten Bruhn machte. Der telefonierte mit seinem Handy, beendete das Gespräch allerdings, nachdem er vor Jörns Tisch ankam.

„Da haben wir ja unseren neuen Kollegen. Wie sieht's mit Ihrem ersten Fall aus?"

Jörn überschlug innerlich die Ergebnisse des – aus seiner Sicht – nur wenig ertragreichen Tages, brachte dafür aber ein relativ überzeugendes Nicken zustande. „Über den Fischkutter haben Sie ja vermutlich bereits alles von Frau Drews gehört. Ich habe mich zeitgleich um den Fundort der Leiche gekümmert und war hinterher …"

„So genau will ich es gar nicht wissen", unterbrach Bruhn und winkte ab. „Mir geht es immer nur darum, ob wir insgesamt auf einem guten Weg sind."

„Sind wir!", schwor Jörn mit feierlichem Unterton. Sein erleichtertes Ausatmen war wohl ein wenig verfrüht. Deshalb musste etwas her, das diese Zuversicht untermauerte: „Ich denke, bei der Geschichte mit dem Kutter handelt es sich um 'ne vielversprechende Spur. Und wir stehen mit unseren Ermittlungen ja ohnehin erst ganz am Anfang."

„Dann bin ich mal gespannt, wo wir morgen stehen. Später schönen Feierabend, Kollege!"

„›Später‹,", wiederholte Jörn, als sein neuer Chef außer Hörweite war. „Das kann ja heiter werden."

9

Sie saß kaum im Auto, da verwarf Ina ihre Feierabendpläne gleich wieder. Als sie eine Viertelstunde später vor Elisabeth Nissens Wohnungstür stand und gerade zum dritten Mal klingelte, verlosch das Licht im Treppenhaus. Der dazugehörige Schalter an der Wand funktionierte nicht, also musste sie sich von da an mit den Informationen begnügen, die ihre Ohren lieferten. Endlich drehte sich der Schlüssel, kurz darauf reckte die alte Frau ihren Kopf ins Dunkle. „Wer ist denn da?", fragte sie krächzend.

„Ich mache mir langsam echt Sorgen um Sie", erwiderte Ina, nachdem sie ihren Namen mehrfach laut gebrüllt hatte. Weiter oben und auch unten hatten sich längst andere Türen geöffnet, um neugierigen Nachbarn das Zuhören zu ermöglichen. „Sie können doch nicht jedem einfach so aufmachen! Sie müssen nur einmal an den Falschen geraten, der wird bestimmt nicht …"

„Was soll der denn von 'ner alten Frau wie mir wollen?"

In diesem Moment erinnerte sich Ina an ihren ersten Besuch vom Morgen und erklärte die Debatte mit einer flüchtigen Handbewegung für erledigt. „Sind Sie so nett und lassen mich rein? Ich wollte nach Ihnen schauen und hätte noch ein oder zwei Fragen."

Im Wohnzimmer ließ sich Elisabeth Nissen stöhnend in ihren Ohrensessel fallen und fing gleich an: „Ihre Kollegin, die nach Ihnen hier war, meinte, dass sie morgen wiederkommt. Kostet das eigentlich was?"

„Die Betreuung?", hakte Ina mit künstlicher Empörung nach. „Natürlich nicht! Und falls nötig, sorge ich gerne dafür, dass die Kollegin auch noch die ganze nächste Woche zu Ihnen kommt – auf Staatskosten, versteht sich."

„Wo ist denn Peter jetzt?", kam es völlig aus dem Zusammenhang gerissen.

Angesichts dieser Frage krampften sich Inas Eingeweide schon zusammen, doch dann folgte so etwas wie eine Richtigstellung seitens der alten Frau: „Ich muss doch irgendwie … also … ich muss doch für seine Beerdigung sorgen, oder nicht?"

„Schaffen Sie das denn?" Ina senkte ihre Stimme, versuchte, so einfühlsam wie möglich zu klingen. „Ich meine nicht nur finanziell – auch kräftemäßig? Es sind ja einige Sachen zu tun."

„Er hatte so eine Versicherung, schon immer, falls ihm bei der Arbeit was passiert oder …" Elisabeth Nissen verstummte mitten im Satz. Sie atmete stoßweise, Tränen schimmerten in ihren Augen. Irgendwann öffneten sich ihre Lippen zitternd. „Ich weiß gar nicht, was ich hier noch soll. Ich kann genauso gut Schluss machen."

„Sowas dürfen Sie nicht sagen!", polterte Ina dazwischen. Dann hielt sie nichts mehr auf dem abgewetzten Sofa. Sie ließ sich auf der Sessellehne nieder und strich der verzweifelten Frau vorsichtig über den Rücken. „Ich erinnere mich noch genau an meine Oma. Als ihr Mann starb, ist sie ins Altersheim umgezogen. Ganz ehrlich: Das fühlte sich wie ein zweiter Frühling für sie an, ich schwöre!"

„›Zweiter Frühling‹", flüsterte Frau Nissen. Vorerst zwei Worte, zwischen denen Verbitterung mitschwang. „Peter war alles, was ich noch hatte … und umgekehrt. Seinen Vater hat er nie kennen gelernt … ich auch nicht richtig. Wissen Sie, wie es ist, einen Jungen alleine großzuziehen?"

Ina schüttelte den Kopf. Ihr fiel keine vernünftige Antwort ein, deshalb versuchte sie es halbwegs geschickt mit einem Themenwechsel. Schließlich war sie nicht nur hier, um der alten Frau Trost zu spenden. Nach ein paar Telefonaten, die sie am Nachmittag vom Präsidium aus geführt hatte, gab es noch einige dringende Fragen zu klären. „Halten Sie mich bitte nicht für taktlos, aber ich muss in solchen Fällen über alle Beteiligten Erkundigungen einziehen."

Elisabeth Nissen schien sich an dieser Ankündigung nicht zu stören. Auf jeden Fall hatte sie keine Rückfrage, nicht mal Erstaunen parat.

Also fuhr Ina einfach fort: „Laut Ihrem Rentenkonto bei der LVA erhalten Sie monatlich etwas mehr als siebenhundert Euro." Sie ließ einen langen Blick in die Runde folgen, der am Ende ganz bewusst auf dem riesigen Flachbildschirm verharrte. „Die Wohnung hier, Versicherungen, Essen, Telefon … wie schaffen Sie das alles mit so wenig Geld?"

„Peter hat mir geholfen."

Ina wartete ab, aber es folgte nichts mehr. Und auch wenn es ihr nicht behagte, sah sie sich gezwungen, noch tiefer zu bohren. „Wussten Sie, dass Ihr Peter schon seit Jahren in der Privatinsolvenz festhing?"

Elisabeth Nissen schaute sie erstaunt an. Doch hinter dieser demonstrierten Ahnungslosigkeit verbarg sich zumindest Halbwissen. Das machten auch ihre nächsten Worte deutlich: „Er hat zweimal versucht, von den Schulden loszukommen – hat irgendwie nicht geklappt."

Ina ärgerte sich insgeheim. Sie hatte bei sämtlichen offiziellen Stellen weitere Informationen über Peter Nissen angefordert – insbesondere über dessen nähere Lebensumstände und seinen finanziellen Status –, bisher aber nichts Nennenswertes erhalten. Trotzdem wurde es Zeit, den Druck ein wenig zu erhöhen. „Pfändungsfrei durfte Ihr Sohn von Gesetzes wegen nicht viel mehr als tausend Euro monatlich verdienen. Da würde es mich interessieren, wovon er Sie unterstützt hat." Ina setzte ganz bewusst alles auf eine Karte.

Sollte dieser Versuch scheitern, würde sie die alte Frau für heute mit anderen Fragen in Ruhe lassen. „Wie kann er Ihnen solche Weihnachtsgeschenke machen? Wissen Sie, was so ein Fernseher kostet?"

„Der kann auch aufnehmen", erwiderte Elisabeth Nissen mit leuchtenden Augen. „Wussten Sie, dass sowas geht? Was morgens läuft, kann ich abends gucken."

Ina nickte geistesabwesend. Sie wollte schon kapitulieren, endlich nach Hause fahren und sich ihrem Feierabend widmen, da fuhr die alte Frau mit erstaunlich fester Stimme fort: „Peter meinte, er hätte in letzter Zeit richtig gut verdient und wollte lieber seiner Mutter eine Freude machen, als das Geld abzugeben. Was ist denn daran falsch?"

Auf diese Frage hätte Ina sicherlich einiges antworten können, verzichtete aber ganz bewusst auf eine Stellungnahme. Dennoch wollte sie die plötzliche Redseligkeit der alten Frau für einen erneuten Vorstoß nutzen. „Wussten Sie auch, dass Peter mal sechs Monate im Gefängnis gesessen hat?"

„Wegen der Tochter vom Koopmann. Die hat ihm immer schöne Augen gemacht und …"

„Die Anklage lautete seinerzeit auf Vergewaltigung!", stellte Ina klar, zum ersten Mal todernst. „Und nur, weil ein Mädchen einem Mann – wie Sie es sagen – ›schöne Augen‹ macht, ist das bestimmt kein Grund, sich einfach zu nehmen, was man will."

„Peter hat doch alles gestanden!", ging die alte Frau überraschend schnell in die Offensive. „Deshalb ist er mit 'nem halben Jahr davongekommen. Er war gerade erst achtzehn und hatte das Leben noch vor sich … wegen so 'ner Dummheit kann man doch niemanden für ewig wegsperren."

„Dann sollte es wohl so sein", kommentierte Ina zerknirscht. „Aber Sie müssen auch mich verstehen! Es ist meine Aufgabe, den Mörder Ihres Sohnes zu finden. Da muss ich zwangsläufig alles über ihn erfahren, was wichtig sein könnte."

„Ich wüsste nicht, was ich Ihnen sonst noch erzählen soll. Mein Sohn ist ein guter Mensch und er hat sich seither nichts mehr zu Schulden kommen lassen."

Diese Aussage ließ Ina einfach im Raum stehen. Sie stand bereits und wollte sich verabschieden, aber Elisabeth Nissen hielt sie mit einer Handbewegung auf.

„Sie finden doch Peters Mörder, oder?"

„Ich kann Ihnen versprechen, dass wir unser Bestes tun."

„Er hatte in letzter Zeit häufiger Streit mit seinen Kollegen", ging es leise weiter. Fast, als hätte sie Angst vor unerwünschten Zuhörern. „An Bord und ... wohl wegen der Arbeit."

„Wissen Sie da zufällig was Genaueres? Also, mit wem er Streit hatte und worum es dabei ging?"

„Nö. Woher denn?"

„Dann hilft mir das im Moment auch nicht weiter, aber trotzdem danke. Ich behalte es auf jeden Fall im Hinterkopf." Ina wollte sich umdrehen, aber die alte Frau klammerte sich unerwartet an ihrem Jackenärmel fest und schaute mit energischem Blick zu ihr auf.

„Peter war ein guter Mensch. Das müssen Sie mir einfach glauben!"

„Möchte ich auch, Frau Nissen ... von Herzen gern sogar."

10

Nach diesem ohnehin endlos langen Tag stand Ina später am Abend vor der Wohnungstür ihrer Schwester. Deren Tochter Nadine öffnete. Und die hatte nicht etwa eine Entschuldigung oder wenigstens ein schlechtes Gewissen im Programm. Vielmehr stöhnte sie genervt, drehte sich um und entschwand wieselflink.

„Hiergeblieben, junges Fräulein!", rief Ina ihr noch hinterher, aber es half nichts. Ihre Nichte verschwand nach rechts in ihr Zimmer, danach war nichts mehr von ihr zu sehen. Selbst entschlossenes Nachsetzen war vergebens, denn sie hatte ihre Tür abgeschlossen.

„Das kleine Monster will nicht mit mir reden", stellte Ina fassungslos fest, als sie sich wenig später in der Küche auf die Bank fallen ließ.

Dort saß ihre Schwester Heike, die auch keine plausible Erklärung parat hatte. Höchstens ein paar ergänzende Details: „Sie trägt seit Wochen den ganzen Tag Kopfhörer. Und wenn sie was nicht hören will, braucht sie nicht mal die dafür. Was hast du denn erwartet? Dass sie sich bei dir entschuldigt? In welcher Welt lebst du eigentlich?"

„In einer, in der Kinder für das geradestehen, was sie verzapft haben", schlug Ina vor.

Solche oder ähnliche Debatten entflammten zwischen den Schwestern schon seit Jahren in schöner Regelmäßigkeit. Wohl auch deshalb hatte Heike ihre Miene noch bestens unter Kontrolle. Bei ihren nächsten Worten grinste sie sogar. „Willkommen in Inas Traumwelt!"

„Sie hat mir mein Pfefferspray geklaut und es in der Schule gleich eingesetzt", brauste die Architektin dieser Traumwelt auf. „Ist dir klar, was sie damit hätte anrichten können? Wieso ziehst du sie nicht zur Rechenschaft? Und wie kommt sie dazu, mich da draußen an der Tür einfach wie 'ne Blöde stehen zu lassen?"

Das waren viele Fragen auf einmal und Heike sah man an, dass sie auf keine davon eine vernünftige Antwort wusste. Aber zumindest folgte eine weitere Rechtfertigung: „Dini wächst ohne Vater auf, wahrscheinlich würde ihr von Zeit zu Zeit 'ne härtere Hand nicht schaden."

„Womit du hoffentlich keine Schläge meinst!", entrüstete sich Ina.

„Natürlich nicht!" Heike zeigte auf ihren Wasserkocher. „Willst du Tee? In der Mikrowelle ist auch noch 'n Rest Hühnerfrikassee, falls du Hunger hast."

„Mamas Rezept?"

„Kennst du etwa ein besseres?"

Während Ina mit der Mikrowelle beschäftigt war, nutzte ihre Schwester die Gelegenheit, sie auszufragen. „Jörn hat mir erzählt, dass ihr ab sofort zusammenarbeitet. Ist das ein Witz?"

„Hab ich auch als Erstes gefragt."

„Und?"

„Leider nicht." Ina warf einen prüfenden Blick über die Schulter und riss sich für einen Moment vom Teller los, der sich direkt vor ihrer Nase drehte. Es roch bereits nach Frikassee. „Hast du gewusst, dass er nach Flensburg kommt, um hier den Mustervater zu mimen?"

„Er hat Weihnachten mal sowas angedeutet – wegen der ganzen Probleme mit Dini. Aber woher sollte ich denn wissen, dass er tatsächlich Ernst macht? Wenn man so will, hat er mich genauso überrumpelt wie dich."

Die Mikrowelle beendete ihrer Arbeit mit einem Klingelton. Ina nahm ein Küchenhandtuch zu Hilfe und bugsierte den viel zu heißen Teller auf den Küchentisch.

Ihre Schwester zeigte lachend auf das dampfende Essen. „Das war mindestens 'ne Minute zu lange drin. Pass bloß auf, dass du dir nicht den Schnabel verbrennst!"

Von da an war Ina die meiste Zeit mit Pusten und Kauen beschäftigt, wurde aber zwischendurch auch eine Frage los. „Hat sich Dini wenigstens bei dir entschuldigt?"

„Sie meinte, ich soll mich nicht so anstellen. Letzte Woche hat ein Mädchen aus der Siebten einen Jungen aus ihrer Parallelklasse mit 'nem Springmesser attackiert. Den armen Bengel hat man im Krankenhaus fünf Stunden notoperiert. Überlebt hat er wohl nur durch 'n Wunder – dagegen ist Pfefferspray doch bloß Kinderkram."

Ina wollte schon reagieren, als sich gegenüber im Wohnungsflur Nadines Zimmertür öffnete. Die Musik aus ihren Kopfhörern reichte, um alles rundherum zu beschallen.

Heike übersetzte den erstaunten Blick ihrer Schwester. „Ich bin froh, dass sie ihre Anlage nicht mehr aufdreht. Der alte Kowalke über uns hat früher regelmäßig die Polizei gerufen."

Unterdessen stand Nadine vor dem offenen Kühlschrank. „Haben wir keinen Saft mehr?" Da unklar war, wem diese Frage galt – ihrer Mutter, Ina oder dem Universum –, reagierte auch niemand. Davon abgesehen war die Musik ohnehin viel zu laut.

Der Kühlschrank fiel krachend zu. Als Nächstes riss Nadine an der Tür der Mikrowelle und schaute mit entsetzter Miene hinein. „Da war doch vorhin noch Hühnerfrikassee." Zum ersten Mal drehte sich das Mädchen um und starrte in Richtung Küchentisch.

Dort hing Inas Hand samt Löffel in der Luft und bewegte sich keinen Millimeter.

„Deine Tante hatte Hunger", erklärte Heike.

„Hat sie doch immer." Nach dieser Ansage verschwand Nadine

ohne ein weiteres Wort in ihrem Zimmer. Vermutlich für den Rest des Abends ... oder den Rest der Woche.

Ina hatte den letzten Bissen heruntergeschluckt und musterte ihre Schwester mitfühlend. „An deiner Stelle wäre ich längst Amok gelaufen."

„Erinnerst du dich noch an Dinis Freundin Julie, die vorletzte Woche kurz hier war?"

„Die mit dem kahlrasierten Schädel und Ring in der Nase?"

Heike nickte. „Heute hat mich ihre Mutter angerufen. Julie hat ihrem Vater letztes Wochenende fünftausend Euro aus der Firmenkasse geklaut, ist mit ihrem Freund nach Hamburg gefahren und von dort direkt nach Mallorca geflogen. Gestern klingelte das Telefon – die zwei Weltenbummler sind beide fürchterlich erkältet, pleite und wissen nicht, wie sie nach Hause kommen sollen."

„Und?" Ina verkniff sich mühsam ein Grinsen. „Wie haben die besorgten Eltern reagiert? Einen Profikiller hinterhergeschickt, der endlich für Ruhe sorgt?"

„Die haben per *Western Union* Geld für zwei Rückflüge geschickt. Heute Abend holen sie ihr Töchterchen und deren Freund vom Flughafen ab. Und bevor du jetzt wieder deinen Senf dazugibst: Sowas kann man nur nachvollziehen, wenn man selbst Kinder hat."

Auch über diesen Umstand hatte Ina nächtelange Diskussionen mit ihrer Schwester hinter sich, ohne handfestes Ergebnis. Und weil zu diesem Thema alles gesagt und nichts abschließend geklärt war, beließ sie es bei einem zaghaften, schon häufig erprobten Resümee: „Ich bin froh, dass mir das alles erspart geblieben ist. Mal außer Acht gelassen, dass ich nie einen Mann kennen gelernt habe, bei dem es sich gelohnt hätte, über Kinder nachzudenken."

„Was ist denn mit deinem Rolf? Ich weiß genau, dass ihr mal drüber geredet habt."

„Rolf ist in Kiel und ich bin hier! Reicht das als Antwort oder muss ich weiter ins Detail gehen?"

Offenbar nicht, denn Heike hatte sich erhoben, den Kühlschrank aufgezogen und hielt eine Weißweinflasche hoch, die etwa noch zu drei Vierteln gefüllt war. „Hast du auch Lust auf 'n Glas?"

„Ich will nicht wieder auf deinem Sofa schlafen und mir Sorgen machen müssen, dass mich Dini im Laufe der Nacht mit meinem eigenen Gürtel erdrosselt. Also lieber nicht."

Heike sah aus, als würde sie über diese Bedenken ernsthaft sinnieren. Sie kam lachend zu einem Fazit: „Das wäre ihr sicher viel zu anstrengend."

„Trotzdem: Nein, danke!"

„Jörn meinte am Telefon, ihr hättet bereits euren ersten gemeinsamen Fall. Stimmt das?"

„Hast du von der Leiche auf Holnis gehört?"

„Ich komm nur noch selten zum Zeitunglesen. Bei uns in der Reinigung hat mein Chef vergangene Woche zwei Hilfskräfte rausgeschmissen. Wenn's nach ihm ginge, müsste ich vierundzwanzig Stunden am Tag arbeiten."

Ina wusste um die finanziellen Sorgen ihrer Schwester und half ihr seit Ewigkeiten aus, wenn das Geld am Monatsende mal besonders knapp wurde. Zuletzt hatten sich Waschmaschine und Geschirrspüler nacheinander ins Elektrogeräte-Nirvana verabschiedet. Heike hätte wahrscheinlich den Filialleiter ihrer Bank auf Knien anflehen müssen, um ihr Girokonto noch weiter überziehen zu dürfen. Da war es vergleichsweise einfacher, Ina um ihr Weihnachtsgeld zu erleichtern. Und als wären diese Probleme nicht schon groß genug, wuchsen auch Nadines Ansprüche mit jedem neuen Jahr exponentiell. Eine Entwicklung, die zumindest mathematisch nur im totalen Bankrott enden konnte.

„Was ist denn da draußen auf Holnis passiert?", fragte Heike in die entstandene Stille hinein.

Ina warf ihrer Schwester lediglich einen vielsagenden Blick zu.

„Okay, du darfst nicht drüber reden. Handelt es sich denn um Mord oder warum müsst ihr …?"

„Heike!" Diese verbale Ermahnung erfüllte ihren Zweck, denn zunächst herrschte Schweigen zwischen den beiden. Doch Ina sah sich einem ganz anderen Problem gegenüber. Schon auf dem Weg hierher hatte sie nachgedacht, ob und wie sie ein ziemlich sensibles Thema anschneiden sollte. Inzwischen leuchtete ihr ein, dass es dafür wohl nie einen richtigen Zeitpunkt geben würde. Also probierte sie es mit aller gebotenen Vorsicht. „Ich hab Jörn heute noch mal zur Schnecke gemacht. Wegen der Sache mit dir, der anderen Frau und seinem damaligen Ausritt in andere Gefilde. Er hat was gesagt, das ich …"

„Kannst du dich nicht einfach raushalten?", platzte Heike dazwischen. Doch sie sah nicht etwa wütend, sondern vielmehr verunsichert aus. „Das sind doch alles olle Kamellen, die mit heute nichts mehr zu tun haben."

„Dir ist aber schon bewusst, dass ich genau deshalb jahrelang kein einziges Wort mit ihm geredet hab, oder?" Ina hatte ihre Stimme nur noch mit Mühe im Griff. „Weil er sich seinerzeit genauso beschissen verhalten hat wie unser Vater. Und am Ende saß Mama mit uns beiden allein da."

Eine alte Wunde, die selbst so viele Jahre später deutliche Spuren in Heikes Gesicht hinterließ. Nun klang auch sie aufgebracht. „Das mit Mama und Papa war was ganz anderes! Jörn und ich haben …"

„Was habt ihr?", bohrte Ina, denn es ging nicht weiter.

„Ich war … also, ich hatte … ach, vergiss es einfach!"

„Doch nicht etwa auch ein Verhältnis?", hakte Ina entsetzt nach.

„Die Sache ist viel komplizierter, als du denkst. Jörn war zu der Zeit ständig auf irgendwelchen Schulungen und ich allein mit der Lütten. Jeder Abend war die Hölle … es läuft halt im Leben nicht immer alles nach Plan … wie bei dir."

Diese Gegenattacke saß. Ina schaffte es aber, ihre Gefühle einigermaßen im Zaum zu halten. Noch! „Heißt das, du hast Jörn zuerst betrogen?"

„Zuerst oder nicht, welchen Unterschied macht das denn? Außer natürlich in deiner Welt."

Ina erhob sich schweigend und umrundete den Küchentisch. Als sie vor ihrer Schwester stand, beugte sie sich nach vorne, wollte ihr einen Kuss auf die Stirn verpassen. Doch sie besann sich eines Besseren, wandte sich zum Gehen und sagte dabei leise: „Du weißt, dass ich dich lieb hab, egal, was passiert. Aber das eine ist die Wahrheit und das andere 'ne Lüge. Das macht den Unterschied."

„Was hast du denn jetzt plötzlich vor?", wollte Heike wissen. Schließlich war ihre Schwester schon fast aus der Tür.

Ina blieb unvermittelt stehen und drehte sich um. Ihr Gesicht sah wie versteinert aus. „Du weißt ganz genau, wie ich über Lügen denke!"

„Und das ist alles?"

„Erstmal ja ... danke fürs Hühnerfrikassee."

***

„Was soll das denn werden? Die Meuterei auf der Bounty?" Per Christensen lachte als Einziger über seinen Scherz. Der Kapitän der *Lütje Deern* hatte nach vier Gläsern Cola-Rum beschlossen, die Nacht an Bord des Kutters zu verbringen. Er befand sich schon auf seiner letzten Kontrollrunde über Deck, als plötzlich Heino Wollesen und Horst Jansen vor ihm standen. Ihrem sorglosen Auftreten nach ebenfalls mit mindestens anderthalb Promille Druck auf dem Kessel.

„Wolle meint, du willst uns verpfeifen", begann Jansen, der tatsächlich ein wenig lallte.

„Ich will meine Ruhe und in die Koje", widersprach Christensen der Form halber. „Und wenn ihr zwei Aushilfsidioten morgen noch 'nen Job haben wollt, dann macht ihr euch am besten ganz schnell wieder vom Acker!"

„Und wenn nicht?", fragte Wollesen, der sich dabei wie ein Hahn in der Balzzeit aufplusterte.

Christensen gab keine Antwort, zumindest nicht mit Worten. Erst jetzt wurde eine lange Eisenstange sichtbar, die er in seiner Rechten hielt. Im rauen Alltag an Deck manchmal das letzte Mittel, um einen störrischen Tragarm wieder gangbar zu machen. Und auch, wenn sich von Zeit zu Zeit betrunkene, meist jugendliche Störenfriede an Bord verirrten, erfüllte die Stange ihren Zweck. Aber offensichtlich nicht in diesem Fall, denn seine beiden Widersacher wichen nicht zurück. Ganz im Gegenteil …

11

DIENSTAGMORGEN, VOR INAS HAUSTÜR

„Heike meinte, du wärst gestern Abend noch bei ihr gewesen", waren Jörns erste Worte, als seine Kollegin neben ihm auf den Beifahrersitz fiel. „Bist du lebensmüde oder was sollte das?"

Ina drehte sich in seine Richtung und hatte keine Begrüßung, sondern zunächst ein genervtes Stöhnen parat. „Wolltest du heute früh nicht gleich als Erstes unseren neuen Dienstwagen abholen? Das Teil hier ist doch dein eigenes oder fahren wir in Flensburg neuerdings mit Bochumer Kennzeichen rum?"

„Ich war spät dran. Erledige ich morgen, versprochen! Sag mir lieber, was mit dir und Heike war."

„Können wir bitte über was anderes reden?"

„War Dini auch da?"

Ina wollte es bei einem Nicken belassen, konnte sich dann aber ein Knurren, das dem einer hungrigen Raubkatze glich, nicht verkneifen.

Jörn übersetzte routiniert: „Dann fiel die Entschuldigung also ins Wasser. Hat sie dich ignoriert und dir überhaupt nicht zugehört?"

„Ist der Papst katholisch?"

„Denke schon." Jörn sah plötzlich um einiges fröhlicher aus. Garantiert, weil er nicht der Einzige war, dem Nadine respektlos gegenübertrat. Er drehte am Lenkrad, obwohl sein Golf noch an Ort und Stelle stand. „Von mir aus können wir gerne starten. Verrätst du mir, wo's hingeht?"

Ina erklärte ihm den Weg und kehrte dann hörbar widerwillig zum ursprünglichen Thema zurück. „Ich hab Heike gestern Abend auf euch zwei angesprochen …"

„Mach dir bloß keine Hoffnungen!", erwiderte Jörn, während er Vollgas gab. „Da ist der Ofen ein für alle Mal aus. Das weiß sie auch."

„Mir ging's dabei doch nicht um heute, sondern um damals – um die Geschichte mit deinem Seitensprung."

Jörn verriss beinahe das Lenkrad. „Jetzt sag nicht, sie hat dir erzählt, wie's wirklich war!"

Ina antwortete nicht und schaute nur vielsagend.

„Ich muss Heike da ein bisschen in Schutz nehmen", fuhr Jörn fort. „Die Schwangerschaft war ein einziger Krampf und ich wollte unbedingt Karriere machen. Dass sie alles alleine stemmen musste, konnte ja auf Dauer nicht gutgehen."

„Deshalb betrügt man seinen Partner aber noch lange nicht."

„Hast du das Heike auch so gesagt?"

„So ähnlich. Am Ende flogen zwar nicht die Fetzen, aber es war ziemlich …" Ina verstummte mitten im Satz.

„Mit diesem ›Ziemlich‹ kenn ich mich gut aus", stellte Jörn frustriert fest. „Am besten vergessen wir mal unser verkorkstes Privatleben und kümmern uns zur Abwechslung um den Fall. Ich befürchte nämlich, dass du recht hast: Bruhn erwartet tatsächlich Wunder von uns."

„Wie kommst du denn plötzlich darauf?"

Jörn ging das letzte Gespräch in der Kantine durch den Kopf. Details waren überflüssig, also beließ er es bei einer kurzen Stellungnahme, die alles hätte bedeuten können: „Nur so."

„Ich glaube, das hier ist nur noch ein Lager, in dem tiefgekühlter Fisch umgeschlagen wird", erklärte Ina, als sie wenig später mit Jörn im Schlepptau die Halle zu Fuß umrundete. „Früher haben hier die Fischerboote festgemacht, und man konnte direkt von Bord einkaufen. Das waren noch Zeiten!"

Jörn zeigte mit offenem Mund auf ein schrottreifes Schiff, das vor ihnen am Kai lag. „Ist das die … wie heißt sie noch?"

„Du meinst die *Lütje Deern*? Ne, ne … mach dir keine Sorgen! Das ist sowas wie ihr Schwesterschiff, die *Black Thunder*."

„›Schwesterschiff‹? Ist das dein Ernst?"

Ina schüttelte den Kopf und zog Jörn weiter am Kai entlang, bis sie vor ihrem Ziel ankamen.

Dort klang er auch zufriedener als zuvor: „Das sieht schon mehr nach 'nem richtigen Kutter aus. Denkst du, dass jemand an Bord ist?"

„Sieht nicht so aus." Ina lief an der Kaimauer auf und ab, reckte sich, um das Deck zu überblicken und stand wiederum vor Jörn. Der wollte gerade etwas sagen, doch sie fischte schon ein Schriftstück aus der Jackentasche. „Das Schätzchen liegt nicht nur von Amts wegen an der Kette, es gibt sogar einen Durchsuchungsbeschluss."

„Heißt das, wir zwei schauen uns allein an Bord um?"

„Auf wen willst du denn ansonsten warten?"

„In Bochum waren wir mindestens zu fünft oder sechst, wenn es um Hausdurchsuchungen ging."

„Und wie habt ihr das bei Kutterdurchsuchungen gehandhabt?"

Jörn winkte lachend ab und hangelte sich bereits über die Planke an Bord. Nachdem er wieder einigermaßen stabil auf seinen Füßen stand, hielt er Ina eine Hand entgegen, die sie mit künstlicher Empörung ausschlug.

„Heute Morgen hab ich gleich als Erstes unseren Kollegen von der Spurensicherung Bescheid gesagt", gestand sie, als sie ebenfalls an Deck vor Jörn ankam. „Die wollten noch zwei Kommissaranwärter vom Dauerdienst einladen und sich schnellstmöglich zu uns gesellen. Dauert bestimmt nicht mehr lange."

„Und wieso erzählst du mir das erst jetzt? Vergiss nicht, dass wir gleichberechtigt arbeiten! Falls du daraus einen Wettbewerb machen willst, dann …" Jörn verstummte, denn Inas Handy klingelte.

Sie warf einen Blick aufs Display. „Kieler Nummer … Drews!"

Jörn schaute erwartungsvoll, deshalb schirmte Ina ihr Telefon mit der Hand ab und flüsterte: „Rechtsmedizin … der Chef höchstpersönlich. Willst du noch mehr wissen oder darf ich erst mal zuhören?"

Am anderen Ende der Leitung legte Doktor von Storch ohne besondere Einladung los und sorgte für Fakten: „In meinem Bericht von gestern hatte ich Sie ja bereits darüber informiert, dass wir Faserspuren unter den Fingernägeln und in den Lungen des Toten gefunden haben …"

„Hab ich gelesen, ja."

Ein Räuspern auf der anderen Seite machte deutlich, was Dr. von Storch von solchen Unterbrechungen hielt. Trotzdem fuhr er fort: „Die Kollegen vom Labor sind sich sicher, dass die Fasern von Fischernetzen stammen. Das gilt für beide Fundorte."

Das Wort ›Fundorte‹ geisterte Ina durch den Kopf. Gemeint waren natürlich Peter Nissens Fingernägel und Lungenflügel. Bei einem verlorenen Portemonnaie hätte sie vielleicht auch von einem Fundort gesprochen, aber sicherlich nicht bei einer Leiche. Sie sagte nur deshalb nichts, weil sie es sich mit dem neuen Chef der Kieler Rechtsmedizin nicht gleich beim ersten gemeinsamen Fall verscherzen wollte.

Der war ohnehin noch nicht fertig. „Das Labor konnte Salzreste nachweisen, die darauf hindeuten, wo die Fischernetze verwendet wurden."

„Ist das alles?", erkundigte sich Ina höflich, als es nicht weiterging.

„Wieso? Reicht Ihnen das nicht?"

„Ganz im Gegenteil, Herr Doktor! Vielen Dank und …" Den Rest konnte sie sich genauso gut sparen, denn der Rechtsmediziner hatte aufgelegt.

„Herr Doktor, Herr Doktor!", flötete Jörn. „Vielleicht kann er dir ja ein Rezept für …"

„Halt die Klappe!" Ina war anzusehen, dass sie sich maßlos ärgerte. „Wenn ich an Stefan Eickhoff zurückdenke, möchte ich ihn am liebsten anflehen, dass er seine hübsche Griechin sitzenlässt und zurückkommt. Von Storch ist geschätzte hundert Jahre älter und hat den Humor von einer seiner Leichen."

„Böses Mädchen!", tadelte Jörn seine Kollegin, während er schon mit einer Tür beschäftigt war, die hinter dem Führerstand des Kutters lag. Er rüttelte an deren Klinke, doch es tat sich nichts. „Wir sollten einen Schlüsseldienst dazurufen, sonst kriegen wir hier höchstens die Hälfte zu sehen."

„Was ist denn da oben los?" Eine Beschwerde, die irgendwo aus dem Bauch des Kutters stammte und durch das Holz der Tür noch zusätzlich gedämpft wurde.

„Ich glaube, wir sind doch nicht allein an Bord", stellte Ina flüsternd fest.

Nähere Ausführungen wurden überflüssig, denn kurz darauf öffnete sich hörbar ein Riegel. Die Tür schwang nach außen auf, dann war das Gesicht von Per Christensen zu sehen. Eine Übertreibung, denn man musste korrekterweise sagen: Das, was von seinem Gesicht noch übrig war.

Nachdem sich der Kapitän schwerfällig als solcher zu erkennen gegeben hatte, beäugte er zwei druckfrische Dienstausweise, vielleicht ein bisschen zu lange.

In der Zwischenzeit erkundigte sich Jörn nach seinem Gesundheitszustand. Ehrliches Mitgefühl war herauszuhören. „Was ist Ihnen denn passiert? Sie sehen ja fürchterlich aus!"

„Ich hatte heut Nacht Besuch", stöhnte Christensen. „Von mindestens drei, wenn nicht sogar vier Rotzlöffeln, die …"

„… hier an Bord waren?", vollendete Jörn.

Der Kapitän verzog das Gesicht. Was wohl ein überhebliches Lächeln werden sollte, endete in einer schmerzerfüllten Grimasse. „Glaubst du vielleicht, ich bin denen freiwillig hinterhergerannt, damit sie mir was auf die Fresse hauen?"

Jörn schüttelte den Kopf und wich von da an dem Blick, der aus zwei beinahe vollständig zugeschwollenen Augen stammte, aus.

„Sind Sie gebürtiger Däne?", fragte Ina. Das wäre zumindest eine gute Erklärung für das spontane Du, denn die Dänen haben einen eisernen Grundsatz: Sie siezen nur ihre Königin.

„Seit dreißig Jahren in Deutschland", krächzte der Kapitän an einem hörbaren Frosch im Hals vorbei. „Wenn ihr Wert drauf legt, kann ich …"

„Ist schon gut", relativierte Jörn. „Hauptsache, Sie können uns weiterhelfen."

„Wie denn? Ich weiß nur, dass ihr meinen Kutter ohne jeden Grund festhaltet. Wenn ihr dafür auch noch ein Dankeschön erwartet, seid ihr bei mir an der falschen Adresse."

Eine unmissverständliche Ansage. Doch davon ließ sich Ina nicht abhalten. „Ist schon ein seltsamer Zufall, Herr Christensen: Zuerst Peter Nissen, jetzt hat es Sie erwischt – was bedeutet das alles?"

„Ich lebe allerdings noch", knurrte der Kapitän zurück.

Nach diesem Kommentar musste er sich zunächst einem prüfenden Blick von Inas Seite unterziehen. „Stimmt! Aber viel hat da nicht gefehlt, wenn Sie mich fragen."

12

Drei Stunden später lenkte Jörn seinen Golf in eine Parklücke vor dem Präsidium, zog den Zündschlüssel ab und schaute erst danach zur Seite. „Ich weiß nicht, wie's dir geht ... ich nehm dem Christensen seine Geschichte nicht ab. Kein einziges Wort. Will der uns allen Ernstes weismachen, dass er sein Geld mit der Fischerei verdient? Hast du mal 'ne Nase in den Frachtraum geworfen? Dort hat's nicht mal ansatzweise nach Fisch gestunken."

„Und was stellen er und seine Mannschaft dann mit dem Kutter an?"

„Was wohl? Das sind Schmuggler, hundertprozentig!"

„Woher willst du das wissen?"

Jörn grinste triumphierend. „Weil wir in Bochum vorletztes Jahr einen Fall mit Verwicklungen nach hier oben hatten. Da musste ich erst mal alles über Grenzverkehr lesen und mit dem Zoll kooperieren – zwangsweise."

„Klingt ja aufregend", fügte Ina albern hinzu. „Aber jetzt mal ernsthaft: Gibts sowas wie Schmuggler heute überhaupt noch?"

„Natürlich! Und du kannst mir glauben: Das Geschäft ist lukrativer denn je. Da wandern wegen der dänischen Luxussteuer

Millionenwerte über die nasse Grenze, und uns erzählt der Christensen, dass er mitten auf der Förde die Netze auswirft."

„Dann sollten wir alles tun, um ihm das Gegenteil zu beweisen", erwiderte Ina nachdenklich. Sie schien erst jetzt ganz bei der Sache zu sein. Vorher hatte sie auf ihrem Handy herumgewischt und Nachrichten gecheckt. „Es fängt doch schon damit an, dass garantiert keine jugendlichen Rowdys für seine Verletzungen verantwortlich sind."

„Eben! Und dass er – angeblich – nichts über Peter Nissens Verbleib und den Grund für dessen spontanes Ableben weiß, ist garantiert auch gelogen. Trotzdem haben wir an Bord nichts gefunden, das uns weiterbringen könnte. Einfach zum Kotzen!"

Ina zog zwei kleine Plastiktüten aus ihrer Jackentasche und wedelte Jörn damit vor der Nase herum. „Du hast anscheinend was vergessen. Unsere Kollegen von der Spurensicherung haben Proben von den Fischernetzen an Bord genommen. Wenn die zu den Fasern an Nissens Leiche passen, schnappen wir uns die ganze Mannschaft."

„Und was dann?"

„Was wohl? Wir nehmen jeden einzeln in die Mangel und setzen alle so lange unter Druck, bis einer auspackt." Ina huschte ein geheimnisvolles Lächeln um die Mundwinkel. „Ich weiß nicht, wie du das siehst, aber solche Lügenmärchen haben doch alle was gemeinsam: Sie halten nicht lange stand."

„Dann meinst du also, unser erster Fall ist so gut wie gelöst?"

„Ich würde sagen, uns fehlt nur noch ein Geständnis", triumphierte Ina beinahe. „Karsten wird bestimmt Augen machen, wenn wir ihm so schnell einen Mörder liefern."

„Karsten, Karsten … kannst du nicht wenigstens von Herrn Bruhn oder unserem Chef reden, wenn du mit mir sprichst?"

„Dann hatte ich früher also was mit Herrn Bruhn … oder unserem Chef? Wie wär's: Soll ich mal versuchen, in der Sie-Form zu stöhnen?"

Jörn musste spontan laut lachen. „Das heißt, du hattest damals wirklich was mit ihm? Was Ernsthaftes, mit allem Drum und Dran?"

„Ich weiß nicht, was genau du mit ›Drum und Dran‹ meinst, aber ... ja, war schon irgendwie was Ernstes, sonst hätte er mir wohl kaum einen Antrag gemacht, oder?"

„Du machst Witze! Hat er dir wirklich ...?"

„Jaaahaaa! Und jetzt hör endlich mit dem Thema auf!"

Jörn schwieg tatsächlich eine Weile. Dann fing er begeistert von Neuem an: „Nach dem, was wir allein heute bewegt haben, könnte aus uns ein gutes Team werden. Wie siehst du das?"

Offenbar nicht ganz so euphorisch, denn Ina zog am Türöffner und verzichtete ansonsten auf jede Stellungnahme.

Als die beiden gerade ihr Büro im Präsidium betreten wollten, meldete sich hinter ihnen eine bekannte Stimme. Es handelte sich um Britta, die Schreibkraft der neuen Mordkommission. „Ich habe dafür gesorgt, dass euer Kabuff wieder auf die Liste kommt."

Ina suchte nach Worten der Anerkennung: „Die Bezeichnung ›Kabuff‹ passt übrigens hervorragend. Auf welche Liste denn?"

„Auf die mit den Büros, die jeden Morgen geputzt werden", erwiderte Britta, als handle es sich allein bei dieser Rückfrage um Hochverrat. „Morgen früh rauscht die Kolonne das erste Mal bei euch durch."

Jörn schnurrte wie ein liebestoller Kater. „Konntest du auch schon was wegen der neuen Computer und dem Büromaterial erreichen?"

„Frank ist eben erst weg. Er hat euch ..."

„Welcher Frank?", mischte sich Ina ein.

„Frank Leopold. Die meisten hier nennen ihn Leo. Ist so 'n typischer Nerd. Ihr solltet also vorsichtig mit ihm umgehen."

„Und der hat für neue Computer gesorgt?", wollte Jörn wissen.

Er bekam ein Lächeln ab, bevor Britta mit ihrer Erklärung fortfuhr: „Die sind schon vernetzt und ihr habt sogar einen eigenen Drucker."

„Das war sehr gute Arbeit!", lobte Ina in hölzernem Tonfall. Aber selbst das reichte auf Brittas Seite nicht für eine halbwegs freundliche Geste zum Abschied.

„Ich finde, heute war sie schon viel umgänglicher", bemerkte Jörn, nachdem sich die Bürotür hinter den Kommissaren geschlossen hatte. „Und du wirst sehen … das mit euch beiden wird auch noch."

„Für die Stutenbissigkeit muss es einen Grund geben", dachte Ina laut nach und fiel auf ihren museumsreifen Bürostuhl, der selbst unter ihrem Leichtgewicht bedrohlich ächzte. „Etwas, das direkt mit mir zu tun hat – da steckt mehr dahinter."

„Zum Beispiel?"

„Das werd ich schon noch herausfinden. Aber wir sollten uns lieber unserem Fall widmen. Wie wär's, wenn du dich um den Kutter und das ganze Drumherum kümmerst? Ich schicke erst mal die Proben ins Labor, knöpfe mir Peter Nissens Privatleben vor und …"

„Ist schon gut, mach einfach!" Jörn warf zuerst einen Blick unter seinen Schreibtisch und dann auf seinen Monitor. „Donnerwetter! Mein PC ist brandneu und offensichtlich mit den Innereien einer Mondrakete gefüllt. Das musst du dir ansehen … das Teil ist jetzt schon einsatzbereit!"

„Meiner kämpft noch um die ersten Lebenszeichen", erwiderte Ina frustriert. „Vielleicht schaust du zwischendurch mal drauf und rufst mich an, wenn er soweit ist." Mit diesen Worten erhob sie sich augenzwinkernd und verließ eiligen Schrittes das Büro.

Jörn langte zum Hörer. Als Erstes wollte er sich mit dem Zoll in Verbindung setzen und dann mit der Schifffahrtsbehörde. Alles andere musste warten.

***

„Entschuldige bitte, dass ich dich mit solchem Kleinkram nerve – aber lieber jetzt gleich, als dass es irgendwann zu spät ist."

„Ich weiß ja noch nicht mal, worum es überhaupt geht", beschwerte sich Karsten Bruhn lachend. Dabei musterte er Ina, die unaufgefordert auf der anderen Schreibtischseite Platz genommen hatte. „Am besten sagst du mir erst mal, was du mit ‚Kleinkram' meinst!"

„Unsere Schreibkraft ... ich weiß nicht mal ihren Nachnamen."

„Frau Krohnwald?"

„Wenn du es sagst."

„Heißt das, es gibt ein Problem?"

Ina holte tief Luft. Unverkennbar, dass sie sich mit Gesprächen hinter dem Rücken anderer schwertat. „Ich würde es viel lieber mit ihr selbst klären, aber da ist jetzt schon 'ne Mauer, die ich mir absolut nicht erklären kann. Deshalb hab ich gar nicht erst versucht, mit ihr unter vier Augen zu sprechen. Ich wollte die Dinge nicht noch schwieriger machen."

Bruhns Stirn lag zwar in Falten, doch hinter dieser zur Schau gestellten Skepsis verbarg sich noch etwas anderes. Etwas, das Ina nicht zweifelsfrei identifizieren konnte und das ihr weitere Rätsel aufgab. Einer eventuellen Nachfrage kam ihr neuer Chef übereilt zuvor: „Am besten kümmerst du dich um euren Fall und ich rede mit Britta ... also, mit Frau Krohnwald."

„Kennt ihr euch näher? Du nennst sie Britta und ..."

„Ich kümmere mich darum! Wäre das für den Moment alles?"

Ina zögerte. An der Sache war etwas faul, aber sie hatte weder das Recht noch die Zeit, den Dingen näher auf den Grund zu gehen.

„Was erwartest du denn von mir?", ereiferte sich Bruhn vielleicht ein wenig zu energisch. „Britta ist schon seit ihrer Ausbildung hier bei uns und überall beliebt – außer bei dir, wie's scheint."

„Das hab ich auch nicht bezweifelt, Karsten, aber ..."

„Dann verlass dich darauf, dass ich mich der Sache annehme! Reicht das fürs Erste?"

Ina nickte zaghaft und wollte sich erheben, da hielt ihr Chef sie mit einer Handbewegung auf. „Was macht denn eigentlich euer Fall? Herr Appel meinte gestern, ihr kommt gut voran."

„Wenn Herr Appel das meint", erwiderte Ina mit verschmitztem Grinsen. Dann erzählte sie unaufgefordert von ihrem morgendlichen Besuch auf dem Kutter, einem sichtbar mitgenommenen Kapitän und zuletzt von den Proben der Fischernetze. „Wir hoffen, dass die Fasern an der Leiche mit denen an Bord übereinstimmen. Wenn das der Fall ist, haben wir die Bande am Allerwertesten."

„Schön gesagt – und wenn nicht?"

„Dann wird das auf Dauer bestimmt nicht unser einziger Trumpf bleiben. Jörn und ich haben zusammen mehr als dreißig Jahre Erfahrung in Mordermittlungen. Am besten lässt du uns einfach unsere Arbeit machen und kümmerst dich um …"

„… Frau Krohnwald", vollendete Bruhn und schmunzelte wenigstens über seinen eigenen Scherz.

„Es wäre jedenfalls nett. Als Präsidiumsleiter bist du ja auch für sowas wie den allgemeinen Frieden hier zuständig. Oder etwa nicht?"

„Gut, dass du mich dran erinnerst. Danke!"

„Gern geschehen."

13

„Du siehst ja vollkommen entnervt aus! Was ist passiert?", fragte Jörn, als Ina ins gemeinsame Büro zurückkehrte.

„Die Geschichte wird immer verrückter: Ich hab mit unserem Tablet ein bisschen recherchiert und gerade nacheinander mit zwei von Peter Nissens WG-Mitbewohnern telefoniert. Die meinten, er wäre vor ein paar Monaten ausgezogen. Nur seine Post kommt noch dort an und niemand weiß, wohin damit."

Jörn wollte es genauer wissen. „Also sind da auch keine Möbel mehr von ihm und keine …?"

„Das Zimmer ist längst wieder anderweitig vermietet." Ina stand wie verloren mitten im Raum. Anstelle weiterer Worte fischte sie die beiden kleinen Plastiktüten mit Netzfasern aus der Tasche und warf sie in Gedanken auf ihren Schreibtisch.

Unterdessen vollführte Jörn mit beiden Armen kreisende Bewegungen. „Hallo? Jemand zu Hause? Die Proben wolltest du doch schon lange ans Labor geschickt haben. Was ist denn los mit dir?"

Ina zuckte kurz zusammen. „So 'n Mist … hab ich glatt vergessen. Hast du in der Zwischenzeit was erreicht?"

„Ab sofort erwartet man uns im Flensburger Zollamt. Der Kollege sagte allerdings, dass wir uns lieber bis Mittag blicken lassen sollten. Danach ist bei denen sowas Ähnliches wie …"

„Schon klar! Sagst du mir trotzdem, was wir beim Zoll wollen?"

„Wir waren uns doch darüber einig, dass der Nissen für einen einfachen Fischer viel zu viel Geld hatte."

„Dann glaubst du also, die beim Zoll können uns mehr über den Schmuggel auf der Förde erzählen? Vorausgesetzt, du hast mit deiner Vermutung recht."

Jörn nickte, als stünde dieser Umstand für ihn längst fest. „Außerdem hab ich herausgefunden, wem die *Lütje Deern* gehört."

„Wie jetzt – etwa nicht dem Christensen? Ich dachte, Kapitän und Eigentümer wären immer ein und derselbe."

„So ähnlich wie bei der *Titanic*, der *Queen Mary* oder …?"

„Ist ja gut! Du hast recht … ich rede ziemlichen Blödsinn."

„In dem Fall werde ich dir wohl nicht widersprechen. Aber vielleicht erzählst du mir mal, welche Laus dir über die Leber gelaufen ist. Das liegt doch nicht nur daran, dass der Nissen aus seiner WG ausgezogen ist, oder?"

„Wir haben nicht den blassesten Schimmer, wo er hinterher abgeblieben ist. Meldeadresse ist immer noch die WG. Wie sollen wir denn da was Vernünftiges über sein Privatleben herausfinden?"

„Seine Mutter meinte doch, er hätte sie morgens angerufen und wollte ihr Kaffee vorbeibringen."

„Ich warte noch auf den Einzelverbindungsnachweis. Aber ich wette, der bringt uns auch nicht weiter. „

„Weshalb so negativ? Und wieso kommst du hier wie 'ne Leiche reinmarschiert?"

Ina winkte ab. „Sag mir lieber, wem der Kutter gehört!"

„Einem gewissen Hans-Werner Matthies. Genauer gesagt, einer GmbH, die auf dessen Namen läuft."

„Gibt es weitere Gesellschafter?"

„Nope … er hat für hundert Prozent des Haftungskapitals unterschrieben."

„Kommt der Typ hier aus Flensburg?"

„Von der Nordseeküste, aus Dagebüll."

Ina ließ sich auf ihrer Schreibtischkante nieder, war jetzt wieder voll und ganz bei der Sache. „Den knöpfen wir uns aber erst vor, wenn wir hier soweit durch sind. Wahrscheinlich hat er eh von nichts 'ne Ahnung. Gehören der GmbH noch weitere Schätzchen?"

„Sie ist an ein paar Windrädern beteiligt und hält neunzig Prozent an einer Spedition."

Inas Mund öffnete sich bereits, doch Jörn kam ihr eilig zuvor: „Ich weiß genau, was du fragen willst. Der Laden beschäftigt fünf fest angestellte Fahrer und hat genauso viele Lastwagen, die darauf zugelassen sind. Was willst du noch wissen?"

„Eigentlich nur, wann wir endlich zum Zoll fahren. Wird Zeit, dass wir was gegen Christensen und seine Mannschaft in die Hände bekommen."

„Dann lass uns loslegen!", erwiderte Jörn und erhob sich im selben Moment. „Vielleicht sorgst du auf dem Weg nach draußen noch schnell dafür, dass die Proben ins Labor kommen? Oder soll ich mein altes Mikroskop aus der Schulzeit rausholen und selbst mal nachsehen, womit wir es da zu tun haben?"

Ina stopfte ihrem Kollegen ungefragt die beiden Tütchen in die Hemdtasche. „Wie wär's denn, wenn du Frau Krohnwald fragst? Dir frisst sie doch aus der Hand."

„Frau wen?"

„Britta!"

„Und wieso fragst du sie nicht selbst?"

„Weil du hinterher wahrscheinlich allein zum Zoll fahren müsstest."

***

Obwohl ihm auch zur Mittagszeit noch immer jeder einzelne Knochen wehtat, wollte Kapitän Christensen nicht unter Deck auf seiner Pritsche liegen bleiben und dort in Selbstmitleid baden. Frische

Luft und Bewegung in Maßen taten ihm gut. Nebenbei sorgten diese Zutaten dafür, dass sich der Nebel in seinem Kopf verflüchtigte.

Er war gerade mit einem Seitenfenster am Führerstand beschäftigt, wollte es neu abdichten, als er hinter sich eine tiefe Stimme hörte: „Das kannst du auch ebenso lassen."

Christensen wirbelte herum, was einen stechenden Kopfschmerz auslöste. Vor ihm stand sein Chef und Eigentümer der *Lütje Deern*: Hans-Werner Matthies. Der hatte es – trotz seiner beachtlichen Körperfülle – auf Samtpfoten an Bord geschafft. Davon abgesehen hatte der Kapitän mit diesem Besuch natürlich gerechnet, jedoch nicht so schnell. Er langte zur ersten Frage, die ihm in den schmerzenden Kopf schoss: „Heißt das, ich soll meine Sachen packen?"

Matthies ließ sich mit seiner Antwort viel Zeit. Er überflog mit Blicken das Deck des Kutters und nickte im Endeffekt zufrieden. Warum, war nicht klar. Und dass diese Zufriedenheit nichts mit seinem Gegenüber zu tun hatte, verdeutlichten seine nächsten Worte: „Du kannst gerne bleiben, aber dann wird's früher oder später ungemütlich."

Kapitän Christensen hatte diesen Besuch nicht nur vorhergesehen, sondern sich gedanklich längst darauf vorbereitet. Die letzten Stunden unter Deck – untermalt von quälenden Schmerzen und düsteren Befürchtungen – hatten ihre Spuren hinterlassen. Sicher war bloß, dass er hier keinesfalls den Duckmäuser mimen wollte. Dementsprechend klang seine Stimme. „Ich könnte zur Polizei gehen und …"

„Und was?", polterte Matthies jetzt schon dazwischen. „Denen erzählen, was du in den letzten Jahren selbst alles angestellt oder deiner Mannschaft befohlen hast? Die werden sich freuen, wenn einer auspackt und die Handschellen gleich mitbringt."

„Du hängst da doch auch mit drin."

„Wer sagt das?"

„Ich!"

Matthies drehte sich zur Hälfte weg. Im Profil betrachtet, hätte er es in puncto Körperfülle leicht mit jedem Sumoringer aufnehmen können. Das hauptsächliche Interesse dieses Pseudo-Ringers galt momentan zwei riesigen Sturmmöwen, die sich auf einem Poller nicht weit entfernt stritten. Vermutlich ging es bei dieser lautstarken Auseinandersetzung um einen Krebs oder etwas anderes Fressbares.

Per Christensen nutzte die Chance für eine klare Ansage: „Ich werde nicht allein untergehen. Ganz bestimmt nicht!"

Für seine Verhältnisse vollführte Hans-Werner Matthies erstaunlich flink eine Kehrtwende und starrte seinen Kapitän aus kalten Augen an: „Das gestern Abend war 'ne freundlich gemeinte Warnung. Hast du's nicht kapiert?"

„Und was ist mit dir? Hast du vergessen, dass wir mal Freunde waren? Ich bin immerhin Patenonkel von einem deiner Kinder und …"

„Das tut heute nichts mehr zur Sache."

„Und was heißt das jetzt genau?"

„Was wohl?" Matthies machte schon Anstalten sich zu verabschieden, besann sich dann aber anders: „Falls du bis heute Abend verschwunden bist, können wir von mir aus Freunde bleiben. Andernfalls …"

„Auf einen Freund wie dich kann ich leicht verzichten. Hau ab und lass mich allein! Wie du siehst, hab ich zu tun."

„Dann kann ich dir auch nicht mehr helfen", nuschelte Matthies im Gehen. „Was ab jetzt passiert, hast du dir selbst ausgesucht."

„Was soll denn passieren?", brüllte Christensen seinem Chef hinterher und brachte ihn damit zum Anhalten. „Redest du von Piet oder von den beiden …?"

„Halt bloß die Fresse!", fauchte Matthies dazwischen. „Wenn davon einer Wind bekommt, wandern wir alle für lange Zeit in den Knast."

14

„Hast du dir den Christensen vorhin mal genauer angeschaut?",
fragte Jörn, als er seinen Golf vor dem Flensburger Zollamt abstellte.

„Was meinst du? Dass er uns nicht in die Augen sehen konnte
oder dass er so früh am Morgen bereits 'ne hochprozentige Fahne
spazieren führt?"

„Ein bisschen von beidem. Der Schnaps war vielleicht gegen die
Schmerzen, aber ..."

„Da helfen auch Tabletten."

„Der Kerl ist insgesamt ein Wrack", fasste Jörn seinen Eindruck
zusammen. „Willst du wissen, wie alt er ist? Ich hab im Büro nachgesehen."

Ina gab erst Antwort, als sie ausgestiegen war, neben dem Auto
stand und übers Dach linsen konnte. „Wie alt soll er schon sein –
Mitte oder Ende sechzig?"

„Seit letzter Woche fünfundfünfzig. Nun weißt du auch, warum
ich mir niemals 'nen Vollbart stehen lassen würde", flachste Jörn.

„Kennst du den Film *Das Boot*?", fragte Ina auf dem Weg zum
Eingang. „Da tragen fast alle Bärte, sogar der Grönemeyer."

„Klar! Und jetzt fällt mir ein, mit wem unser Kapitän Christensen Ähnlichkeit hat …"

„Na?"

„Mit Johann, dem Maschinisten, der gegen Ende durchdreht."

„Hat der auch 'nen Bart?"

„Hat er! Aber das spielt keine Rolle. Erinnerst du dich an seine Augen? Der ist völlig verrückt geworden!"

Ina tat diese fruchtlose Debatte mit einer Handbewegung ab und zog die Tür zum Zollgebäude auf. Im Flur dahinter blieb sie stehen und drehte sich zu Jörn um. „Mit wem sind wir hier eigentlich verabredet?"

„Mit einem gewissen Malte Andresen, der leitet den Laden."

Als hätte man ihn bestellt, steckte der Mann einen Moment später seinen Kopf aus einer der zahllosen Türen. „Sind Sie Frau Drews und Herr Appel?"

Die beiden sahen den vermeintlichen Leiter des Zollamtes wohl ein wenig zu skeptisch an, deshalb reagierte der mit einer Erklärung: „Hier hängen überall Kameras. Kommen Sie rein, ich hab grad frischen Kaffee gemacht."

Nachdem der auf drei Becher verteilt war und man an einem Besprechungstisch mit Aussicht auf das Flensburger Klärwerk saß, kam Jörn sofort zur Sache. „Können Sie meiner Kollegin erzählen, was Sie mir vorhin am Telefon erzählt haben? Gerne auch ein bisschen ausführlicher …"

„Was wissen Sie denn bis jetzt so über die deutsch-dänischen Beziehungen?", begann Malte Andresen mit einer Frage, die sich an Ina richtete.

Jörn hakte noch mal kurz ein. „Vielleicht fangen Sie gleich mit den Geschichten über Schmuggelware an und lassen die Einleitung lieber weg."

Diese Bitte sorgte zwar für einen Anflug von Skepsis, doch dann fuhr Malte Andresen unverändert munter fort: „Ihr Kollege meinte, es ginge hauptsächlich um den Schiffsverkehr auf der Förde. Diesbezüglich greifen wir schon seit Jahrzehnten regelmäßig Boote und

Schiffe fast jeder Größe auf, die ihre Schätze in Dänemark abladen wollen."

„Meinen Sie mit ›Schätze‹ sowas wie Zigaretten und Alkohol?", wollte Ina wissen.

„Früher, ja. Aber seitdem drüben vieles billiger geworden ist, dreht es sich in erster Linie um teure Elektrogeräte, Schmuck ... eben alles, was bei unseren Nachbarn mit Luxussteuer beaufschlagt wird. Wundert mich, dass da keine kompletten Autos geschmuggelt werden. Neuerdings werden übrigens auch Medikamente im großen Stil verschoben. Die Jugend von heute wirft haufenweise Oxycodon und Tilidin ein – gegen die ach so schlimmen Schmerzen, die mit dem Erwachsenwerden verbunden sind."

„›Schmerzen‹?", wiederholte Ina, beließ es jedoch dabei. „Was ist mit Drogen?"

„Nicht so früh am Tag, danke!"

Während die zwei Männer in schallendes Gelächter ausbrachen, blieb Ina todernst.

„Okay, der ist alt", entschuldigte sich Andresen. „Darüber hinaus haben Sie natürlich recht! Drogen spielen auch 'ne große Rolle. Da kommt aber auch vieles über Land, per LKW, in Containern oder Bahnwaggons."

„Können Sie dem keinen Riegel vorschieben?", fragte Jörn dieses Mal.

„Das versuchen unsere Kollegen in Hamburg schon seit Jahrzehnten. Wenn die vorne anderthalb Tonnen Kokain beschlagnahmen, rollt hinten das Doppelte oder Dreifache ungeprüft vorbei. In Kolumbien und Mexiko lachen die sich über uns und solche Mengen tot und schreiben zwei Tonnen von ihrem weißen Pulver ohne mit der Wimper zu zucken ab. Wo das Zeug herkommt, gibts noch viel ... sehr viel mehr."

„Scheiß Geschäft", lautete Jörns Fazit. „Sind Sie so nett und erzählen meiner Kollegin auch noch die Geschichte mit dem Dosenpfand?"

Ina sah ein wenig argwöhnisch aus, doch das hielt Malte Andresen von nichts ab. „Schätzen Sie mal, wie viele Getränkedosen die Dänen jährlich hier in Deutschland kaufen!"

„Keine Ahnung."

„Na, los ... einfach mal schätzen!"

„Weiß nicht – eine Million oder zwei?"

„Sechshundertfünfzig Millionen. Das ist kein Witz!"

Diese gigantische und gleichermaßen unvorstellbare Zahl sorgte einen Moment für allgemeines Schweigen.

„Und für diese sechshundertfünfzig Millionen Dosen wird hier bei uns kein Pfand erhoben?", fragte Ina ungläubig.

„Nur, wenn man als Däne eine entsprechende Exporterklärung unterschreibt. Kein Müll in Deutschland bedeutet eben, dass hier auch kein Pfand fällig wird."

Jörn übernahm, schließlich kannte er die Geschichte bereits. „Darüber wird seit Jahren auf höchster Regierungsebene diskutiert. Am Ende bleiben unsere dänischen Nachbarn in etwa sechshundertfünfzig Millionen Fällen auf dem Müll sitzen, für den sich keiner verantwortlich fühlt, weil ..."

„... niemand Pfand bezahlt hat", vollendete Ina. Danach schaute sie die beiden Männer nacheinander an. „Könnten wir jetzt vielleicht wieder über den Fall reden? Falls bei unseren Ermittlungen nichts herauskommt, muss ich wahrscheinlich bald selbst von Dosenpfand leben."

Andresen fing den Hinweis grinsend auf. „Ich weiß, worauf Sie hinauswollen. Aber ich muss Sie leider enttäuschen. Meine Kollegen vom Zollboot haben die *Lütje Deern* schon einige Male aufgebracht, sind dabei allerdings nie auf was Verdächtiges gestoßen."

„›Aufgebracht‹?", fragte Ina mit hochgezogenen Brauen.

„Sie wurde mehrfach mitten auf dem Wasser gestoppt", übersetzte Andresen das Seefahrer-Vokabular. „Teilweise nachts und in der Regel unangemeldet."

„Wir sind uns natürlich nicht sicher", meldete sich Jörn zu Wort. „Aber vieles spricht dafür, dass an Bord des Kutters nicht alles mit rechten Dingen zugeht. Wir vermuten, dass es sich um Geld dreht – wie immer."

„Wenn Sie konkrete Hinweise haben oder wenigstens wissen, wann die nächste Schmuggelfahrt stattfinden soll, dann sag ich meinen Kollegen auf dem Zollboot gerne Bescheid. Das sollte kein Problem sein."

Ina war bereits aufgestanden. „Wie viel Vorlauf bräuchten Sie dafür?"

„Mindestens zwei Tage … besser drei. Wir leiden ziemlich unter Personalmangel und haben häufig nicht mal einen, der das Schiff steuern kann."

„Dosenpfand!", schimpfte Ina, als sie wieder neben Jörn im Auto saß. „Ich kann's gar nicht glauben! Hab nur ich das Gefühl oder war das ein Schlag ins Wasser?" Sie schnaubte, um ihren Unmut auch auf diese Weise zu verkünden. „Okay, es war nur 'ne Vermutung. Aber ich hatte mir doch ein bisschen mehr davon erhofft."

„Zwei oder drei Tage Vorlauf sind auch viel zu lang", stimmte ihr Jörn indirekt zu. „Wie sollen wir denn auf einen Hinweis stoßen, der so weit in die Zukunft reicht?"

Ina starrte aus dem Seitenfenster.

Jörn war sich nicht mal sicher, ob sie seine letzten Worte überhaupt gehört hatte. Trotzdem legte er nach: „Wir haben bis jetzt nur die Faserspuren, mehr nicht. Wenn wir nebenher was erreichen wollen, müssen wir den Kutter notgedrungen wieder vom Haken lassen."

Inas Kopf fuhr herum. „Du meinst, die können nur was schmuggeln, wenn sie auch ablegen dürfen?"

„Ich wüsste zumindest nicht, wie es anderweitig funktionieren sollte. Du?"

„Dann lass uns zurück zum Christensen fahren und ihm gleich die gute Nachricht überbringen. Falls er fragt, sagen wir ihm, dass wir 'ne andere heiße Spur verfolgen und der Verdacht gegen ihn und seine Mannschaft vom Tisch ist. Von mir aus entschuldige ich mich sogar für die Unannehmlichkeiten und mime die Unschuld vom Lande."

„Gute Idee!"

„Was davon?" Inas Handy klingelte, unterband also eine direkte Antwort. Das Gespräch dauerte keine halbe Minute. Danach war ihr Anflug von Tatendrang hörbar verflogen. „Am besten setzt du mich vorm Präsidium ab und übernimmst den Christensen allein."

„Wieso? Warum soll ich denn jetzt die Unschuld vom Lande spielen?"

„Weil vor dem Wachtresen jemand auf mich wartet", motzte Ina zurück.

„Und wer?"

„Das wollte der Kollege nicht sagen. Aber die Anweisung stammt wohl von Karsten. Oder von mir aus von Herrn Bruhn, wenn dir das lieber ist."

Jörn warf grinsend einen Blick zur Seite. „Dein sagenhafter Karsten pfeift und du springst? So kennt man dich ja gar nicht."

„Das ist nicht mehr mein Karsten!"

„Vielleicht ändert sich ja bald was daran."

„Pass mal auf: Er ist verheiratet, hat zwei Kinder und das dritte ist auf dem Weg. Du glaubst doch nicht ernsthaft, dass ich mich unter solchen Umständen …"

„Das Leben ist bunt", unterbrach Jörn. „Sagt meine Mutter immer – und die muss es schließlich wissen."

Inas Aufmerksamkeit galt wieder dem Seitenfenster beziehungsweise der Welt draußen.

Leichtsinnigerweise legte Jörn sogar noch nach: „Ich hab doch gesehen, wie er dich angestarrt hat. Wenn's nach ihm geht, dann …"

„… interessiert es mich immer noch nicht. Und jetzt fahr, sonst nehm ich den Bus!"

15

„Was gibts denn so Dringendes?", fragte Ina den Beamten hinterm Wachtresen, während sie zielsicher darauf zusteuerte.

Die Antwort war ein Fingerzeig, der einer Frau galt, die ein Stück weiter an der Wand lehnte. „Das ist Monika Kaufmann. Sie ist vorhin Kriminaldirektor Bruhn über den Weg gelaufen und meinte, sie wäre …"

„… die Ex-Freundin von Peter Nissen", vollendete Frau Kaufmann, die plötzlich neben Ina stand. „Sind Sie Frau Drews?"

Ina nickte.

„Ich komme gerade von Peters Mutter, Elisabeth hat mir alles erzählt. Übrigens war da auch 'ne Frau bei ihr. Die sagte, sie wäre von der Polizei und ich soll mich am besten direkt bei Ihnen melden."

„Das klappt ja wie am Schnürchen!", lobte Ina die Beteiligten. „Wollen Sie sich auf dem Weg in mein Büro einen Becher Kaffee mitnehmen?"

„Kostet der was?"

Nach dieser Frage schaute sich Ina Frau Kaufmann zum ersten Mal genauer an, schätzte sie auf Ende dreißig. Ihre Haut war schneeweiß, beinahe durchsichtig. Ihre Kleidung sah aus, als hätte sie die zum finalen Auftragen aus einem Rotkreuz-Container gefischt.

„Machen Sie sich mal keine Sorgen, Sie sind eingeladen … und wir können uns auch ebenso gut in die Kantine setzen. Dann spendier ich ein Stück Kuchen dazu. Wie wär's?"

Inas freundliche Art zeigte Wirkung, denn die beiden Frauen saßen sich wenig später an einem der zahlreichen Tische gegenüber. Sogleich ergriff Monika Kaufmann unaufgefordert das Wort. Es war nicht zu übersehen, dass ihr einiges auf der Seele lag. „Elisabeth sagt, jemand hätte Peter umgebracht. Wie kann das sein? Also, er hat doch niemandem was getan. Außerdem …" Eine kurze Pause entstand, die nach einem großen Schluck Kaffee mit einem ausgiebigen Kopfschütteln endete. „… ich wüsste nicht, wer Peter etwas Böses wollen würde."

„Sie haben gesagt, Sie wären seine Ex-Freundin. Seit wann?"

„Immer mal wieder, aber seit zwei oder drei Wochen war's endgültig vorbei. Jedenfalls von seiner Seite."

„Dann sind Sie wahrscheinlich wütend auf ihn und deshalb so … gefasst?"

Damit war der Damm gebrochen. Die Augen der Frau füllten sich mit Tränen. Erstmals wurde deutlich, wie sehr sie der Tod ihres Ex-Freundes mitnahm. Ein herzzerreißendes Schluchzen offenbarte, dass zumindest sie die Beziehung mit Peter Nissen nie ganz für beendet erklärt hatte.

„Sie haben noch an ihm gehangen, richtig?" Ina sprach leise, hätte am liebsten auch geheult.

„Ich hab Peter nie aufgegeben", kam es auf ähnliche Weise zurück. „Auch dann nicht, wenn er wochenlang weggeblieben ist und sich mit anderen amüsiert hat."

„Mit anderen Frauen?"

Die erste Antwort war ein Schniefen. „Namen kann ich Ihnen nicht sagen, aber ich weiß, dass da was gelaufen ist."

Ina beschränkte sich vorerst auf Schweigen. Sie biss ein großes Stück von ihrem Kuchen ab, nahm einen Schluck aus ihrem Kaffeebecher, setzte ihn auf dem Tisch ab und ließ sich mit ihrer Reaktion bewusst viel Zeit. Dabei beobachtete sie Monika Kaufmann ganz genau und kam zu dem Ergebnis, dass deren Gefühle und gleichzeitige Verzweiflung echt waren. Ansonsten hörte sich das alles nach den typischen Symptomen einer On-Off-Beziehung an. Auf weitere Details konnte sie aufgrund eigener Erfahrungen also gut verzichten.

„Wir stehen mit unseren Ermittlungen noch ziemlich am Anfang", begann Ina dann nach einem weiteren Schluck. „Über die Einzelheiten darf ich sowieso nicht sprechen. Aber es ist auf jeden Fall gut, dass Sie hier sind."

„Peter hat nach seiner Zeit in der WG bei mir gewohnt ... bis vor zwei Wochen. Da hat er von jetzt auf gleich seine Sachen gepackt und ist weg."

Ina wollte sich gerade wieder mit ihrem Kuchenstück beschäftigen, schaute nun jedoch erstaunt auf. „Wieso haben Sie denn so ein Geheimnis daraus gemacht? Laut Melderegister wohnt er immer noch in dieser WG."

Monika Kaufmann schwieg, verzog aber das Gesicht.

„Okay, ich rate mal", kam Ina einem Geständnis zuvor, das bereits in der Luft lag. „Sie leben vom Amt und dort hätte man Ihnen vermutlich Geld abgezogen, wenn Sie die Beziehung zu Peter Nissen offiziell gemacht hätten. So in etwa?"

„Schwärzen Sie mich bei denen an, wenn ich es zugebe?"

„Natürlich nicht! Das ist nicht meine Aufgabe und selbst wenn ..."

„Ich hab zwei Jungs, fünf und sieben."

„Genießen Sie das bloß so lange, wie's geht! Wenn die Pubertät erst mal anfängt, dann ..."

„Meine Schwester hat Zwillinge, beide fünfzehn", unterbrach Monika Kaufmann im dazu passenden Tonfall.

„Mädchen?"

Die erste Antwort war ein vielsagendes Nicken. Aber es folgte auch noch ein Hinweis: „Mitten in der Pubertät!"

„Dann richten Sie Ihrer Schwester bitte mein Beileid aus!", sagte Ina mit einem Grinsen im Gesicht, das sicheres Wissen verhieß. Im nächsten Moment beschloss sie, wieder dienstlich zu werden. „Ich habe keinen Handyvertrag gefunden, der auf Peter läuft. Das gehört immer zu unseren ersten Schritten, wenn jemand ..." Den Rest verschluckte sie ganz bewusst.

„Bis letztes Jahr hatte er einen, der auf seine Mutter lief – wegen der Insolvenz. Wir sind dann auf so ein Kombiding umgestiegen, war für uns beide billiger."

„Haben Sie in den letzten Tagen versucht ihn anzurufen?"

„Das letzte Mal, bevor ich heute bei seiner Mutter war." Monika Kaufmann schürzte die Lippen, war wohl gerade mit einer groben Schätzung beschäftigt. „Und vorher mindestens hundertmal. Geht immer gleich die Mailbox ran, schon seit Samstagmorgen."

„Ich brauche unbedingt die Nummer", sagte Ina. Sie zog ihr kleines Notizbuch aus der Tasche und schob es samt Kugelschreiber quer über den Tisch. „Aber essen Sie gerne erst Ihren Kuchen auf."

„Peter hat mir Freitagnacht noch 'ne Nachricht geschickt."

Ina konnte nicht sagen, warum, aber ihr Magen krampfte sich plötzlich zusammen. „Darf ich die mal sehen?"

„Ja klar!"

Höchstens zehn Sekunden später lag das neueste Flaggschiff der Samsung-Familie auf dem Tisch. Für Ina war das schwer nachvollziehbar, angesichts der gerade geschilderten finanziellen Probleme, mit denen Monika Kaufmann zu kämpfen hatte. Mit Sicherheit hatte sich ihr Peter auch hier zu einem teuren Geschenk hinreißen lassen. Aber darum ging es in diesem Moment gar nicht, sondern um die letzte Nachricht, die Peter Nissen seiner Freundin geschickt hatte. Freitagnacht, um 23.46 Uhr.

„Das sind ja nur Zahlen", stellte Ina ernüchtert fest.

„Ich hab's gegoogelt ... sind Längen- und Breitengrade."

„Die zu welchem Ort gehören?"

„Irgendwo mitten auf der Förde. Zwischen Holnis und der Egern-sund-Brücke."

„Sind Sie sich da absolut sicher?"

„Selbstverständlich! Solche Koordinaten kann man mit Google ganz genau bestimmen."

Ina nickte nachdenklich. Dabei hätte sie es vielleicht auch belassen, doch da war dieser erwartungsvolle Blick von gegenüber. „Ich weiß zwar nicht, inwieweit uns das helfen könnte, aber natürlich überprüfen wir das auch noch mal."

„Und das ist alles?", fragte Monika Kaufmann. Hinter ihren Worten verbarg sich eine gewisse Enttäuschung.

Ina beschloss, den Tonfall einer Freundin abzulegen und in die Offensive zu gehen. „Unsere bisherigen Recherchen haben ergeben, dass Ihr Peter für einen einfachen Seemann oder Fischer ziemlich gut bei Kasse war. Können Sie mir erklären, wie er das angestellt hat?"

„Natürlich kann ich. Aber Sie dürfen niemandem verraten, von wem Sie's haben. Wirklich niemandem!"

***

„Ich würde gerne mit Kapitän Christensen sprechen", rief Jörn, als er am Kai vor der *Lütje Deern* ankam. Weiter unten, an Deck des Kutters, waren Heino Wollesen und Horst Jansen mit dem Verstauen einiger Kisten beschäftigt. Die beiden schauten zu ihm hoch, von Freundlichkeit war in ihren Gesichtern keine Spur.

„Der Alte ist krank", erklärte Jansen knapp und widmete sich dann wieder einer der Kisten.

Überraschenderweise kam sein Kumpel Wollesen beinahe wie eine Plaudertasche daher. „Wenn Sie den Käpt'n suchen, schauen Sie am besten in den Kneipen nach, die um diese Zeit schon geöffnet haben."

Jörn überlegte, ob er nach den Namen dieser Kneipen fragen sollte, entschied sich aber dagegen, weil er sich die Antwort bereits vorstellen konnte. Letztendlich war er ja auch nur hier, um eine Nachricht zu hinterlassen: „Richten Sie ihm einfach aus, dass Ihr Kutter wieder auslaufen darf."

Zuerst schaute Jansen auf, dann auch Wollesen. Ihre rauen Stimmen vereinten sich zu einer Frage: „Ernsthaft?"

Da alles gesagt war, hob Jörn lediglich die Hand und reckte den Daumen empor. „Schönen Tag noch!" Er wollte sich schon umdrehen und ohne ein weiteres Wort davonmachen, besann sich jedoch eines Besseren. „Und Herr Christensen soll sich bitte bei mir oder meiner Kollegin Frau Drews melden! Sagen Sie ihm das!"

„Geht klar!"

16

„Als wir ganz frisch zusammen waren, hat Peter gar nichts erzählt", begann Monika Kaufmann mit der angekündigten Offenbarung. „Und ich hab auch nicht gefragt … bis mein kleiner Mario seine erste Zahnspange brauchte."

„Lassen Sie mich raten: Peter hat Ihnen großzügig ausgeholfen?"

„Er hat mir das Geld sogar geschenkt, aber gesagt, ich solle nicht fragen, wo's herkommt."

„Also haben Sie auch nicht gefragt?", vergewisserte sich Ina.

„Gab ja keinen Grund dafür. Er hat immer alles bezahlt, wenn er am Wochenende bei uns war." Dieser letzte Satz zauberte Wehmut in ein Gesicht. Es handelte sich wohl um eine Erinnerung an schöne, zumindest finanziell unbesorgte Tage.

Inas Stirn lag in Falten, doch die Frau kam ihr mit einer Rechtfertigung zuvor: „Er hat gerne den Familienvater gespielt und bei jeder Gelegenheit das Portemonnaie gezückt. Ich hab ihn nie gezwungen – nicht mal drum gebeten. Ehrlich nicht!"

„Und wie war er sonst so? Ich meine als Mann und … Ersatzvater?"

„Mit meinen Jungs hat er sich prima verstanden." Ein Lächeln, das sichtbar von Herzen kam, rundete diese Feststellung ab. Dennoch waren neue Tränen im Anmarsch. „Die beiden sind ständig auf ihm rumgeturnt und wollten gar nicht von ihm lassen, wenn er bei uns war. Peter konnte die zwei mit einem Arm hochheben und ... jetzt nicht mehr."

„Klingt nach 'nem tollen Team", flüsterte Ina. Sie hätte es lieber noch hinausgezögert, doch es wurde wohl Zeit, zur Sache zu kommen: „Sie haben vorhin angedeutet, dass Sie wüssten, woher das viele Geld stammte. Können Sie mir zu diesem Thema was sagen?"

Monika Kaufmanns Gesicht hellte sich ein wenig auf. „Egal, was Ihnen die anderen an Bord erzählen: Die haben schon lange keinen Fisch mehr gefangen. Höchstens zur Tarnung oder aus Spaß."

„Wie darf ich das verstehen?" Ina demonstrierte ganz bewusst Unwissenheit. „Wozu braucht man denn sonst einen Fischkutter?"

„Die haben damit alles über die Förde geschippert, was sich drüben in Dänemark zu Geld machen ließ. Computer, Handys ... letzten Monat meinte Peter, sie hätten 'ne Ladung von mindestens zweitausend brandneuen *S20* verhökert."

Ina betrachtete das Samsung-Handy, das immer noch mitten auf dem Tisch lag.

Dieser skeptische Blick bewirkte, dass es blitzartig in einer Jackentasche verschwand. „So genau weiß ich es nicht", ging es überhastet weiter.

Doch Ina wollte nicht lockerlassen. „Solche Ware verkauft man aber nicht einfach vom Kutter – wie Fisch. Wissen Sie auch, wer auf dänischer Seite den Abnehmer gespielt hat?"

„Keine Ahnung!"

„Hat Peter mal was von Drogen erwähnt? Oder von Medikamenten?"

Monika Kaufmann überlegte. Ihr Fazit klang dann von Grund auf ehrlich: „Dass Peter was mit Drogen zu tun hatte, kann ich mir absolut nicht vorstellen. Und falls doch, hätte er mir sowieso nichts davon gesagt."

„Wussten Sie, dass er vorbestraft war?"

„Er hat mir von seiner Zeit in Neumünster erzählt. Damals ging's wohl um eine Bekannte, mit der sie ihn erwischt haben und …"

„Das ist richtig", unterbrach Ina. „War er so ein Typ? Einer, der sich einfach nimmt, was er will?"

„Auf keinen Fall!"

„Sondern?"

„Ein typischer Zwilling. Heute hü und morgen hott."

„Ich bin auch Zwilling", streute Ina beiläufig ein.

Diese Bemerkung überging Monika Kaufmann gepflegt und fuhr fort: „Peter konnte an einem Tag der liebste Mensch auf Erden sein und am nächsten war er das größte Arschloch, das man sich vorstellen kann. Manchmal hat er sich tagelang nicht gemeldet und wenn es mal Streit gab, ist er jedem Gespräch aus dem Weg gegangen."

„Erklären Sie mir den Teil mit dem ›Arschloch‹ etwas näher! Ist er Ihnen gegenüber jemals handgreiflich geworden und … was war in solchen Situationen mit Ihren Kindern?"

„Niemals!", kam es ehrlich empört zurück. „Ich glaube, er hätte sich lieber 'ne Hand abgehackt." Dieses Statement strotzte vor Inbrunst und es ging genauso weiter: „Mein Lütter hat Weihnachten mit Masern im Bett gelegen. Ich war auch nicht ganz auf der Höhe, deshalb hat Peter ihn gepflegt."

„Dann war er also auch 'ne gute Krankenschwester?", scherzte Ina.

„Ihm war's völlig egal, ob er sich ansteckt. Er hat sogar bei den Jungs im Kinderzimmer geschlafen und ihnen Märchen vorgelesen. Kann man sich das vorstellen?"

Ina konnte, dennoch war sie ratlos. Mit einem tiefen Atemzug kündigte sie ihr vorläufig düsteres Resümee an: „Mustergültiger Aushilfsvater hin oder her – Ihr Ex-Freund wurde umgebracht. Dafür muss es einen Grund geben."

„Keine Ahnung, wie ich Ihnen da weiterhelfen soll", antwortete Monika Kaufmann nach kurzem Überlegen. „Alles, was ich weiß, hab ich Ihnen gesagt und … ich glaube nicht, dass mir Peter alles erzählt hat."

Ein winziger Köder, nach dem Ina sofort schnappte. „Wie war denn sein Verhältnis zur restlichen Mannschaft? Gab's da mal Streit? Oder haben Sie jemals gehört, dass eine Auseinandersetzung an Bord handgreiflich wurde?"

„Ich glaube, die haben sich alle ganz gut verstanden."

„Sie glauben?"

„Mit einem der Männer – Wolle oder so ähnlich – hatte Peter vor 'n paar Wochen mal Ärger. Kurz bevor er bei mir ausgezogen ist."

„Dann meinen Sie wahrscheinlich Heino Wollesen. Wissen Sie zufällig auch, worum es bei diesen Streitigkeiten ging?", bohrte Ina weiter.

„Auf jeden Fall um 'ne Ladung und viel Geld. Peter sagte, wenn die Sache problemlos über die Bühne geht, könnten er, meine Jungs und ich dieses Jahr zusammen in die Türkei fliegen. Fünf Sterne … all inclusive."

„Aber das war vor Ihrer endgültigen Trennung, oder?"

„Schon, aber ich glaube, wir wären auch danach trotzdem geflogen."

17

„Wieso hast du denn Ina die Wahrheit über damals erzählt?", begann Jörn gleich aufgeregt, als er an Heikes Küchentisch saß. Seine Ex-Frau hatte ihm nichts angeboten, deshalb warf er einen sehnsüchtigen Blick in Richtung Kaffeemaschine.

Heike schwieg. Aber sie hatte zumindest seine Mimik richtig gedeutet. Also erhob sie sich träge und fummelte bereits an Schranktüren und einer Schublade herum.

„Musst du heute gar nicht arbeiten?", fragte Jörn aus Neugier.

„Ich hab so viele Stunden diesen Monat – weiß gar nicht, wie mein Chef die alle entlohnen will."

„Was macht Dini?"

„Ist zur Schule und richtet dort hoffentlich nicht gleich das nächste Chaos an."

Jörn erinnerte sich spontan an längst vergangene, schönere Tage. Momente, in denen seine kleine Tochter zwar ohne Schneidezähne, dafür aber mit wippendem Pferdeschwanz und Glücksfünkchen in den Augen zur Schule marschiert war. Seinerzeit war noch jedes Wort einer Lehrerin Gesetz. Als Eltern hatten Heike und er in erster Linie mit Dingen zu kämpfen, die regelmäßig für Lachtränen sorgten.

Daran – das musste er sich wehmütig eingestehen – hatte sich inzwischen einiges geändert. Und wenn es überhaupt Tränen gab, dann waren die ganz anderer Natur.

Erst als die Kaffeemaschine zu röcheln anfing und verführerischer Duft die Küche füllte, fand Jörn seine Stimme wieder: „Ist schon verrückt, dass Ina und ich zusammen Dienst schieben. Hättest du geglaubt, dass das funktioniert?"

„Sind ja auch erst zwei Tage", resümierte Heike trocken. Sie zeigte auf den bisher leeren Kaffeebecher, der zwischen den beiden auf dem Tisch stand. „Willst du 'n Keks oder was anderes dazu? Ich hab aber nur Toastbrot und Marmelade."

Jörn schüttelte den Kopf. Er wiederholte seine Frage vom Anfang des Gesprächs: „Wieso hast du ihr die Wahrheit über uns gesagt? Ich konnte bestens damit leben, dass sie mich hasst und wenigstens ihr gut miteinander auskommt. Also sag schon: Was sollte das?"

„Irgendwann musste es doch raus. Außerdem weißt du, wie Ina über Lügen denkt – liegt wohl in der Familie."

Erneut breitete sich Schweigen aus. Das brach Heike angriffslustig: „Bist du nur hergekommen, um mir Vorwürfe zu machen? Oder willst du was Bestimmtes?"

Jörn antwortete nicht direkt. Seiner Miene war zu entnehmen, dass noch ein unangenehmes Thema auf der Tagesordnung stand. „Ich wollte mit dir über meine monatlichen Zahlungen reden. Im Moment bekommst du fast sechshundert Euro für Dini und zweihundert für dich obendrauf. Freiwillig!", fügte er gedehnt hinzu.

Heike wechselte spontan die Gesichtsfarbe. „Ist das dein Ernst? Du kommst hier hoch nach Flensburg und kürzt uns gleich das Geld?"

„Hast du 'ne Vorstellung davon, wie meine Bude aussieht?", hielt Jörn ähnlich aufgebracht gegen. „Ich hab anderthalb Zimmer, mit Aussicht auf den Hinterhof. Selbst wenn die Fenster geschlossen sind, zieht's wie Hechtsuppe."

„Und wir zahlen seit Januar mehr Miete. Dini fährt nach den Sommerferien mit der ganzen Klasse nach Frankreich und ich weiß jetzt schon nicht, wie ich das alles stemmen soll." Heike verstummte für einen Moment und fragte dann: „Was ist denn mit deinen Eltern? Die haben dich doch sonst auch von vorne und hinten gleichzeitig gestopft."

„Meine Mutter meint, sie müssten langsam mit Sparen anfangen. Schließlich wüssten sie ja nicht, wie alt sie am Ende werden."

„Deinen Eltern gehören haufenweise Eigentumswohnungen und sie leben im eigenen Haus. Die könnten auch zweihundert Jahre alt werden, ohne in Not zu geraten."

Jörn zuckte lediglich mit den Schultern, was auf Heikes Seite gleich den nächsten Wutanfall zur Folge hatte: „Dann kannst ja du deiner Tochter erklären, warum sie nicht mit nach Frankreich fährt. Ihre Reaktion kann ich mir schon lebhaft vorstellen. Aber das badest du aus!"

Dieses Gespräch steckte in einer Sackgasse. Jörn schob den leeren Kaffeebecher von sich und machte Anstalten, sich zu erheben.

„Das ist mal wieder typisch!", fauchte Heike von der anderen Tischseite. „Kaum wird's ungemütlich, macht der Herr Quartals-Vater die Biege. Das hattest du früher auch schon perfekt drauf."

Jörn fiel zurück auf den Stuhl. Sein wütendes Gesicht verriet, dass er diese Attacke nicht kommentarlos schlucken wollte. „Ich zahl euch jeden Monat fast achthundert Euro und hab mir zuletzt vor zwei Jahren neue Klamotten gekauft. Wenn das so weitergeht, kann ich mir bald ein möbliertes Zimmer suchen und muss nebenbei Pizza ausfahren."

Trotz dieser düsteren Aussichten für ihren Ex-Mann klang Heike völlig unbeeindruckt: „Vielleicht hättest du lieber in Bochum bleiben sollen."

„Ach so! Weil du in all der Zeit – abgesehen von Überweisungen – nichts von mir gehört hast. Richtig? Du zeigst mit dem Finger auf mich und machst es dir selbst so einfach wie möglich. Soll das die neue Marschrichtung werden?"

Eine Antwort blieb aus. Die unangenehme Stimmung hing wie eine dunkle Glocke über dem Küchentisch.

In Heikes Stimme lag ein Hauch von Weltuntergang. „Wenn du tatsächlich Ernst machst, müssen Dini und ich uns 'ne andere Wohnung suchen. Die hier kann ich mir schon jetzt nur noch leisten, weil Ina von Zeit zu Zeit aushilft. Und wie du weißt, kommt sie außerdem auch für unsere Mutter auf."

Inzwischen bereute es Jörn zutiefst, dieses Thema überhaupt angeschnitten zu haben. Bei seinen nächsten Worten klang er bereits um einiges friedfertiger. „Dann warte lieber noch, bevor du irgendwas unternimmst! Ich red noch mal mit meinen Eltern."

„Wäre nett, danke."

„Aber dann sorgst du dafür, dass sich Dini zur Abwechslung mal bei Oma und Opa meldet. Meine Mutter hat mir erzählt, sie hätte schon seit über 'nem halben Jahr nichts mehr von ihr gehört. Unsere reizende Tochter hat sich nicht mal für ihr Weihnachtsgeschenk bedankt! Glaubt man sowas?"

„Mir hat sie gesagt, sie hätte gleich am ersten Feiertag angeru…"

„Dann solltest du ihr vielleicht erklären, wie man in deiner Familie über Lügen denkt!"

Heike hatte sich erhoben, füllte den bereitstehenden Becher mit Kaffee und schob ihn Jörn direkt unter die Nase. Wohl eine Art Friedensangebot. „Wie immer: schwarz und stark?"

Er nickte. „Ich bin hier in Flensburg noch gar nicht richtig angekommen. Mit unserem neuen Fall läuft's auch nicht so und …"

„Wieso bist du eigentlich nicht zusammen mit Ina unterwegs?"

„Wir haben uns aufgeteilt, damit wir schneller vorankommen."

„Dann bist du also hier, weil du keine Ahnung hast, wo du hinfahren sollst?"

Jörn war mit seinem Kaffeebecher beschäftigt. Er pustete hinein, nahm vorsichtig einen Schluck und verzog das Gesicht, bevor er etwas sagte: „Inas Ex-Freund, dieser Karsten Bruhn, ist unser neuer Chef. Der erwartet Wunder am Fließband, und mit Problemen sollte man ihm wohl lieber nicht kommen."

„Ich konnte den Typen nie ausstehen. Weiß auch nicht, was Ina jemals an dem gefunden hat. Bei ihrem Aussehen könnte sie an jeder Hand drei Kriminaldirektoren haben. Auf jeden Fall hat sie was Besseres verdient."

Jörn schaute erstaunt auf. „Und zwar?"

„Keine Ahnung. Hauptsache, sie lässt die Finger von ihrem Ex und neuem Chef."

„Hat das einen bestimmten Grund?"

Heike tat sich sichtlich schwer. Also wagte Jörn einen neuen Versuch und fragte ein klein wenig scheinheilig: „Ich weiß gar nicht – ist der Typ eigentlich verheiratet?"

„Das … und er hat inzwischen zwei Kinder", kam es als Bestätigung eifrig nickend von Heike. „Aber das hält ihn von nichts ab, glaub mir!"

Plötzlich war die Stimmung wie elektrisiert. Jörn kannte seine Ex-Frau lange genug, um mit Leichtigkeit zu wittern, wenn sie ihm Informationen vorenthielt. „Rede!"

„Aber du darfst Ina nichts davon erzählen. Kein Sterbenswörtchen, ist das klar?"

Jörn nickte widerwillig.

Dennoch setzte Heike nach: „Ich will dein Wort drauf, sonst sag ich gar nix."

„Hast du. Und jetzt verrat mir endlich, was Sache ist!"

18

Das Gespräch in der Kantine des Präsidiums war vorerst ins Stocken geraten. Ina setzte nach einem hörbaren Atemzug neu an: „Wenn Sie erlauben, fasse ich mal kurz zusammen, was Sie mir bisher erzählt haben: Ihr Peter war ein – von wenigen Ausnahmen abgesehen – liebenswerter und umgänglicher Mensch, der beruflich wie privat mit allen ganz gut ausgekommen ist. Nur für eine Beziehung auf Dauer hat es eben nicht gereicht. Trifft das so zu?"

Monika Kaufmann nickte, wenn auch widerstrebend.

„Es wäre demnach nur dieser eine Vorfall, von dem Sie wissen, der sich auf der *Lütje Deern* zugetragen hat?"

Dieses Mal bekam Ina auch eine verbale Antwort: „Ich weiß, dass es an Bord von Zeit zu Zeit schon mal Ärger gab, aber Peter war meistens außen vor. Vor Kurzem hat er mir gesagt, dass er ohnehin aussteigen wollte."

„Um hinterher was zu tun? Ich meine … für den vorzeitigen Ruhestand hätte es doch sicherlich nicht gereicht, oder?"

Monika Kaufmann kicherte. „Er hatte so 'ne verrückte Idee. Wollte sich ein altes Wohnmobil kaufen und es zu einem Foodtruck umbauen. In Flensburg gibts nur einen richtigen Fischladen, vor dem die Leute von morgens bis abends Schlange stehen. Er war fest davon überzeugt, dass so ein zweiter Laden auf Rädern 'ne Goldgrube wird."

„Gegönnt hätte ich es ihm", sagte Ina. Erst nach längerer Pause fing sie von Neuem an: „Ich würde mit Ihnen gerne noch mal über Peters Vergangenheit sprechen. Wäre es möglich, dass ihm heute aus dieser Zeit noch etwas zum Verhängnis geworden ist?"

„Reden Sie schon wieder von dieser angeblichen Vergewaltigung?"

„Wieso ›angeblich‹? Er hat doch alles gestanden, ist verurteilt worden und hat sogar im Gefängnis gesessen."

„Ich weiß nicht viel darüber", erklärte Monika Kaufmann nachdenklich. „Aber erstens ist Peter nicht so ein Typ und zweitens ist die Geschichte ganz anders gewesen."

„Sagt wer?"

„Peter! Er hat mir gegenüber Stein und Bein geschworen, dass mit dieser Frau alles freiwillig passiert wäre, nicht unter Zwang ... oder wie Sie das bei der Polizei nennen."

„Und wieso hat er dann ein Geständnis abgelegt? Das ergibt doch keinen Sinn!"

„Weil sie es ihm eingeredet haben, damit es bei sechs Monaten bleibt."

Ina wollte schon etwas erwidern, aber ihr Handy verhinderte das mit leisem Ton. Es handelte sich um eine Nachricht von Jörn: ›Wo bist du?‹

Sie tippte eilig: ›Im Präsidium. Wieso?‹

›Dann komm ich später noch vorbei. Wartest du auf mich?‹

Nach einem *Daumen-hoch-Emoji* schob Ina ihr Telefon von sich und fuhr fort: „War nur ein Kollege, Entschuldigung ... Sie denken also, Peter hätte zu Unrecht im Gefängnis gesessen?"

Schulterzucken.

Folglich langte Ina nach einer Theorie. „Nehmen wir mal an, das wäre tatsächlich der Fall. Unter diesen Umständen muss ich mich wohl schnellstmöglich mit dem angeblichen Opfer unterhalten. Was denken Sie?"

„Dass das schwierig werden könnte."

„Wieso?"

Monika Kaufmann räusperte sich geräuschvoll: „Die Frau, von der Sie reden, heißt Sabine Koopmann – hieß Sabine Koopmann."

„Bedeutet das, sie ist tot?"

„Peter hat mir nur erzählt, dass er vor etlichen Jahren versucht hat, reinen Tisch mit ihr zu machen. Die Eltern haben ihn nicht mal reingelassen und gemeint, ihre Tochter wäre zu ihrem Freund in die USA geflogen, allerdings nie zurückgekommen. Sie hatte wohl 'nen tödlichen Autounfall. Genaueres weiß ich nicht."

„Das werde ich später überprüfen. Fällt Ihnen vielleicht sonst noch etwas ein, was für uns von Bedeutung sein könnte?"

Leises Schluchzen. „Peter war bestimmt nicht immer einfach, aber das hat er wirklich nicht verdient."

Ina griff nach Monika Kaufmanns Händen und drückte sie. Nachdem sie losließ, wartete sie noch einen Moment, aber dieses erneute Schweigen machte klar, dass im Prinzip alles gesagt war. Was noch fehlte, war ein möglichst sanfter Abschied: „Sollten Sie Wert auf professionelle Hilfe legen, rufen Sie mich gerne an – ich kann problemlos organisieren, dass Ihnen jemand zur Seite steht. Die meisten Menschen können es sich nicht vorstellen, aber sowas hilft tatsächlich."

„Ich weiß nicht recht", kam es schniefend zurück.

Ina schob eine ihrer Visitenkarten quer über den Tisch. „Auch für den Fall, dass Ihnen noch was einfällt. Und geben Sie mir bitte Ihre Handynummer, falls ich noch 'ne Frage hab."

Nachdem das passiert war und Monika Kaufmann sich mit einem neuen Schwall Tränen verabschiedet hatte, blieb Ina in der Kantine zurück. Zum Nachmittag hin füllten sich immer mehr Tische mit Kollegen, denen der Sinn nach Kaffee und Kuchen stand. In Inas Kopf hingegen herrschte Leere. Das Gespräch mit Peter Nissens Ex-Freundin hatte zwar ein paar neue Informationen zutage gefördert, ließ sich aber beim besten Willen nicht als Durchbruch einordnen. Von der Euphorie, die Ina noch am Morgen zur Schau getragen hatte, war nicht mehr viel übrig. Alles in allem machte es den Anschein, als würde ihr erster Fall in Flensburg aus viel Klein-Klein und noch mehr aufwendiger Ermittlungsarbeit bestehen. Mit anderen Worten: Ein schneller Ermittlungserfolg lag in weiter Ferne …

***

Inzwischen hatte sich auch Heike einen Becher Kaffee eingeschenkt und saß wieder am Küchentisch. Am liebsten hätte sie geschwiegen, doch damit würde sich Jörn wohl kaum zufriedengeben. Deshalb begann sie widerwillig: „Ich war neulich Abend unterwegs, um Dini bei 'ner Freundin abzuholen … hab über 'ne halbe Stunde vor der Tür gewartet, weil die beiden angeblich noch für Mathe pauken mussten."

„Dann war das wahrscheinlich der Abend, an dem sie im Netz die ganzen Schminktipps gepostet hat."

Heike verzichtete auf einen Kommentar und fuhr einfach fort: „Ich steh da also vor dem Haus und auf dem Parkplatz neben mir hält so 'n todschicker Audi."

„Der A6 von Bruhn?", fragte Jörn zur Sicherheit. Schon an seinem ersten Morgen war ihm ein entsprechendes Gefährt vor dem Präsidium aufgefallen. Und wie es bei der Polizei eben so üblich war: Die luxuriöse Oberklasse erhielten nur ranghohe Beamte.

„Ich hab mich gewundert, weil niemand ausgestiegen ist", ging es stockend im Flüsterton weiter. Man hätte glauben können, Heike würde sich Sorgen um unerwünschte Zuhörer machen. „Jedenfalls wurde im Auto neben mir ordentlich geknutscht und gefummelt … wie bei uns in jungen Jahren, glaub mir!"

Jörn hatte seine Stimme kaum unter Kontrolle. „Und was war dann?"

„Irgendwann hat sich der Mann auf dem Fahrersitz zur Seite gedreht und mich direkt angeschaut. Er hat mich aber nicht erkannt."

„Bruhn?"

Heike nickte eifrig. „Die Frau auf dem Beifahrersitz war hundertprozentig nicht seine eigene. Ich hab sie gesehen, als sie ausgestiegen und zur Haustür gelaufen ist. War so 'ne bunt bemalte Szene-Tussi, an der wahrscheinlich so gut wie alles künstlich ist. Wimpern, Haare, Fingernägel … bei so einer würd's mich nicht wundern, wenn die sich auch den Balkon hat vergrößern lassen."

„Auf jeden Fall steht fest, dass Bruhn seine Frau betrügt." Jörn war die Fassungslosigkeit anzuhören. „Ina starrt er auch an, als würde er sie am liebsten mit Blicken ausziehen."

„Was meinst du denn, warum ich ihn nicht leiden kann?", fragte Heike mit vielsagendem Lächeln. „Als er mit meiner Schwester zusammen war, hat er mir mal unterm Tisch 'ne Hand aufs Knie gelegt … und das war sicher kein Versehen!"

„Wie hast du reagiert?"

„Hab mich weggedreht und ihm die kalte Schulter gezeigt. Ein paar Wochen später war zwischen den beiden sowieso Schluss."

Jörn brauchte einen Augenblick, um alle Informationen zu verarbeiten. Das Resultat war ein boshaftes Grinsen. „Der Bruhn soll sich bloß vorsehen, dass ihm die Hormone nicht zum Verhängnis werden. Weißt du zufällig, wer die Frau war, mit der er da im Auto rumgemacht hat?"

„Sie wohnt im selben Haus wie Dinis Freundin."

„Und?"

„Man kennt sich, aber nur vom Sehen."

„Weiß Dini eventuell, wie sie heißt?"

Heike musste überlegen. „Ich glaube … Britta."

Ein regelrechter Schock durchfuhr Jörn. „Bist du dir mit ›Britta‹ sicher? Wäre es möglich, dass sie Britta Krohnwald heißt?"

„Genau, Krohnwald! Kennst du die Tante etwa?"

„Kann man so sagen!"

„Woher denn?"

„Ich muss los." Jörn stand bereits in der Tür.

Doch so einfach wollte Heike ihren Ex-Mann nicht davonkommen lassen. „Halt bloß die Klappe! Du sagst Ina kein Sterbenswörtchen! Hast du verstanden?"

„Werde ich auch nicht. Aber wieso eigentlich?"

Heike tat sich mit der Antwort sichtlich schwer.

„Du hast mein Wort drauf", versuchte Jörn sie zum Weitersprechen zu animieren. „Was du mir erzählst, bleibt unter uns."

Dennoch klang Heike gequält und sprach nur leise. „Als feststand, dass Ina nach Flensburg kommt, ging es auch um Karsten Bruhn."

„Heißt das, sie hat darüber nachgedacht, mit ihm ...?"

„Bis ich ihr erzählt hab, dass er 'ne Frau und zwei Kinder hat. Danach war die Sache natürlich endgültig vom Tisch."

„Hast du den Typen all die Jahre gestalkt?"

Zum ersten Mal huschte Heike ein Grinsen übers Gesicht. „In der Hinsicht ist Flensburg wie ein Dorf – wirst du auch noch feststellen."

„Okay ... aber was hat das alles mit heute und seinem Verhältnis zu tun?", wollte Jörn wissen. „Wieso darf Ina nicht wissen, dass ...?"

„Sie hat mir schon damals vorgeworfen, dass ich ihr die Sache mit ihrem tollen Superbullen namens Karsten Bruhn versaut hätte. Glaubst du, sowas will ich mir noch mal anhören?"

Jörn schüttelte träge den Kopf. „Ich verstehe trotzdem nicht ganz, wieso ..."

„Du hast versprochen, dass du die Klappe hältst!"

„Und das tue ich, kannst dich drauf verlassen."

19

Kaum hatte Jörn das Präsidium betreten, fing ihn Ina bereits an der Tür ab. Keine zwei Minuten später saßen die beiden nebeneinander in seinem Golf. „Nach rechts, links oder …?"

„Wenn du geradeaus fährst, landen wir direkt in der Förde", unterbrach Ina auffallend heiter. „Also bieg lieber nach rechts ab und dann gleich wieder links in den Hafendamm."

Jörn schaute sie fragend von der Seite an. „Sagst du mir jetzt mal, wo's hingeht?"

„Nach Meierwik … und für den Fall, dass du es nicht weißt: Dort wohnt das große Geld, die Flensburger Schickeria. Ist so ähnlich wie Blankenese in Hamburg oder …"

„Ich hab's kapiert, danke! Darf ich auch erfahren, was wir in Meierwik vorhaben? Bei meinem Geldbeutel könnte ich mir dort wohl höchstens 'ne Besenkammer mit Kleiderhaken leisten. Außerdem ist es gleich sechs und wir haben eigentlich längst Feierabend."

„Du kannst mich auch gern da absetzen und fährst anschließend nach Hause. Ich komm schon irgendwie zurück."

Jörn dachte an den trostlosen Feierabend, der ihm bevorstand, falls er Inas Vorschlag annahm. In seiner winzigen Bude stapelten sich noch immer die Umzugskartons. Bislang hatte er notgedrungen zwei Teller und Besteck aus einem davon zutage gefördert. Was er aktuell zum Anziehen brauchte, steckte in Sporttaschen, die bis zum Platzen vollgestopft waren. Deshalb zog ihn nichts heimwärts und er schwieg einfach.

Mit der gewünschten Konsequenz, denn Ina fuhr bereitwillig fort. Während sie dem östlichen Ufer der Förde kilometerweit folgten, berichtete sie haarklein über das Gespräch mit Monika Kaufmann. Am Ende hatte sie auch ein Fazit parat: „Zumindest wissen wir jetzt, dass die *Lütje Deern* für Schmuggelfahrten eingesetzt wird."

„Wir haben lediglich eine Zeugin, die unseren Verdacht bestätigt", korrigierte Jörn besserwisserisch. „Ich habe schon ganz andere Fälle erlebt, wo Leute behauptet haben ..."

„Ich weiß, was du sagen willst. Ob es wirklich so ist oder nicht, wissen wir erst, wenn wir die Mannschaft auf frischer Tat ertappen."

„Eben!" Aktuell passierten die beiden die Marineschule im Flensburger Stadtteil Mürwik. Jörn zeigte nach links, wo ein Bundeswehrgebäude nach dem anderen zu sehen war. „Wusstest du, dass Flensburg mal deutsche Hauptstadt war? Hab ich am Sonntag in einer Chronik gelesen."

„Reichshauptstadt!", korrigierte Ina wiederum. „Ich bin hier zur Schule gegangen, falls du's vergessen hast. Und außerdem waren das nur ein paar Wochen, ich glaube, im Mai 45."

„Immerhin arbeiten wir an einem Ort, wo deutsche Geschichte geschrieben wurde. Die letzten Nazigrößen sind seinerzeit nach Flensburg geflohen, um hier ..."

Ina schnitt ihrem Kollegen das Wort ab: „Ein schwarzes Kapitel deutscher Geschichte!" Ihr Ton machte unmissverständlich klar, dass dieses Thema für sie beendet war: „Du wolltest doch wissen, was wir in Meierwik wollen."

„Will ich immer noch."

„Frau Kaufmann glaubt, dass Peter Nissen vielleicht zu Unrecht eingesessen hätte."

„Dann hat er die Frau damals also gar nicht vergewaltigt?"

„Könnte sein. Und um das herauszufinden, fahren wir nach Meierwik."

Jörns Handy klingelte. Auf dem Display in der Mittelkonsole war der Name *Malte Andresen* zu sehen.

„Das ist doch der Chef vom Zoll", stellte Ina fest. „Was will der denn um die Zeit?"

„Das werden wir gleich erfahren." Jörn nahm das Gespräch über die Freisprecheinrichtung an und lachte zur Begrüßung. „So spät noch im Büro, Herr Andresen?"

„Ich bin längst zu Hause", kam es ähnlich munter zurück. „Nach Ihrem Besuch heute Mittag hab ich ein bisschen rumtelefoniert und eben hat mich ein Kollege der Küstenwache zurückgerufen. Es ist nur 'ne Vermutung, aber ... na ja ... es wäre möglich, dass Sie es mit Menschenschmugglern zu tun haben."

„Was soll das denn heißen?", mischte sich Ina ein.

„Immer noch zusammen unterwegs?", schickte Andresen vorweg und fuhr gleich mit einer Erklärung fort: „Das Schmuggeln von Migranten ist ein äußerst lukratives Geschäft. Da wechseln manchmal bis zu fünfzigtausend Dollar pro Nase den Besitzer."

Jörn war anzuhören, dass er es gar nicht glauben konnte. „Wollen Sie damit sagen, dass auf der *Lütje Deern* Flüchtlinge nach Dänemark verschifft werden? Sind Sie sich sicher?"

„Sicher ist gar nichts!", protestierte Andresen, der plötzlich um einiges zurückhaltender klang. „Das ist nichts weiter als ein Hinweis. Vielleicht hilft es Ihnen oder ..."

„... auch nicht", vollendete Ina. „Auf jeden Fall vielen Dank für die Info und einen schönen Feierabend."

„Was hältst du davon?", fragte Jörn, nachdem das Gespräch beendet war.

Ina ließ sich mit ihrer Antwort ein wenig Zeit. Inzwischen hatten sie das Ortsschild passiert und Flensburg hinter sich gelassen. Bis Meierwik waren es nur noch ein paar hundert Meter bergab. „Klingt abenteuerlich. Was denkst du?"

„Na ja ... möglich ist alles. Und wenn da tatsächlich so viel Geld im Spiel ist, dann gibt es immer jemanden, der gierig wird."

„Aber ausgerechnet Flüchtlinge? Wie soll das überhaupt funktionieren?"

„Fischerei betreiben die mit der *Lütje Deern* jedenfalls nicht mehr", brachte Jörn in Erinnerung. „Und wie soll das in der Praxis schon laufen? Der Christensen und seine Männer missbrauchen ihren Kutter als Flüchtlings-Taxi, bringen die Leute rüber nach Dänemark und von dort gehts weiter."

„Wohin?"

„Woher soll ich das denn wissen?"

„Da hätten wir also die nächste Baustelle", knurrte Ina. „Wenn die ganze Geschichte tatsächlich was mit Menschenschmuggel zu tun hat, dann steht uns noch einiges bevor."

„Mal bloß nicht den Teufel an die Wand!"

„Fahr du lieber langsamer! Die machen hier hinterm Ortsschild gerne Erinnerungsfotos."

Jörn lachte kurz auf. „Kein Problem, wir sind doch im Einsatz."

„Sind wir nicht!" Ina zeigte durch die Windschutzscheibe nach vorne. „Hier müssen wir rechts rein." Dann schaute sie über die Schulter. „Mussten wir rechts rein ... am besten wirfst du den Anker und drehst um."

***

Immer, wenn er die Augen für längere Zeit schloss, hörte Akono es wieder: dieses Klatschen. Ein unverwechselbares Geräusch, das entsteht, wenn etwas Schweres ins Wasser fällt. Und obwohl der zweifellos schlimmste Moment in seinem Leben schon einige Tage zurücklag, war es inzwischen kaum besser geworden. Jede Szene – ja, jede einzelne Sekunde – die diesem Klatschen vorausgegangen war, ließ Akono nicht los. Unbeschreibliches Grauen, das stets von Neuem entfacht wurde, wenn er Lisha ansah, eine zwanzigjährige Schönheit aus seinem Heimatland Nigeria. Und da war es dann wieder: dieses Gefühl der Ohnmacht. Das sichere Wissen, den Launen anderer hilflos ausgeliefert zu sein.

Vor fast drei Monaten war er zusammen mit zwei Dutzend seiner Landsleute in Lagos an Bord eines Frachters gestiegen. Bereits auf der langen Reise nach Rotterdam schlug ihnen nichts anderes als Ablehnung und häufig sogar blanker Hass entgegen. Niemand wollte sie haben. Niemand interessierte sich für sie und genauso wenig wollte jemand mehr als unbedingt notwendig über sie wissen. Daran änderte sich auch nichts, als sie den Frachter verließen und sich nebeneinander unter den Ladeboden eines Sattelaufliegers zwängen mussten. Diese Fahrt, so hieß es, solle erst auf dänischem Boden enden, dem lang ersehnten Ziel dieser beinahe endlosen Reise.

Doch unmittelbar vor der Grenze gab es wohl Probleme. Nachdem der LKW unplanmäßig stoppte und Akono selbst von seinem Versteck aus mehrfach die Worte ›Polizei‹ und ›Zoll‹ aufschnappen konnte, mussten sie auf einem dunklen Autobahnrastplatz mitten in der Nacht in einen Kleinbus umsteigen. Ein Unterfangen, das eigentlich ins *Guinness-Buch der Rekorde* gehört hätte. Am Ende wusste Akono nicht mal zu sagen, wessen Fuß er da ständig im Gesicht spürte.

Und sie wären vermutlich alle erstickt oder erdrückt worden, hätte der Kleinbus nicht eine halbe Stunde später angehalten. Mit der Absicht, Akono und weitere zwei Dutzend Flüchtlinge vor einem verlassenen Speicher im Hafen von Flensburg wie Gepäckstücke auszuladen. Von dort ging es wieder auf ein Schiff, aber ein weitaus kleineres. Was dann passierte, verfolgte Akono noch jede Nacht in seinen Albträumen … bis heute.

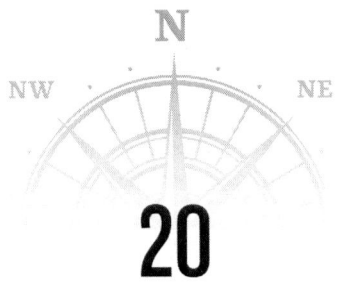

20

Inzwischen standen Ina und Jörn vor einer pompösen weißen Villa mit glänzendem schwarzen Dach, akkurat gepflegtem Garten und unverbaubarem Blick über die Förde. Neben der Klingel hing ein edles Porzellanschild, auf dem sich die Eigentümer vorstellten: *Rüdiger & Elisabeth Koopmann*.

Jörn genoss den beinahe einzigartigen Postkarten-Ausblick in der Abenddämmerung. „Wieso endet hier bei euch eigentlich fast alles auf Wik? Sonwik, Mürwik, Meierw…"

„Das steht für Bucht oder Meerbusen."

„Apropos: Ich war vorhin bei Heike … auf 'nen Kaffee."

„Bei welchem Wort denkst du denn da an meine Schwester? Bei Bucht oder bei Meerbusen?"

Jörn winkte lachend ab. Bevor Ina ihre Hand in Richtung Klingelknopf ausstrecken konnte, hielt er sie am Ärmel fest. „Ich würde gern wissen, ob die Sache von damals auch für dich aus der Welt ist."

„Du meinst eure Sechziger-Revival-Show, die Zeit der freien Liebe?"

„Hört sich zwar komisch an, aber – ja."

„Was ihr früher angestellt habt, geht mich doch sowieso nichts an."

Jörn hätte sich beinahe an seinem Pfefferminzbonbon verschluckt, das er vor dem Aussteigen aus einer kleinen Tüte gefischt hatte. „Das klang bis vor Kurzem noch ganz anders."

„Stimmt, bis vor Kurzem!"

„Dann steht die Geschichte also nicht mehr zwischen uns?"

Ina ließ sich ein bisschen Zeit. Rechts und links von den beiden sprang die Außenbeleuchtung der Villa inzwischen zum dritten Mal an. Auch drinnen tat sich etwas. Durch die Glasscheiben neben der Tür fiel Licht nach draußen. Zwangsläufig musste Ina ihre Antwort ein wenig überhastet formulieren: „Ihr müsst selbst wissen, wie ihr auf Dauer mit all dem Mist zurechtkommt. Davon abgesehen, solltet ihr euch lieber mehr um eure gemeinsame Tochter kümmern. Wenn ihr nicht aufpasst, wird die Baustelle von Tag zu Tag größer und entwickelt sich schnell zum Berliner Flughafen."

Sie hatte das letzte Wort kaum ausgesprochen, da schwang vor ihr die gewaltige Eingangstür der Villa nach innen auf. Ein Exemplar, für das ein Bulldozer vonnöten wäre, um es gewaltsam zu öffnen.

Eine Frau von etwa Anfang siebzig stand vor den beiden Ermittlern. Die Jahre hatten ihrer Erscheinung insgesamt keinen Abbruch getan. Ihr graues Haar war perfekt frisiert, über einem edel aussehenden Pullover hing eine beeindruckende Perlenkette, zweifelsohne echt. Sie präsentierte ein Lächeln, das einstudiert wirkte und Ina galt. „Haben wir miteinander telefoniert? Sind Sie Frau Drews?"

Ina zog ihren Dienstausweis aus der Tasche und hielt ihn artig hoch. „Richtig. Frau Koopmann?"

Ein schwaches Nicken. Aber noch machte die zierliche, beinahe zerbrechlich wirkende Dame des Hauses keine Anstalten, ihre Besucher hereinzulassen.

Also tat es Jörn Ina gleich und hielt ebenfalls seinen Dienstausweis hoch. Er übernahm auch die Begrüßung: „Guten Abend! Mein Name ist Appel. Meine Kollegin, Frau Drews, und ich kommen von der Kriminalpolizei hier in Flensburg."

Frau Koopmann behandelte Jörn, als sei er Luft und wandte sich mit brüchiger Stimme wieder direkt an Ina. „Sie haben am Telefon gesagt, dass es um unsere Tochter und diesen Peter Nissen geht. Mein Mann hat mir verboten, Sie reinzulassen."

„Wieso?", fragte Ina. Sie beließ es ganz bewusst bei dieser Frage, denn sie wollte Frau Koopmann keine Vorlage für eine kurze Antwort liefern.

„Wir haben Sabines Tod bis heute nicht verwunden. Als sie damals in die USA geflogen ist, haben wir sie selbst noch nach Hamburg zum Flughafen gebracht – drei Tage später war sie tot."

„Das tut mir wirklich leid!", erwiderte Ina beinahe ebenso leise. „Es ist aber für unsere aktuellen Ermittlungen sehr wichtig, dass wir erfahren, was genau seinerzeit zwischen Ihrer Tochter und Herrn Nissen vorgefallen ist."

„Was soll denn da vorgefallen sein? Er hat sie vergewaltigt! Reicht das etwa nicht?"

Ina machte einen halben Schritt nach vorne. „Es wäre nett, wenn Sie uns doch reinlassen würden. Ist Ihr Mann auch zu Hause? Dürfte ich vielleicht mit ihm reden?"

„Rüdiger kommt jeden Moment." Entgegen der Instruktion des Hausherrn öffnete sich die Eingangstür ein Stück weiter. Der anfängliche Widerstand schien gebrochen.

Nacheinander und auf leisen Sohlen betraten Ina und Jörn die Diele der Villa. Hier wurde der Luxus erst richtig sichtbar. Jedes einzelne Möbelstück sah unbezahlbar aus. Für Otto Normalbürger im Allgemeinen – und Polizeibeamte im Besonderen – ein Reichtum, von dem man nur im Stillen träumte. Dieser Stil setzte sich im Wohnzimmer fort: Alles war edel, geschmackvoll und wie von Meisterhand dekoriert, aber auch ein bisschen altmodisch. Wobei das wohl im Auge des Betrachters lag.

„Kann ich Ihnen Tee oder Wasser anbieten?", fragte die Dame des Hauses und deutete auf einen langen Esstisch, der aussah, als hätte schon seit Ewigkeiten niemand mehr daran gesessen.

Ina strich über eine der Stuhllehnen und spürte Staub unter ihren Fingern. „Machen Sie sich unseretwegen bitte keine Umstände!", lehnte sie freundlich ab. „Dürfen wir uns setzen?"

Elisabeth Koopmann verzog das Gesicht. „Aber wenn mein Rüdiger kommt, dann …"

„… rede ich mit ihm", kam Ina einer Fortsetzung zuvor. Neben ihr hatte sich Jörn auf einem der Stühle niedergelassen. Er schwieg und hatte wohl kapiert, dass er hier nur eine Nebenrolle spielte. Wenn überhaupt.

Ina ließ die Stuhllehne los, umrundete den Tisch und zeigte auf ein paar Fotos, die an der Wand zwischen dem dunklen Fernsehschrank und einer Vitrine hingen. Stilvoll in silberne Rahmen eingefasst. „Ist das da oben Sabine?"

Frau Koopmann trat an ihre Seite; zum ersten Mal huschte ein Lächeln um ihre Mundwinkel. „Da ist sie gerade zwei Tage dreizehn und hat uns stolz ihren ersten Freund präsentiert. Rüdiger ist fast Amok gelaufen."

In diesem Fall wäre das erste Opfer ein pickeliger Junge geworden, der ebenfalls auf dem Foto zu sehen war. Wobei es sich bei dem grinsenden Zeitgenossen, der noch wie ein Kind aussah, seinerzeit bestimmt nur um eine Schwärmerei gehandelt hatte.

„Sie hat früh angefangen", flüsterte Frau Koopmann. Dabei klang sie irgendwie peinlich berührt.

„Vielleicht fangen wir lieber an", schlug Jörn vor und warf einen Blick in Richtung Haustür. Vermutlich hatte er Angst, dass der Hausherr dieses halbwegs entspannte Gespräch schon in Kürze mit brachialer Gewalt beenden würde. „Ich meine ja nur …"

„Wo und wann haben sich denn Ihre Sabine und Peter Nissen kennen gelernt? In der Schule?", setzte Ina die Befragung behutsam fort.

„Irgendwo in der Stadt", kam es kopfschüttelnd zurück. „Unsere Tochter war auf dem *Alten Gymnasium* und dieser …", scheinbar mangelte es Frau Koopmann an einer passenden Bezeichnung, „… ich glaube, er hat im Kino ausgeholfen. Da ist es übrigens auch passiert."

„Sie reden von der …?"

„… Vergewaltigung! Das war nach einer Vorstellung. Sabine wollte den Saal verlassen und wurde von zwei jungen Männern festgehalten … diesem Peter Nissen und seinem Freund."

Ina wechselte einen kurzen Blick mit Jörn. Neues Unheil lag in der Luft. Eine Nachfrage zu Details dieser vermeintlichen Vergewaltigung hätte auch leicht mit einem Rausschmiss enden können – sogar ohne Einmischung des Hausherrn.

Aber noch war ohnehin Frau Koopmann an der Reihe: „Sie hat uns zuerst gar nichts gesagt. Erst als sie schwanger wurde, musste sie …"

„Ihre Tochter war schwanger?", platzte Ina dazwischen.

„Ich war mit ihr beim Frauenarzt, danach hat sie mir alles erzählt. Ihr blieb ja nichts anderes übrig."

Jörn traute sich zu fragen: „Was ist denn aus dem Kind geworden?"

Die Antwort lag zwar auf der Hand, dennoch erklang sie mit reichlich unterdrückter Wut: „Wir haben es wegmachen lassen. Wie hätten wir denn ansonsten damit leben sollen?"

Während sich gedrücktes Schweigen ausbreitete, waren durch die Scheiben neben der Haustür Scheinwerfer zu erkennen. Für einen Moment wurde das Wohnzimmer von Xenon- oder Laserlicht geflutet. Es dauerte nicht lange, bis sich das Bollwerk namens Haustür geräuschvoll öffnete. Rüdiger Koopmann hatte wohl schon beim Anblick des fremden Golfs ausreichend Wut getankt. Die entlud sich vorerst allerdings an die Adresse seiner Frau: „Ich hab dir doch gesagt, dass du die Leute nicht reinlassen sollst, Elisabeth! Ist das so schwer zu begreifen?"

Ina, die immer noch vor den Fotos stand, ging direkt auf den Hausherrn zu und streckte ihm die Rechte entgegen. Dazu setzte sie ein entwaffnendes Lächeln auf. „Sie sollten nicht auf Ihre Frau, sondern auf mich böse sein. Ich hab sie überredet – schuldig."

„Das macht es auch nicht besser!", polterte Rüdiger Koopmann zurück. „Und jetzt schnappen Sie sich Ihren Kollegen und …"

„Können wir nicht wenigstens vernünftig miteinander reden?", unterbrach Ina den Mann mit dem letzten kümmerlichen Rest ihres Lächelns.

„Könnten wir – wenn wir Ihnen was zu sagen hätten."

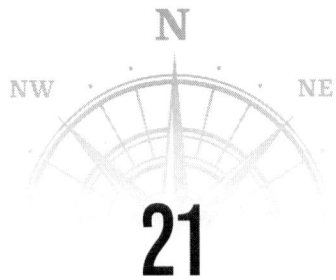

21

Es machte schon den Anschein, als sei Rüdiger Koopmann notfalls sogar bereit, körperliche Gewalt anzuwenden, da wagte Ina einen letzten Versuch, mit dem sie sich an dessen Frau wandte: „Wollen Sie das wirklich? Soll das als Vermächtnis Ihrer Tochter übrig bleiben?"

Fragen, die zumindest im Gesicht von Frau Koopmann Spuren hinterließen. Aber nicht auf Seiten ihres Mannes, denn der setzte sich in Bewegung und holte bereits Luft.

Doch sie kam ihm mit leiser Stimme zuvor: „Es war ganz anders."

Lediglich vier Worte, die den Hausherrn regelrecht erstarren ließen.

Ina musste sich zur Seite lehnen, um an Rüdiger Koopmann, der einem Herzinfarkt nahe schien, vorbeizuschauen. „Was haben Sie da gerade gesagt? Was war ganz anders?"

„Sie weiß nicht, was sie redet", kam der Hausherr einer Antwort seiner Frau mit Schnappatmung zuvor. „Und ich meine es übrigens ernst. Wenn Sie nicht gleich …"

Ina schaffte es, den Mann mittels einer energischen Handbewegung zu stoppen. „Ich darf eigentlich gar nicht darüber reden. Haben Sie von der Männerleiche gehört, die man draußen auf Holnis gefunden hat?"

Rüdiger Koopmann nickte widerwillig.

„Wissen Sie auch, um wen es sich dabei handelt?"

Erneut ein Nicken, kaum als solches erkennbar. Dieses Mal setzte er noch einen zornigen Kommentar obendrauf: „Sie glauben doch wohl nicht ernsthaft, dass wir was mit Peter Nissens Tod zu tun haben, oder?"

„Bis eben nicht", erwiderte Ina, garniert von einem aufgesetzten Lächeln. „Aber vielleicht sagen Sie mir, was ich glauben soll. So, wie Sie es bei Ihrer Frau tun."

Jörn gab seine Nebenrolle endgültig auf und fügte mit fester Stimme hinzu: „Wenn Sie uns nicht langsam erzählen, wie es wirklich war, landen Sie beide garantiert auf der Liste unserer Verdächtigen."

„›Verdächtigen‹?", wiederholte Rüdiger Koopmann ungläubig. Ihm war anzuhören, was er schon allein von diesem Begriff hielt. „Sie wollen also wissen, was damals passiert ist, ja?" Inzwischen stand seine Frau hinter ihm und umklammerte eine seiner breiten Schultern. „Unsere Tochter hat es im Kino mit zwei jungen Kerlen gleichzeitig getrieben. Danach war sie schwanger und konnte nicht mal sagen, von wem das Kind ist."

„Deshalb hat sie uns die Geschichte mit der Vergewaltigung aufgetischt", flüsterte Elisabeth Koopmann. „Die Wahrheit haben wir erst Monate später erfahren."

„Saß Peter Nissen da noch im Gefängnis?", wollte Jörn wissen.

Die Antwort lieferten bereits zwei gequälte Gesichter. Der Hausherr fügte noch etwas hilflos hinzu: „Was hätten wir denn Ihrer Meinung nach tun sollen? Etwa zum Richter marschieren und ihm sagen, dass alles ein Irrtum und unsere Tochter eine Schlampe war?"

„Zum Beispiel!", erwiderte Ina streng. Aus ihrer Stimme hatten sich Sympathie und Mitgefühl restlos verabschiedet. „Ich weiß nicht, ob Ihnen das bewusst ist: Ihretwegen hat ein Unschuldiger monatelang hinter Gittern gesessen!"

Jörn mischte sich ein, weil die Situation hörbar auf der Kippe stand. „Was war denn mit dem anderen? Sie haben doch eben von zwei jungen Männern gesprochen."

Bei der nächsten Offenbarung konnte Rüdiger Koopmann Ina nicht mal direkt ansehen. Leise hob er zu einem Geständnis an: „Der zweite war der Sohn vom damaligen Bürgermeister. Ich habe seinerzeit viele Aufträge für die Stadt erledigt und da wollte ich nicht …"

„Ist schon klar!", unterbrach Ina kopfschüttelnd und winkte ab.

Einstweilen herrschte Schweigen. Bis Elisabeth Koopmann ihre Stimme wiederfand. „Kriegen wir wegen der Geschichte Ärger? Ich meine – weil wir Bescheid wussten und nichts gesagt haben?"

Ina war bereits auf dem Weg zur Tür, notgedrungen übernahm Jörn die Antwort: „Wenn wir davon ausgehen, dass es sich tatsächlich um eine Straftat handelte, dann ist die längst verjährt. Also machen Sie sich deshalb keine Gedanken. Und was alles andere betrifft, müssen Sie das mit sich allein und Ihrem Gewissen ausmachen."

22

„Ja, glaubt man sowas?", entfuhr es Jörn, kaum dass er hinter dem Steuer seines Golfs saß. Er zeigte zum Eingang der Koopmann-Villa. „Die beiden wussten, dass einer unschuldig im Knast hockt und haben nichts gesagt oder gar getan."

„Vor allem, weil Peter Nissens Leben als Vorbestrafter völlig ruiniert war – zumindest beruflich."

„Eben! Und gerade deshalb hätten sie ihn erst recht rehabilitieren müssen. Was weiß ich ... ihm 'nen vernünftigen Job geben oder wenigstens dafür sorgen, dass es ihm an nichts fehlt. Die stinken doch vor Geld und hätten ihn mit Leichtigkeit entschädigen können."

Ina dachte über die letzten Worte ihres Kollegen nach und kam zu einem nüchternen Ergebnis: „Die haben ihre Strafe bekommen. Schließlich ist ihre Tochter tot, was schlimm genug ist."

„Das war erst Jahre später!", hielt Jörn unverändert aufgebracht gegen. „Aber vielleicht belassen wir es lieber dabei. Wie's aussieht, war Sabine Koopmann 'n ganz schönes Flittchen. Treibt es im Kino mit zwei Typen gleichzeitig und tut hinterher so, als wäre sie vergewaltigt worden ... weil ihr in dem Moment nichts Besseres einfällt. Sowas hab ich auch noch nicht gehört. Du?"

Ina reagierte nicht, sondern starrte mit stoischer Ruhe durch die Windschutzscheibe. Es war bereits dunkel. Über die Förde hinweg sah man die Lichter der dänischen Ortschaft Kollund. Geradezu königlich erstrahlten in der Ferne zwei Prachtbauten, die durch Licht aufwendig in Szene gesetzt wurden. Bei einem davon handelt es sich lediglich um das Verwaltungsgebäude eines bekannten dänischen Handelsunternehmens. Das andere ist ein Hotel und Restaurant namens *Fakkelgaarden*, das sich wegen seiner landestypischen Spezialitäten auf beiden Seiten der Grenze großer Beliebtheit erfreut. Wer stilvoll und romantisch zugleich feiern möchte, ist hier genau richtig. Aber nicht nur Dänen und Deutsche lieben diesen Ort, auch wohlhabende Gäste aus aller Welt finden sich dort ein, um die spektakuläre Aussicht auf Flensburg und die Förde zu bestaunen.

Jörn war es leid, noch länger auf eine Antwort zu warten. „Stell dir doch mal vor, es wäre deine Tochter. Würdest du etwa zulassen, dass die mit …?"

„Was meinst du denn, warum ich keine Kinder habe?" Ina lachte kurz auf, was ihrer Frage die Ernsthaftigkeit nahm. „Ansonsten solltest du die ganze Geschichte entweder schnell vergessen oder gut aufpassen, wenn Dini das nächste Mal ins Kino will. Vielleicht gehst du lieber mit."

„Mach bloß keinen Scheiß!" Jörn schaute zur Seite und sah, wie Ina einem Schiff, das auf der Förde in Richtung Flensburg unterwegs war, mit Blicken folgte. „Geht dir irgendwas durch den Kopf?"

Sie holte tief Luft, um sich für eine längere Erklärung zu wappnen: „Ich ärgere mich über mein eigenes Schubladendenken. Inzwischen steht wohl fest, dass Peter Nissen kein schlechter Kerl war – auf jeden Fall kein Vergewaltiger."

„Für meinen Geschmack wissen wir nicht genug über ihn, um ihm postum einen Orden zu verleihen."

„Den hat er allein schon deshalb verdient, weil er sich aufopferungsvoll um seine Mutter gekümmert hat. Außerdem hat er einen ganz passablen Ersatzvater abgegeben. Okay … vielleicht war er kein Heiliger, aber bestimmt auch kein Scheißkerl."

Jörn schluckte weitere Bedenken herunter und vollzog einen radikalen Themenwechsel. „Heike hat mir erzählt, dass du ihr von Zeit zu Zeit finanziell aushilfst, wenn's bei ihr knapp wird."

„Na und? Würdest du das nicht tun, wenn du 'ne Schwester hättest?"

„Sie sagte auch, dass du nebenbei noch für eure Mutter aufkommst."

„Darüber will ich nicht reden!"

„Wie gehts Marlies überhaupt?"

Ina schaute zur Seite. Ein Wunder, dass keine Funken aus ihren Augen sprühten. „Welchen Teil von ›ich will nicht darüber reden‹ hast du nicht verstanden?" Sie schnaubte verächtlich und richtete ihren Blick wieder nach vorne, um das Schiff weiter zu verfolgen.

„Vielleicht denkst du mal daran, dass es sich auch um meine Ex-Schwiegermutter handelt", erwiderte Jörn leise. „Ich weiß noch genau, wie Marlies und ich zusammen …"

„Diese Marlies, an die du dich so gut erinnerst, gibt es nicht mehr. Oder hat die schon damals ständig deinen Namen vergessen, konnte nichts mehr an sich halten und hat jeden zweiten Monat versucht, sich umzubringen?"

Jörn schüttelte stumm den Kopf.

Unterdessen klang Ina in erster Linie traurig. „Die Frau, die ich da jedes Wochenende im Pflegeheim besuche, hat nur noch im entferntesten Sinne was mit meiner Mutter zu tun. Letzte Woche hat sie einem der Pfleger 'ne Blumenvase über den Schädel gezogen und mir wollte sie Sonntag mit ihrem Stock zu Leibe rücken. Sie hat mich nicht mal erkannt und meinte, ich würde ihr andauernd die Fernsehzeitung klauen. Sie lebt nur noch in ihrer eigenen Welt und das ist leider eine, zu der ich keinen Zutritt mehr habe."

„Ich wusste gar nicht, dass es so schlimm ist", murmelte Jörn nach langem Schweigen. „Ist das normal, bei fortschreitender Demenz? Ich hab vor 'n paar Jahren mal *Honig im Kopf* gesehen. Da ist der Hallervorden doch ganz niedlich und …"

„Mag sein, dass es sowas gibt", unterbrach Ina ihren Kollegen schroff. „Aber das, was meine Mutter da jeden Tag anstellt, hat mit Honig nichts zu tun. Und dass sie niedlich wäre, hab ich bis jetzt auch von keinem der Pfleger gehört."

„Wie gehts denn dem mit der Blumenvase?"

„Seine Kopfwunde musste genäht werden und er ist seitdem krankgeschrieben. Ich hab gestern versucht, ihn anzurufen … ist nicht mal rangegangen."

Weil er darauf nichts zu erwidern wusste, zeigte Jörn auf das Schiff, das jeden Moment hinter einigen Baumkronen aus dem Blickfeld der beiden Ermittler verschwinden würde. „Vielleicht ist es besser, wenn wir unserer ursprünglichen Spur folgen?"

„Für diesen Zweck bräuchten wir aber ein eigenes Schiff."

„Klar! Und einer von uns macht nur noch schnell den passenden Bootsführerschein. Im Anschluss könnten wir sofort …"

„Dann suchen wir uns eben eins mit Kapitän", schlug Ina augenzwinkernd vor und fügte grinsend hinzu: „Von mir aus auch von der Küstenwache, dem Zoll oder der Wasserschutzpolizei. So mit netten, breitschultrigen Jungs in Uniform an Bord und …"

„Hast du auch schon 'ne Idee, wie wir uns so ein Schiff angeln?"

„Morgen früh marschier ich als Erstes zu Karsten … sorry … zu Herrn Bruhn."

„Ist okay, hab mich dran gewöhnt. Bist du sicher, dass er dir beim Angeln hilft?"

„Keine Ahnung. Aber vielleicht kannst du ja deine Freundin Britta überreden, ein paar Termine für schriftliche Aussagen zu machen. Da liegt inzwischen einiges an."

Schon allein beim Namen ›Britta‹ lief Jörn ein eiskalter Schauer über den Rücken. Das Gespräch mit Heike kam ihm wieder in den Sinn. Der Umstand, dass ausgerechnet die Schreibkraft der Mordkommission und der Präsidiumsleiter ein Verhältnis miteinander hatten, machte es nicht einfacher. Obendrein hatte Jörn noch ein weiteres Problem: Ina durfte von all dem nichts wissen. Schließlich hatte er das seiner Ex-Frau hoch und heilig versprechen müssen.

„Ist irgendwas?", fragte Ina vom Beifahrersitz. „Dein Mund steht offen und du siehst aus, als ob … nö, ist undefinierbar."

Jörn schüttelte entschlossen den Kopf und langte endlich zum Zündschlüssel. Sein Golf setzte sich ruckartig in Bewegung. „Ich würde sagen, für heute ist Feierabend."

„Bleibt die Frage, was es zu feiern gibt", fügte Ina leise hinzu. „Allmählich hab ich das Gefühl, dass uns unser erster gemeinsamer Fall noch 'ne Menge Kopfzerbrechen bereiten wird. Denk mal allein an die Geschichte mit den Flüchtlingen. Ich weiß nicht mal, wo wir da ansetzen sollen."

„Hör bloß mit der Panikmache auf! Wenn's nach mir geht, machen wir morgen den ersten großen Schritt nach vorne."

„Und wie soll der aussehen, Kollege Tatendrang?"

„Soweit bin ich noch nicht."

„Na, dann … Herzlichen Glückwunsch!"

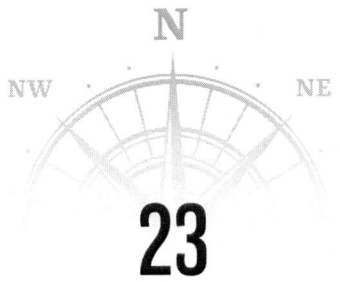

23

Mit Ausnahme des schwachen Lichtschimmers, für den eine schmutzige Glühlampe unter der Decke verantwortlich zeichnete, herrschte in dem Nebengebäude des Kuhstalls Finsternis. Vor vier Tagen, nachdem Akono und seine Gefährten den schaukelnden Kutter bei Wind und Wetter endlich verlassen durften, ging ihre Reise zu Fuß weiter. Anderthalb Stunden waren sie bei strömendem Regen über matschige Weiden und kaum befestigte Wege marschiert. Dabei mussten sie ein halbes Dutzend Zäune überwinden, um am Ende dieser vorerst letzten Etappe auf einem Bauernhof zu landen.

Vorbei am Misthaufen und zwischen zwei riesigen Landmaschinen hindurch ging es für alle in einen kleinen Backsteinbau, der wohl bisher als Aufbewahrungsort für Gartengeräte, Milchkannen und haufenweise Gerümpel diente. Ein Mann – vielleicht der Bauer oder einer von dessen Gehilfen – redete unaufhörlich auf alle ein, trieb sie zur Eile an. Akono wusste, dass der unfreundliche Kerl Dänisch sprach. Eine Sprache, bei der ihm selbst seine mühsam erworbenen Deutschkenntnisse nicht weiterhalfen. Schon in Nigeria hatte er lange vor seinem Aufbruch angefangen, geradezu fieberhaft deutsche Vokabeln zu lernen. Akono wollte so schnell wie möglich zurück nach Deutschland, dort weiter zur Schule gehen und studieren. Am liebsten Medizin. Seine Eltern sollten nicht umsonst ihre gesamten Ersparnisse für ihn geopfert haben. Das meiste Geld war bereits für die Überfahrt von Lagos nach Rotterdam draufgegangen. Im Gegenzug hatte er seinen Eltern beim tränenreichen Abschied versprochen, schon sehr bald für sie zu sorgen, ihnen einen unbeschwerten Lebensabend zu ermöglichen. Ein guter Handel, an den er sich unbedingt halten wollte.

Inzwischen hatten Akono und zwölf seiner Landsleute diesen nach Kuhmist und saurer Milch stinkenden Ort als neue Bleibe akzeptiert. Jedenfalls vorerst und notgedrungen. Seine restlichen Gefährten, die mit ihm zusammen vom Kutter gestiegen waren, hatte ein Kleinbus mitten in der ersten Nacht abgeholt. Ohne Worte, ohne jede Erklärung oder wenigstens den Hinweis, ob und wann es ein Wiedersehen geben würde. Dafür, dass man zuvor drei Monate auf engstem Raum und intimer, als man es sich überhaupt vorstellen konnte, miteinander gehaust hatte, fiel der Abschied denkbar kurz aus. Zurück blieben ratlose Gesichter. Die Frauen weinten. Die Männer konnten zwar ihre Tränen zurückhalten, doch jedem einzelnen war sein Gemütszustand deutlich anzusehen.

Am heutigen Abend gab es, wie an allen anderen davor, eine dünne Gemüsesuppe, in der man mit einer Lupe nach Fleisch suchen musste. Als Beilage trockenes Brot, das nur genießbar war, wenn man es entsprechend lange einweichte. Dieser seltsame Mann, der offensichtlich nur Dänisch sprach, brüllte unverständliches Zeug und ließ keinen Zweifel daran, was er von seinen dreizehn Schutzbefohlenen hielt. Dieses Mal hatte Akono versucht, ihn zuerst auf Englisch und dann mit ein paar Brocken Deutsch zu beruhigen. Ihm verständlich zu machen, dass er und seine Gefährten keinen Ärger machen und einfach nur ihren endgültigen Bestimmungsort erreichen wollten.

Aber es half nichts. Ganz im Gegenteil: Akono kassierte einen Tritt für den bloßen Versuch und beschäftigte sich unter Schmerzen lieber wieder mit seiner Suppe. Kurz darauf fiel er in einen leichten

Schlaf. Als er erwachte, zupfte Lisha an ihm herum. Sie weinte bitterlich und zitterte am ganzen Leib. Selbst dann noch, als er sie in den Arm nahm und so kraftvoll drückte, wie es eben noch verantwortbar war. Für einen Achtzehnjährigen hatte Akono viel Kraft. Kein Wunder, immerhin musste er schon als kleiner Junge seinem Vater mit der Ziegenherde helfen. So etwas wie eine unbeschwerte Kindheit hatte es für ihn nie gegeben.

„Ich hab Angst!", flüsterte Lisha auf Yoruba, einem afrikanischen Dialekt. Auch wenn Englisch in Nigeria als Amtssprache gilt, sprechen oder verstehen es dort die wenigsten. Ein Problem, das die Kluft zwischen Arm und Reich stetig wachsen lässt.

Akono umschlang ihren zierlichen Körper noch ein wenig fester und versuchte, sie mit leisen Worten zu beruhigen. Sein Vater hatte ihm beigebracht, wie man Ziegen molk oder alte und störrische Böcke kastrierte. Sogar, wie man einen hoffnungslosen Fall, der sich ein Bein gebrochen hatte, von seinen Schmerzen erlöste. Aber er hatte ihm nicht erklärt, wie man eine verängstigte und immer heftiger zitternde junge Frau tröstete und ihr neue Hoffnung einflößte. *Hoffnung.* Dieses Wort geisterte ihm eine Weile durch den Kopf. Am Ende musste er sich eingestehen, dass es nichts gab, wonach er sich mehr sehnte …

***

Gegen zehn Uhr abends lag die *Lütje Deern* am Dienstagabend noch fest vertäut an der Kaimauer im Flensburger Hafen. Drei Helfer, die sich am frühen Abend einfanden und wie üblich nach Arbeit fragten, hatte man unverrichteter Dinge nach Hause geschickt. An Bord hockten also lediglich Heino Wollesen und Horst Jansen. Die waren voll und ganz mit dem Rauchen filterloser Zigaretten und Biertrinken beschäftigt. Jeder hielt eine Flasche *Flensburger* in der Hand, aber es handelte sich bei Weitem nicht um die erste, wie eine Reihe leerer Exemplare zu ihren Füßen bewies. Entsprechend lallte Jansen leicht. „Der Alte taucht nicht wieder auf, da sind wir aus'm Schneider."

„Und wie stellst du dir das vor? Von uns beiden hat doch keiner 'n Kapitänspatent."

„Du scheckst auch gunix, Wolle." Jansen hob seine Bierflasche, prostete in die Luft und trat den Stummel seiner Filterlosen aus. In alkoholvernebeltem Singsang ging es weiter: „Hassu mol mitkricht, dat die unsern Kuddär gestoppt und den Alten nach sien Patent jefrocht häm?"

„Nö", erwiderte Wollesen nach kurzem Überlegen. „Soll das heißen, du machst ab sofort den neuen Käpt'n? Was Matthies wohl dazu sagt? Der wird dir was erzählen."

Jansen schüttelte den Kopf und klang schlagartig stocknüchtern. „Solange wir artig tun, was er will, hält er schon die Klappe, glaub mir! Außerdem meinte er heute am Telefon, dass wir ohnehin nur noch zwei Fahrten vor uns haben – bis genug Gras über die Sache gewachsen ist."

„Weiß er von den beiden …?"

„Bist du bekloppt? Wenn er davon was mitgekriegt hätte, würden wir bestimmt nicht mehr hier sitzen."

„Nur noch zwei Fahrten. Dann können wir uns von unserem Nebenverdienst wohl erst mal verabschieden", knurrte Wolle in seinen ungepflegten Bart.

Jansens Antwort ließ lange auf sich warten. Einem aufmerksamen Beobachter wäre sicherlich aufgefallen, dass er innerlich mit sich rang. Doch seinem Kollegen und Saufkumpan blieb dieser Umstand verborgen.

„Zwei Fahrten, nach denen wir fürs Erste ausgesorgt hätten", raunte Jansen nach einem Blick hoch zur Kaimauer.

„Hat das was mit der Ladung zu tun, die morgen ankommt?"

„Damit … und mit 'ner weiteren, die sich nächste Woche in Rotterdam auf den Weg macht."

„Wieder so viele Ne…?"

„Halt die Klappe und wart's ab!" Jansen prostete erneut in die Luft. Er schüttete den Rest aus seiner Bierflasche herunter, rülpste geräuschvoll und fuhr erst danach fort: „Du lässt deinen neuen

Käpt'n einfach machen und freust dich, wenn Zahltag ist. Kriegst du das hin?"

„Na klor!"

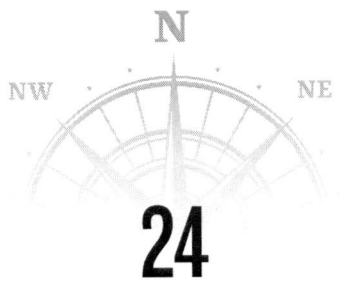

24

Ina hatte für ihre Verhältnisse gut geschlafen. Vor allem traumlos, was selten genug vorkam. Und sogar ihre obligatorisch widerspenstigen Haare hatten sich heute bändigen und in eine recht ansehnliche Strubbelfrisur verwandeln lassen. Auf Schminke verzichtete sie grundsätzlich. Hin und wieder trug sie ein bisschen Wimperntusche auf, aber dafür hätte sie welche im Haus haben müssen. Vielleicht wurde es Zeit, irgendwann auch mal der Flensburger Innenstadt einen Besuch abzustatten.

Als sie dann – ganz zufrieden mit sich, der Welt und einem Pott Kaffee – am winzigen Tisch in ihrer Küche saß, reiften in ihr bereits die ersten Entschlüsse. Die galt es ab sofort und mit allem gebotenen Nachdruck in die Tat umzusetzen.

Doch diese neue Zuversicht löste sich in Luft auf, nachdem sie an diesem Morgen ihr Büro betrat. Davon abgesehen, dass die Putzkolonne diesen Ort noch immer hartnäckig ignorierte, wollte Inas Computer auch beim dritten Versuch nicht hochfahren. Sie starrte unverändert fassungslos auf ihren schwarzen Bildschirm, als die Tür nach innen aufflog. Britta Krohnwald schwebte feengleich herein;

augenblicklich verteilte sich der Duft ihres schweren Parfums im ganzen Raum. Sie warf zuerst einen Blick auf Jörns Schreibtisch und nahm dann mürrisch Ina ins Visier. Wenigstens konnte sich die Schreibkraft zu einem genuschelten „Morgen!" durchringen.

„Moin!", erwiderte Ina nicht viel freundlicher. Gleichzeitig deutete sie auf ihren Computer, der beim vierten Versuch nicht mal mehr ein Lebenszeichen von sich gab. „Mit dem Ding kann ich unmöglich arbeiten. Gibt es eventuell noch einen ande…?"

„Ich kann nicht zaubern", fuhr Britta genervt dazwischen. „Unser Budget für dieses Jahr ist jetzt schon fast ausgereizt und einen neuen Computer kann ich mir eben nicht aus den Rippen schneiden."

Ina demonstrierte ihr schönstes künstliches Lächeln. „Und was soll ich dann Herrn Bruhn sagen, wenn er fragt? Dass ein Mörder ungestraft davonkommt, weil Sie nicht mal in der Lage sind, für ein halbwegs vernünftiges Arbeitsgerät zu sorgen?"

Dieser Kommentar saß, denn Brittas Gesicht lief rot an. Ihr farblich passend geschminkter Mund klappte auf, schloss sich jedoch unverrichteter Dinge wieder. Bevor sie den Rückwärtsgang einlegte, schleuderte sie einen Papierstapel auf Jörns Schreibtisch und war im nächsten Moment verschwunden.

„Das gibts doch gar nicht!", fluchte Ina leise. Sie konnte sich noch sehr gut an jede frühere Dienststelle erinnern, aber nicht mal ansatzweise an derartige Probleme. In der Regel fand sie zu jedem – männlich oder weiblich – schnell einen Draht. Und egal, wo sie im Laufe ihrer Karriere auch gelandet war: Mit Kolleginnen oder Untergebenen hatte sie nie wirklich Streit gehabt. Eher mal mit Vorgesetzten, was ihr zuletzt großen Ärger und am Ende sogar eine Suspendierung eingebracht hatte.

Ihr Handy meldete sich mit einer Nachricht von Jörn: ›Bin noch im Hafen, komme aber gleich zum Präsidium rüber. Wenn's gut läuft, hab ich vielleicht ein Schiff für uns‹

Ina jubelte innerlich. Diesbezüglich konnte sie also ein Gespräch mit Karsten Bruhn vorerst umgehen. Aber da war etwas anderes, das ihr Kopfzerbrechen bereitete. ›Lass dir ruhig Zeit‹, schickte sie an Jörns Adresse. ›Ich hab hier noch was zu regeln‹

›War Britta schon da?‹, kam es beinahe zeitgleich zurück. ›Sie wollte uns den Laborbericht aus Kiel vorbeibringen‹

Ina stand auf, schlenderte zum anderen Schreibtisch hinüber und warf einen Blick auf den Zettelstapel. Was die Antwort an Jörn betraf, wählte sie die denkbar kürzeste Variante: ›Ja‹

Seine Reaktion nahm nur ein paar Sekunden in Anspruch: ›Alles gut bei dir?‹

›Ja!‹ Danach stopfte Ina ihr Handy in eine ihrer Jackentaschen und überhörte den nächsten Signalton einfach. In erster Linie, weil inzwischen ein Entschluss in ihr gereift war. Genauer gesagt: Es gab Momente im Leben, in denen frau auch mal Zähne zeigen musste.

***

Auch Jörn war an diesem Morgen voller Tatendrang aufgestanden. In seinem Fall nach einer Nacht, die von Schreierei aus der Wohnung über seiner, dumpfen Bässen aus der nebenan und zahlreichen Polizeieinsätzen im Flensburger Nordwesten begleitet wurde. Durch die dünnen Scheiben war es ihm manchmal vorgekommen, als würde ein Martinshorn direkt durch sein Schlafzimmer rasen. Gegen halb drei hatte er sich dann eine Wolldecke geschnappt, um damit aufs Sofa umzuziehen. Dort war wenigstens der Straßenlärm um einiges gedämpft, und sogar das junge Paar von oben – zweifellos Anwärter fürs typische Nachmittagsprogramm – hatte das Streiten vorerst eingestellt.

Drei Stunden später war die Nacht vorbei. Aus Jörns Dusche kam schon seit dem ersten Tag abwechselnd kochend heißes und dann wieder eiskaltes Wasser. Auf seine spontane Beschwerde hatte sein Vermieter aber lediglich mit Unverständnis und Schulterzucken reagiert. Am Ende hatte sich Jörn selbst eingeredet, dass Wechselbäder wohl ganz gut für die Gesundheit waren. Ein, zugegeben, schwacher Trost.

Halbwegs trocken hatte er seine Sporttaschen nach noch einigermaßen knitterfreier Kleidung durchforstet, ohne dabei fündig zu werden. Also stieg er wieder in die Klamotten von gestern – und vorgestern! – und nahm sich vor, diesem Elend, das zumindest mit seinem Singleleben einherging, bald ein Ende zu setzen. Wie sollte er denn jemanden kennen lernen, wenn er unentwegt im Schlumpf-Kostüm umherlief?

Nach anderthalb Bechern löslichem Kaffee – beim zweiten hatte er es mit dem Pulver viel zu gut gemeint – raffte er sich auf und fuhr direkt in den Flensburger Hafen. Schon am Abend zuvor hatte er lange im Internet recherchiert, einen Plan geschmiedet und wollte den so schnell wie möglich in die Tat umsetzen.

Das Einsatzschiff der Küstenwache lag sicher vertäut am Westufer des Hafens. Den zwei Männern, die an Deck mit Pflegearbeiten beschäftigt waren, zeigte Jörn unaufgefordert seinen Dienstausweis und fragte nach dem Kapitän der *Helene I*. Dabei ging es um ein beeindruckendes Schiff, das im Notfall mit so ziemlich jedem Gegner auf dem Wasser konkurrieren konnte.

Wenig später stand Jörn auf der Brücke Wolfgang Amboss gegenüber, der seinem Nachnamen alle Ehre machte. Der riesige Mann führte zwei Hände spazieren, die, zu Fäusten geballt, auch gleich entsprechende Hämmer abgeben würden.

Jörn hatte schon befürchtet, er müsse mit umfangreichen Erklärungen aufwarten, doch die wurden schnell überflüssig. Allein nach ein paar bloßen Andeutungen signalisierte Kapitän Amboss Bereitschaft, den Kollegen der Kripo hilfreich zur Seite zu stehen. Mit anderen Worten: Man plante, die *Lütje Deern* bei ihrer nächsten Fahrt über die Förde zu stellen und von Amts wegen zu durchsuchen.

Besser hätte es nicht laufen können. Um diesen unerwarteten Erfolg nicht zu gefährden, bedankte sich Jörn brav und bot an, nach getaner Arbeit ordentlich einen auszugeben. Zurück im Auto folgte dann der kurze Nachrichtenaustausch mit Ina. Gerade zum Ende hin kamen Jörn die Antworten seiner Kollegin irgendwie merkwürdig vor. Ein guter Grund, schnellstmöglich den Weg zum Präsidium einzuschlagen.

Ferner war ihm erstmals nach Feiern zumute. Mit der *Helene I* samt Besatzung hatten sie endlich einen Trumpf in der Tasche. Blieb die Frage, in welcher der kommenden Nächte sie den zum Stechen verwenden könnten ...

25

Ina hatte eine Entscheidung getroffen und wollte sich keine Zeit für Zweifel oder gar einen Rückzieher lassen. Deshalb war sie bereits auf dem Weg quer durchs Präsidium, denn Karsten Bruhns Büro lag am anderen Ende. Als sie dort zum letzten Mal nach links abbog, kam ihr auf dem schmalen Flur ausgerechnet Britta Krohnwald entgegen. Vielleicht war es Zufall. Immerhin waren in dem Bereich auch die Rechnungsstelle und das Büro von Bruhns Sekretärin zu finden. Dennoch beschlich Ina ein mulmiges Gefühl, das sie niemandem hätte erklären können.

Auf gleicher Höhe tauschten die beiden Frauen nur einen flüchtigen Blick. Einen, wie ihn sich sonst wohl nur zwei hungrige Löwinnen zuwerfen, die sich nicht einigen können, wem die gerissene Antilope gehört.

Als die Schritte hinter Ina leiser wurden, blieb sie stehen und überlegte einen Augenblick lang, ob sie lieber umdrehen sollte. Womöglich hatte ihre Widersacherin Karsten Bruhn im Vorfeld über die Auseinandersetzung vom Morgen informiert und natürlich alles aus ihrer Perspektive geschildert. Was Ina infolgedessen hinter der nächsten Tür bevorstand, konnte sie sich lebhaft ausmalen. Doch wie hatte sie es sich bis eben noch selbst eingebläut: Es wurde Zeit, Zähne zu zeigen.

Sie klopfte und hörte von drinnen ein leises „Herein!". Möglicherweise bildete sie es sich nur ein, aber selbst dieses einzelne Wort klang genervt. Dennoch schob sie die Tür entschlossen auf, mühte sich um ein Lächeln und eine selbstbewusste Begrüßung: „Guten Morgen, Karsten! Hast du ein paar Minuten Zeit für mich?"

Ina konnte nicht sagen, was genau sie erwartet hatte, aber die Reaktion ihres Chefs fiel mit Sicherheit ganz anders aus: „Was gibts denn? Ich hab zu tun!"

Sie war unschlüssig, ob sie es bei dem Versuch belassen und später einen neuen unternehmen sollte. Während ihre Gedanken kreisten, kam ihr das jüngste Zusammentreffen mit Britta Krohnwald in den Sinn. Zumindest Ina hielt es für eine gute Idee, das Eisen zu schmieden, solange es heiß war. „Wenn es dir nichts ausmacht – ich brauch auch nicht lange."

Bruhn beließ es bei einer Geste, die auch nicht besonders freundlich wirkte, aber wenigstens einer halben Zustimmung gleichkam. Also nahm Ina auf dem Stuhl vor seinem Schreibtisch Platz. Sie hatte sich bereits einige Worte für den Anfang zurechtgelegt, da kam ihr Bruhn rigoros zuvor: „Ich hatte vorhin wieder das Vergnügen mit unserem Innenminister. Geht es mit eurem Fall voran? Wenn du willst, rufe ich in Kiel an und organisiere ein paar zusätzliche Leute."

Insgeheim ärgerte sich Ina nicht nur über die Zweifel an ihrer bisherigen Arbeit, sondern hauptsächlich, weil sie nicht gleich zum eigentlichen Thema kommen konnte. Trotzdem versuchte sie es unverändert mit einem Lächeln. „Wie's aussieht, haben wir ab sofort ein Schiff zur Verfügung, um der *Lütje Deern* jederzeit einen Überraschungsbesuch abzustatten. Sobald wir zwei hier fertig sind, fahren Jörn und ich raus nach Dagebüll und knöpfen uns deren Eigentümer vor."

„Und was soll das bringen? Habt ihr den Mann in Verdacht oder warum …?"

„Mein Gott, Karsten! Hockst du schon so lange hinter einem Schreibtisch, dass du vergessen hast, wie es da draußen läuft?" Vor ein paar Tagen hätte sich Ina einen derart respektlosen Ton der alten Freundschaft wegen wahrscheinlich noch erlauben können.

Doch daran hatte sich offenbar etwas geändert, denn Bruhn setzte nicht nur die Miene, sondern auch den Ton eines Kriminaldirektors auf. „Wo du es erwähnst: Ich sitze erst seit Kurzem auf diesem Stuhl und kann es mir nicht leisten, dass meine neue Mordkommission gleich den ersten Fall versaut."

„Was meinst du denn mit ›versaut‹? Wir folgen jeder noch so kleinen Spur, befragen alle Beteiligten und schieben dafür reichlich Überstunden. Das hat bislang immer gereicht, um einen Mörder früher oder später zu überführen."

„Dann entscheide ich mich für früher. Herrgott … ich brauche Resultate und nicht auch noch interne Streitereien. Verrat mir einfach, was da heute Morgen zwischen dir und Britta – also Frau Krohnwald – los war!"

Jetzt lag das Thema auf dem Tisch. Allerdings anders, als es sich Ina vorgestellt hatte. Sie befand sich bereits in der Defensive. Eine strategische Stellung, aus der sie nur ungern agierte. Dennoch wurde es Zeit, etwas zu sagen: „Ich habe deine Britta – oder von mir aus auch deine Frau Krohnwald – nur gefragt, ob die Aufklärung eines Mordfalls an einem Computer scheitern soll, der nicht läuft. Bitte klär mich auf, falls ich unrecht habe: Ist sie nicht für die Materialbeschaffung verantwortlich und auch dafür, dass alles funktioniert?"

„Bevor du hier bei uns angefangen hast, haben wir alle problemlos Hand in Hand gearbeitet. Erklärst du mir mal, warum das plötzlich anders ist?"

Zunächst wollte Ina ihrem Ärger Luft machen: „Ich war noch nie auf einer Dienststelle, wo so etwas überhaupt zum Problem wurde. Wahrscheinlich funktionieren sogar in Hintertupfingen die Computer und …"

„Das reicht!", beschloss Bruhn mit energischer Stimme. „Ich habe Britta gesagt, dass sie kurzfristig für Abhilfe sorgen soll. Wenn du schlau bist, machst du einen Schritt auf sie zu und entschuldigst dich bei ihr.“

„Ich soll mich entschuldigen? Wofür denn?“

Bruhn winkte genervt ab und vollzog einen radikalen Themenwechsel. „Ich möchte, dass du mich spätestens morgen Abend über die Fortschritte bezüglich eures Falls informierst. Wenn da nichts ist, das Grund zur Hoffnung gibt, sollten wir mal über Alternativen nachdenken – gemeinsam, versteht sich.“

„›Alternativen‹?“

„Ja, verdammt! Ich frage mich langsam, ob es für dich nicht zu früh war, um in den aktiven Dienst zurückzukehren.“ Bruhn war anzusehen, wie sorgsam er sich seine nächsten Worte zurechtlegte. „Du hast ziemlich viel Mist durchgemacht – das tut mir leid. Aber wer weiß denn, ob es nicht doch ein Fehler war, dass du gleich wieder Mörder jagst und …?“

Ina fiel ihm aufgebracht ins Wort: „Sag mir lieber, was du eben mit ›Alternativen‹ meintest! Eine neue Besetzung für deine Mordkommission?“

Bruhn schüttelte den Kopf, allerdings nicht ganz so überzeugend, wie es sich Ina gewünscht hätte. „Wir müssen überlegen, ob es Sinn macht, eine Soko einzurichten. Oder ob wir es zunächst bei Verstärkung belassen.“

„Wofür genau?“

„Um den Fahndungsdruck zu erhöhen! Oder du verrätst mir, wie ich unseren Innenminister bei seinem nächsten Anruf vertrösten soll. Nein, warte! Ich sag ihm einfach, dass du mit deinem Kollegen zum Wasserskilaufen auf der Förde unterwegs bist und er sich später wieder melden soll …“

Ina erhob sich wortlos und war auf dem Weg zur Tür.

Hinter ihr konnte sich Karsten Bruhn einen letzten Kommentar nicht verkneifen. „Ich hoffe, dass ich es nicht irgendwann bereue, dich angeheuert zu haben.“

Ina blieb stehen, drehte sich um und fing den Blick ihres Chefs ein. All die Wiedersehensfreude und Sympathie, die am ersten Tag in seinen Augen erkennbar war, hatte sich verflüchtigt. Ina wollte zwar etwas sagen, aber ihr fiel nichts Sinnvolles ein. Abgesehen davon war es in solchen Momenten – also bei Konflikten mit Vorgesetzten – ratsam, seine Emotionen im Zaum zu halten. Das predigte Ina auch ihren Kollegen, wenn die um Rat fragten. Und obwohl die Wut in ihrem Bauch mit jedem Atemzug anwuchs, schaffte sie es, auf weitere Worte zu verzichten. Ihre Mundwinkel wanderten nach oben, mit sehr viel Fantasie ein Lächeln.

„Ich hoffe, wir haben uns verstanden", sagte Karsten Bruhn. „Und jetzt wäre es nett, wenn du mich allein lässt. Ich hab zu tun."

26

Als Jörn am Präsidium ankam, stand Ina dort bereits vor der Tür. Aber offensichtlich nicht, weil sie auf ihn wartete. Es schien, als wären ihre Gedanken lediglich mit dem rostigen Fahrradständer neben der Eingangstür beschäftigt.

Er musste zweimal hupen, bis sie endlich auf ihn aufmerksam wurde. Als Ina dann stöhnend auf dem Beifahrersitz landete, konnte er sich einen Kommentar nicht verkneifen: „Du siehst ja schrecklich aus ... also ... mitgenommen. Ist irgendwas Schlimmes passiert?"

„Ich weiß gar nicht, wo ich anfangen soll." Anscheinend doch, denn Ina warf ihrem Kollegen einen dünnen Stapel gefalteter Seiten in den Schoß. „Am besten wirfst du mal einen Blick da rein."

Jörn entfaltete die Seiten und überflog deren Inhalt. „Och nö ... so 'n Mist!"

„Das kannst du ausnahmsweise laut sagen." Ina holte tief Luft. „Jetzt haben wir es schwarz auf weiß. Die Fasern, die man bei der Obduktion an Peter Nissens Leiche gefunden hat, passen nicht zu den Fischernetzen an Bord der *Lütje Deern*. Zu keinem!"

„Dann wäre es also möglich, dass wir die Mannschaft zu Unrecht verdächtigen und ..."

„… wir uns den ganzen Mist mit 'ner Verfolgungsjagd auf dem Wasser ebenso gut sparen können", vollendete Ina verbittert. „Weißt du, wo wir jetzt stehen? Ich meine, insgesamt?"

Jörn hatte das bestellte düstere Fazit sofort parat: „Wieder ganz am Anfang. Und ich Idiot hab geglaubt, wir wären nach meiner Aktion heute Morgen endlich mal einen Schritt weiter." Er zögerte und fuhr danach etwas energischer fort: „Trotz allem hat dir Monika Kaufmann doch bestätigt, dass der Fischkutter fast ausschließlich zum Schmuggeln benutzt wird. Es macht also Sinn, wenn wir …"

„Wüsste nicht, wieso", unterbrach Ina. „Wir arbeiten nicht für den Zoll, und selbst wenn wir zufällig einen großen Fisch an Land ziehen, brauchen wir uns hinterher keine Hoffnungen auf 'nen Orden zu machen. Wir werden nur dafür bezahlt, Mörder zu finden."

„Du hast ja recht", erwiderte Jörn kleinlaut. „Wenn der Nissen nicht an Bord der *Lütje Deern* gestorben ist, können wir den Kutter eigentlich auch vergessen."

Nach diesem niederschmetternden Ergebnis herrschte längere Zeit Schweigen, das Ina irgendwann flüsternd brach: „Das ist übrigens noch nicht alles. Ich hab mich heute Morgen wieder mit unserem bunt bemalten Schreibdrachen angelegt."

„Mit Britta?"

„Sie meinte, dass sie keine Wunder vollbringen könnte. Was übersetzt heißt: Ich muss meinen Computer mit Beten und Streicheleinheiten zum Laufen bringen."

„Puh …" Jörn stand seine Ratlosigkeit ins Gesicht geschrieben. „Seid ihr aufeinander losgegangen oder endete das Scharmützel wenigstens unblutig?"

„Wie man's nimmt. Ich war bei Karsten, wollte mich beschweren, aber der hat mir 'ne ordentliche Abfuhr erteilt. Am Ende hatte ich das Gefühl, dass er mich am liebsten geteert und gefedert hätte."

Jörn wurde ganz mulmig. Er rief sich das Gespräch mit Heike vom vergangenen Tag in Erinnerung. Er konnte Ina unmöglich etwas darüber verraten, schließlich hatte er hoch und heilig versprechen müssen, die Klappe zu halten.

Neben ihm erklang die Fortsetzung in verzweifeltem Ton: „Ich weiß überhaupt nicht, wie's weitergehen soll. Außerdem meinte Karsten, er wäre sich nicht sicher, ob ich schon wieder so weit bin …"

„Wofür? Um Dienst zu schieben?"

Ina nickte lediglich.

„Keine Ahnung, was für Heldentaten du früher vollbracht hast. Für meinen Geschmack bist du voll auf der Höhe und machst 'nen tollen Job."

„Zuletzt so toll, dass man mich als Dankeschön suspendiert hat."

„Das ist Schnee von gestern!" Jörn klang richtig aufgebracht und fuhr todernst fort: „Ich bin über die Geschehnisse damals nur ansatzweise informiert, weiß nur, dass du deine Dienstwaffe gezogen und jemanden erschossen hast."

„Einen Unschuldigen, wie sich später herausstellte."

Jörn hakte mit gerunzelter Stirn nach: „Dieser ›Unschuldige‹ ist mit 'nem Messer auf dich los! Stand jedenfalls so im Einsatzbericht."

„Trotzdem hätte es gereicht, ihm ins Bein oder sonst wohin zu schießen. Nicht gleich in den Kopf … und das zweimal."

„Unsere Einsatzrichtlinien taugen doch nur am Schreibtisch was", widersprach Jörn entschlossen. „Wer sich die hat einfallen lassen, dem wünsche ich, dass er mal in 'ne ähnliche Situation gerät. Dann will ich sehen, wie …"

„Ist lieb von dir, danke!" Inas Tonfall nach war dieses Thema für sie vorerst beendet. „Was hältst du davon, wenn wir einen dienstlichen Ausflug nach Dagebüll machen und uns den Matthies vorknöpfen? Ihn mit der Wahrheit über seinen Pseudo-Fischkutter konfrontieren?"

„Dann wollen wir die Spur also doch noch nicht ganz vergessen?"

„Wieso sollten wir? Unser Mordopfer hatte für so einen Job viel zu viel Geld, und du selbst hast gesagt, dass das momentan unser einziger Anhaltspunkt ist. Stichwort: Dosenpfand!"

„Hör bloß auf! Wenn der Nissen am Ende wegen fünfundzwanzig Cent dran glauben musste, häng ich meine Marke an den Nagel und werd – was weiß ich? – auch Fischer."

Ina zeigte auf den Zündschlüssel. „Bevor du deine Gummistiefel anziehst, fahr lieber los. Und selbst wenn sich das Gespräch mit Matthies als nächste Sackgasse herausstellt, haben wir es wenigstens versucht." Sie zögerte kurz und fuhr dann fort: „Was ist eigentlich aus unserem Dienstwagen geworden? Warst du wieder spät dran?"

„Ich weiß inzwischen, dass es sich um einen in die Jahre gekommenen Passat handelt. Aber der steht noch in der Werkstatt, weil wohl irgendein elektronisches Bauteil fehlt, um ihn wieder raus auf die Straße zu schicken."

Ina schaute zur Seite und grinste zum ersten Mal, seitdem sie neben Jörn saß. „Glaubst du, die können was mit meinem Computer anfangen?"

„Dann hocken wir wahrscheinlich noch nächstes Jahr in meinem Golf. Oder wir müssen uns in deine kleine Konservendose quetschen."

„Damit meinst du hoffentlich nicht meinen Smart, oder?"

Jörn fand glücklicherweise keine Zeit für eine Antwort, weil Inas Handy klingelte. „Flensburger Nummer", stellte sie fest, bevor sie sich meldete.

Am anderen Ende war Monika Kaufmann, dem Ton nach ziemlich aufgeregt. „Sie haben gestern gesagt, dass ich mich melden soll, falls mir noch was einfällt …"

Es ging nicht weiter, deshalb musste eine Frage her: „Heißt das, Ihnen ist was eingefallen?"

„Ich weiß nicht, ob es wirklich wichtig ist. Peter hat manchmal mein Tablet benutzt … für Internet und solche Sachen. Vorhin war ich selbst auf Google und da ist mir aufgefallen, dass er ständig auf denselben Seiten unterwegs war."

Während Ina noch hoffte, dass es sich dabei nicht um die einschlägigen Pornoseiten handelte, ging es auf der anderen Seite schon munter weiter: „Er hat alle möglichen Medikamente gegoogelt. Unter anderem – Moment, ich hab's mir aufgeschrieben – so ein Zeug, das Oxycodon heißt. Ist ein Schmerzmittel, das viele auch als Drogenersatz nehmen und …"

„Ich weiß", unterbrach Ina halbwegs sanft den Redefluss. „Wissen Sie denn, ob Peter unter besonders starken Schmerzen litt? Bei so viel körperlicher Arbeit wäre es ja zumindest denkbar."

„Er hat mir nie was davon erzählt."

„Hat er noch weitere Seiten besucht?"

Am anderen Ende wühlte Monika Kaufmann hörbar in ihren Notizen. „Er hat 'ne Firma in China gegoogelt. Das ist einer der Hersteller ... und er hat Preise verglichen, auf diesen ganzen Apotheken-Seiten."

„Sonst noch was?"

„Nö, das war erst mal alles. Ich weiß nicht ... soll ich Ihnen mein Tablet morgen vorbeibringen, damit sie selbst draufschauen können?"

Ina lachte kurz auf. „Kann es sein, dass Sie nur ungern darauf verzichten?"

„Meine Jungs spielen so gerne *Candy Crush* und ich ..."

„Ist schon gut! Ich sage einem Kollegen aus unserer IT Bescheid und der meldet sich dann morgen bei Ihnen." Ina dachte an die technische Ausstattung der Flensburger Polizei, fuhr aber trotzdem verhältnismäßig unbekümmert fort: „Es muss doch möglich sein, sowas problemlos aus der Ferne zu regeln."

„Was willst du aus der Ferne regeln?", fragte Jörn sofort, nachdem das Gespräch beendet war. „Ein bisschen was hab ich schon mitbekommen."

„Auch, dass sich Peter Nissen ganz besonders für Medikamente interessiert hat? Da ging es auf jeden Fall um Schmerzmittel, die unters Betäubungsmittelgesetz fallen und ..."

„... immer mehr als billige Ersatzdroge herhalten", komplettierte Jörn. „Heutzutage steigen viele überhaupt erst damit ein und landen so in einem beschissenen Teufelskreis."

Ina überlegte einen Moment, bevor sie eine neue Theorie präsentierte: „Nehmen wir mal an, dass der Mord an Peter Nissen tatsächlich mit seinem Job und den krummen Geschäften an Bord der *Lütje Deern* zu tun hat. Wäre es nicht ebenso gut möglich, dass er auf irgendeinem anderen Kutter beim Umladen der Schmuggelware oder sonst wo ums Leben gekommen ist?"

„Es könnte überall passiert sein, klingt ansonsten aber logisch. Was bedeutet, dass wir nur noch die richtigen Fischernetze finden müssen."

Bei diesem Zwischenstand beließ es Ina vorerst. Mittlerweile hatten sie das Flensburger Stadtgebiet hinter sich gelassen und befanden sich auf der B199 Richtung Westen. Sie kamen gut voran und zum ersten Mal an diesem verhältnismäßig jungen Tag machte sich ein wenig Entspannung breit. Ina drehte am Radio, bis das Programm von *RSH* leise zu hören war.

„Hast du gestern Abend noch mit Heike geredet?", fragte Jörn zwischen Tim Bendzko und den Dire Straits.

„Sie hat mir nur erzählt, dass du ihr das Geld kürzen willst. Wolltest du das hören?"

Jörn starrte verbissen auf die Straße vor sich. „Wie denkst du darüber? Falls ihr Mordpläne schmiedet, muss ich euch enttäuschen – meine Lebensversicherung hab ich letztes Jahr gekündigt."

„Und ich weiß zufällig, was du verdienst. Wundert mich schon lange, wovon du jeden Monat so viel Unterhalt bezahlst." Ina schnappte nach Luft. „Aber mach dir bloß keine Hoffnungen: Das soll von meiner Seite kein Freischein werden."

Eine Weile waren nur die Fahrgeräusche zu hören. Hinter Wallsbüll setzte Jörn den Blinker nach links und zog auf halsbrecherische Weise an einem LKW vorbei. Bei diesem Manöver ging es vielleicht nicht um Leben und Tod, doch er musste denkbar knapp wieder einscheren, um einem entgegenkommenden Laster auszuweichen.

„Wäre schön, wenn wir Dagebüll einigermaßen heil erreichen. Falls wir da mit leeren Händen wegfahren, können wir ja noch mal überlegen, ob du beim nächsten Mal einfach draufhältst", kommentierte Ina trocken.

„Ich kann mir so viel Unterhalt auf Dauer nicht leisten", kehrte Jörn zum ursprünglichen Thema zurück. „Während ich wie ein Mönch dahinvegetiere, erlauben sich Heike und Dini …"

„Wolltest du nicht sowieso zum Fischer umschulen?"

„Jetzt hör mal auf! Du weißt ganz genau, was ich meine. Vielleicht sagst du mir endlich mal, wie du die Sache siehst."

„Heike meinte, du willst noch mal mit deinen Eltern reden. Oder hat sich das schon wieder erledigt?"

„Natürlich rede ich mit ihnen. Aber ich kann mir lebhaft vorstellen, was sie sagen. Schließlich behandelt Dini ihre Großeltern seit Jahren wie Luft."

„Tun sie in dem Alter doch alle. Das ist nicht mehr die Generation, die ihre Ferien bei Oma und Opa verbringt und denen fleißig im Gemüsegarten hilft. Wir müssen uns damit abfinden, dass wir alle nur noch …"

„… peinlich sind? Herzlichen Dank!"

27

„Ich war ewig nicht mehr in Dagebüll", sagte Ina, als sie das Ortsschild passierten. „Früher sind wir bei Sturmflut hergefahren und haben uns die riesigen Brecher aus der Nähe angeschaut. Manchmal war der ganze Anleger überflutet. Wenn du rechtzeitig kommst, kannst du im Hotel hinterm Deich hocken und zusehen, wie rundherum die Welt untergeht."

„Das will ich doch nicht hoffen", protestierte Jörn lachend. Kurz darauf hatten sie schon fast wieder das Ende der kleinen Ortschaft erreicht. Er setzte den Blinker nach rechts und steuerte zielsicher auf das Gelände der Spedition Matthies.

„*Google Maps* sei Dank!", schwärmte er. Hinter dem breiten Tor musste er allerdings gleich eine Vollbremsung hinlegen, um wiederum eine Kollision mit einem LKW zu verhindern. „Donnerwetter! Mitten in der Woche und der Hof steht voll." Jörn schaute zur Seite, suchte vermutlich nach Bestätigung. „Müssten die Dinger nicht alle auf der Straße unterwegs sein und Geld verdienen?"

Ina nickte nachdenklich und nahm dabei eine ganze Reihe von Sattelzügen in Augenschein. Selbst aus einiger Entfernung und ohne besondere Fachkenntnisse war erkennbar, dass die Matthies-Flotte schon länger nur herumstand.

„Hast du mal beim Finanzamt nachgefragt, wie der Herr Spediteur finanziell so dasteht?", erkundigte sich Jörn.

„Wollte ich heute Morgen eigentlich noch machen – vor unserem Aufbruch. Irgendwas hat mich wohl davon abgehalten."

Natürlich kannte Jörn den Grund, verkniff sich aber bewusst jeden Kommentar. Er war froh, dass sich das Thema Karsten Bruhn vorerst erledigt hatte.

„Das dort hinten muss das Büro sein", sagte Ina und zeigte auf einen flachen Bürocontainer, hinter dessen Fenstern Licht brannte.

Vor dem Aussteigen fragte Jörn: „Wie wollen wir vorgehen? Guter Bulle – böser Bulle?"

„Welcher von beiden willst du sein?"

Jörn überlegte einen Moment. „Glaubst du nicht auch, dass ich eher so der typische nette Kerl von nebenan bin?"

„Bis vor ein paar Tagen hätte ich mich allein über die Frage totgelacht. Aber von mir aus: Spiel du ruhig den Netten – ich kann gut ein bisschen Dampf ablassen."

Keine Minute später standen die Ermittler in einem Bürocontainer. Von vorne war gar nicht erkennbar gewesen, dass es sich hier um ein doppeltes, ziemlich geräumiges Exemplar handelte. Das Mobiliar sah allerdings billig aus und war spärlich gesät. An der einen Seite standen ein paar Schränke und Regale, gegenüber, vor einem breiten Fenster, war eine Sitzgruppe zu finden, die nur wenig einladend wirkte.

Hinter einem von zwei hoffnungslos überladenen Schreibtischen saß ein Mann, der telefonierte. Wobei die Bezeichnung *Mann* irgendwie nicht passte. Vielmehr konnte man reinen Gewissens von einem Walross sprechen, das die Umschulung vom Fischfänger zum Schreibtischtäter erfolgreich hinter sich gebracht hatte.

Während dieses Walross in den Hörer grunzte – es ging dem Inhalt nach um eine Fracht, die ihren Empfänger nicht termingerecht erreicht hatte –, musterte es seine unerwarteten Besucher skeptisch.

Jörn flüsterte: „Der Typ sieht uns so komisch an. Sehen wir etwa aus, als kämen wir von der Steuerfahndung?"

Ina schaute an ihrem Kollegen rauf und runter, kam aber nicht mehr dazu, ihr Voting zu präsentieren, denn ein paar Meter weiter war das Telefonat beendet. In aller Seelenruhe kritzelte das Walross noch eine Notiz auf einen kleinen Zettel und hob erst dann seinen Kopf. Dabei gerieten ein Hals und ein überdimensionaler Schnauzbart auf seltsame Weise in Bewegung. „Ja, bitte?"

Jörn hatte längst seinen Dienstausweis gezückt und hob ihn der Form halber hoch. „Mein Name ist Appel, das ist meine Kollegin, Frau Drews. Wir sind von der Kripo aus Flensburg ... Mordkommission. Herr Matthies?"

Die erste Antwort war ein Nicken, das erneut alles oberhalb der Schultern in Wallung brachte. Aber auch die Lippen unter dem riesigen Schnauzbart öffneten sich. „Ich hab euch schon viel früher erwartet."

Bevor Ina reagierte, rief sie sich ihre Rolle als böser Bulle in Erinnerung, die sie schließlich akzeptiert hatte. Entsprechend frostig klang ihre Stimme. „Damit wir uns gleich richtig verstehen, Herr Matthies: Das Duzen verkneifen Sie sich lieber! Und wir kommen erst heute zu Ihnen, weil uns Ihre Mannschaft eine ganze Weile an der Nase herumgeführt hat."

„Inwiefern?", erkundigte sich das Aushilfswalross.

„Na ja ... zuerst wird die Leiche von Peter Nissen gefunden. Ihre Leute wissen angeblich von nichts und als Nächstes schlägt man Ihren Kapitän beinahe krankenhausreif. Wollen Sie behaupten, das wäre alles Zufall?"

Jörn mischte sich im Tonfall des netten Bullen ein: „Wenn wir herausfinden sollen, wer Ihren Mitarbeiter auf dem Gewissen hat, sind wir auch auf Ihre Hilfe angewiesen. Oder haben Sie etwa kein Interesse daran, dass wir den oder die Täter finden."

„Doch, hab ich. Aber deshalb weiß ich noch lange nicht, wie ich euch ... also ... wie ich Ihnen helfen kann." Ein Statement, bei dem unüberhörbare Ablehnung mitschwang. „Piet hat für mich gearbeitet, ja … aber auch nicht mehr. Und wenn überhaupt, dann bin ich ein- oder zweimal im Jahr in Flensburg. Hab auch noch 'n paar andere Sachen zu tun."

Ina stand inzwischen am Fenster des Bürocontainers und schaute hinaus auf den Hof. „Womit wir beim Thema wären: Wieso stehen denn Ihre Lastwagen alle nur hier rum?"

„Weil ich sie nur noch fahren lasse, wenn sich damit Geld verdienen lässt. Oder haben Sie auf dem Dach vielleicht ein Schild gesehen, auf dem *Geldwechselstube* steht?"

„Weshalb sind Sie eigentlich so unfreundlich?", fragte Jörn mit hartnäckiger Höflichkeit. „Wir bitten Sie doch nur darum, mit uns zu kooperieren. Ohne Ihr Dazutun könnte es noch lange dauern, bis wir …"

Ihrer Rolle entsprechend unterbrach Ina in wütendem Ton: „Mein Kollege hat heute Morgen versucht, Kapitän Christensen einen Besuch abzustatten. Können Sie uns sagen, wo der geblieben ist?"

„Sie haben doch selbst gesagt, dass er der Kapitän ist. Wo soll er also sein, wenn nicht an Bord der *Lütje Deern*?"

„Ich glaube, so kommen wir nicht weiter." Erneut Jörn, dem anzuhören war, wie viel Mühe ihm die Rolle des guten Bullen bereitete. „Sollten Sie als Chef nicht wenigstens wissen, wo sich Ihre Mitarbeiter befinden und ob es ihnen gut geht? Gerade nach so einer Sache?"

„Ich bin doch nicht deren Kindermädchen", knurrte Matthies. „Und wenn nichts weiter ist, würde ich gerne wieder arbeiten."

Ina war bereits auf dem Weg zur Tür, blieb jedoch abrupt stehen und wirbelte herum. „Da wäre nur noch eine Sache", begann sie in Columbo-Manier, allerdings ohne Trenchcoat. „Uns liegen mehrere Zeugenaussagen vor, in denen es heißt, ihr Fischkutter würde schon länger nur noch für Schmuggelfahrten nach Dänemark genutzt. Können Sie uns dazu was sagen?"

„Ich weiß nicht mal, was mit ›Schmuggelfahrten‹ gemeint ist", kam es kaltschnäuzig zurück.

„Dann versuchen wir es vielleicht auf andere Weise", mischte sich Jörn ein. Den Tonfall des guten Bullen hatte er endgültig aufgegeben. „Können Sie uns Unterlagen zeigen, aus denen hervorgeht, dass Ihre Firma tatsächlich mit Fisch handelt? Quittungen, Rechnungen … irgendwas, das Hand und Fuß hat?"

Wieder ein Kopfschütteln, das erneut alles in Bewegung brachte. Walross Matthies hatte seine Stimme kaum mehr im Griff. „Sämtliche Papiere gehen einmal im Monat an meinen Steuerberater raus. Der sitzt in Heide … am besten fragen Sie da mal nach."

„Worauf Sie sich verlassen können", erwiderte Ina.

Doch diese Drohung änderte nichts an Matthies' Abwehrhaltung. Ganz im Gegenteil. „Ist das jetzt endlich alles oder will einer von euch am Monatsende den Lohn für meine Fahrer überweisen?"

Offensichtlich nicht, denn eine halbe Minute später standen die beiden Ermittler vor dem Bürocontainer. Jörn kam als Erster zu einem Ergebnis: „Was für ein Arschloch!"

Ina stand direkt neben ihm und sog die frische Seeluft geräuschvoll durch die Nase ein. Es machte kurz den Anschein, als wolle sie eine Schwärmerei loswerden, doch es kam ganz anders: „Wenn ich zurück im Büro bin, hock ich mich an deinen Computer und zerleg den Blödmann in Einzelteile. Falls der auch nur einen schwachen Punkt hat, finde ich den, versprochen. Bin gespannt, was er dann sagt."

„Vielleicht musst du ja gar nicht so lange warten."

„Und warum nicht?", fragte Ina verwundert.

Jörn zeigte auf ein halbes Dutzend Müllcontainer, die sich hinter einer Halle, bestimmt der betriebseigenen Werkstatt, aneinanderreihten. Einer der Container hatte einen blauen Deckel, es gehörte also Papiermüll hinein.

„In Bochum hatten wir vor Jahren einen Mordfall, bei dem wir nur aus dem Altpapier alles haarklein rekonstruieren konnten. Die Frau hatte ein Verhältnis, und ihr Lover hat den Ehemann kaltgemacht. Die Lösung kam aus der Mülltonne, falls du verstehst."

Ina warf einen vielsagenden Blick über die Schulter. „Dann steh ich Schmiere und du kletterst in den Container. Einverstanden?"

„Hab ich 'ne Wahl?"

„Nö." Ina lächelte verschmitzt. „Ist nicht lange her, da hast du dich selbst als netten Typen von nebenan beschrieben. Wer sowas von sich sagt, sieht doch keiner Frau dabei zu, wie die in einem Müllcontainer rumwühlt, oder?"

Jörn schaute an sich herunter. „Ist dir mal aufgefallen, dass ich immer noch die Klamotten von gestern trage?"

„Ich hätte normalerweise nichts gesagt ..." Ina tat, als würde sie in die Luft schnuppern. „... wenn ich mich nicht irre, sind das auch die von vorgestern. Stimmt's?"

„Bis heute hab ich noch aus der Tasche gelebt", gab Jörn unverhohlen zu. „Aber daran ändert sich bald was, kannst dich drauf verlassen."

„Und was heißt das jetzt in Sachen Container?", wollte Ina wissen. Wenigstens verkniff sie sich ein Grinsen.

„Dass es wahrscheinlich keinen großen Unterschied mehr macht. Oder siehst du das anders?"

Ina beließ es bei einem Kopfschütteln.

„Dann pass bloß auf, dass der Typ nicht rausgerollt kommt, während ich den Müllmann spiele."

28

Für Akono fing der neue Tag kaum besser an, als der alte aufgehört hatte. Nach einem Frühstück, das aus hartem Brot und einer undefinierbaren Dauerwurst bestand, wurden die Männer in den Kuhstall gejagt, wo sie beim Ausmisten helfen mussten.

Der unfreundliche Kerl, der nur Dänisch sprach, brüllte unentwegt und fuchtelte mit seiner Mistgabel herum. Akono hatte Angst vor ihm und den drei stählernen Zinken, die sich im Falle eines Falles auch mühelos in Fleisch bohren würden. Nur Bayo – ein wahrer Riese, schwarz wie eine mondlose Winternacht – tat, als würde ihn das Ganze kaum interessieren.

Plötzlich stand ihm der Däne gegenüber, die Mistgabel drohend erhoben. Dennoch kam es einem so vor, als stünde hier der Kampf zwischen dem weißen David und dem kohlrabenschwarzen Goliath bevor. Doch es blieb bei Drohgebärden. Danach galt das Interesse aller wieder dem Kuhmist, den sie neben dem Förderband zu einem Berg aufgeschichtet hatten.

Während er schaufelte und schaufelte, wanderten Akonos Gedanken zurück zu dieser Nacht auf dem Fischkutter. Die Situation dort war nicht weniger absurd gewesen. Sie hatten kaum abgelegt, als plötzlich einer der Seeleute in den Frachtraum getorkelt kam. Ein Typ wie ein Bär – mit dunklem Vollbart –, der sich nur mit Mühe auf den Beinen halten konnte. Trotzdem reichte es für eine Art Fleischbeschau. Jeder Einzelne bekam einen Blick ab. Der letzte und obendrein lüsterne galt Lisha. Kein Wunder. Schließlich konnte man ihre Schönheit durchaus als atemberaubend beschreiben. Ihr Gesicht glich einem Kunstwerk. Mit riesigen Augen, wohlgeformten Lippen und kaffeebraunen Haaren, die ihr Antlitz umrahmten. Außerdem ein schlanker, beinahe zerbrechlich wirkender Körper, mit dem sie auf jedem Laufsteg für Aufsehen gesorgt hätte.

Doch dieser Laderaum war kein Laufsteg und der Bär in Menschengestalt kein Modedesigner auf der Suche nach seinem nächsten Topmodel. Unter seinem Vollbart fing er unvermittelt zu grunzen an. Inzwischen hatte wohl auch der Letzte verstanden, worum es hier ging. Als der Typ dann nach vorne torkelte und sich Handgreiflichkeiten ankündigten, gingen Bayo und ein zweiter schwarzer Riese schützend dazwischen. Nach kurzem Gebrüll flogen Fäuste. Der Seemann war kein Kind von Traurigkeit, hatte zweifellos einige Erfahrungen mit Boxkämpfen in betrunkenem Zustand. Nichtsdestotrotz rangen Bayo und sein Verbündeter ihren Gegner nieder. Und sie wollten ihm gerade die finale Abreibung verpassen, da platzte ein weiterer Seemann herein. Bewaffnet!

Die Mündung einer schussbereiten Pistole sorgte schnell für neue Machtverhältnisse. Weitgehend unbehelligt rappelte sich der angetrunkene Bär mit dem Bart auf, schnappte nach Lisha, als sei sie eine Puppe und schob sie grob vor sich her. Gleich darauf krachte die stählerne Luke zum Frachtraum ins Schloss und wurde von außen sofort verriegelt.

Zurück blieben Halbdunkel, Fischgestank und zwei Dutzend verängstigter Gestalten.

Irgendwann schauten alle Akono an, der mit sich selbst und seinen Sorgen eigentlich mehr als genug zu tun hatte. Eine Frau, die gegenüber auf einem Haufen Fischernetze kauerte, presste sich ihren Säugling derart fest an die Brust, dass er zu wimmern anfing. „Was tun die ihr an?", fragte sie.

Akono hätte am liebsten geschwiegen. Allein der Umstand, dass ihn alle anstarrten, sorgte augenblicklich für Magenschmerzen. Nicht zum ersten Mal wünschte er sich, nur einer von vielen zu sein. Einer, der kein Englisch oder Deutsch verstand und in einer Gruppe von Schwarzen einfach mit der Masse verschmolz.

„Die werden sie hart rannehmen", kam ihm Bayo in seiner Muttersprache zuvor. Wobei unklar war, was er von diesem Umstand hielt.

„Woher willst du das wissen?", giftete Akono in seine Richtung. „Vielleicht ..." Er verstummte.

„Was?", wollte es Bayo genauer wissen.

„Keine Ahnung."

Die Frau gegenüber fing zu schluchzen an, eine zweite fiel mit ein. Bayo wollte noch etwas sagen, doch Akono hielt ihn mit einem wütenden Blick davon ab. Manchmal hatte es eben auch Vorteile, zumindest der Rädelsführer zu sein.

***

„Was klebt denn da außen an der Tüte?", fragte Ina und verzog angewidert das Gesicht. Diese besagte Tüte stand im Fußraum zwischen ihren Beinen, vollgestopft mit Papieren.

„Ist doch egal. Hauptsache, es war nicht alles umsonst." Jörn war auf der Suche nach etwas Brauchbarem zeitweise komplett im Container verschwunden. Irgendwann – mittlerweile sichtbar genervt – war er mit seiner Beute wieder herausgeklettert. Wie der Zufall es wollte, steuerte ein Paketbote seinen Sprinter beinahe zeitgleich auf den Hof der Spedition. Den Ermittlern blieb also genug Zeit, um unbemerkt die Flucht in Richtung Auto anzutreten. Jörn saß kaum auf dem Fahrersitz, da lief auch schon der Motor. Nach etwa einem halben Kilometer bog er auf einen Feldweg ab, wo man die Beute genauer in Augenschein nehmen wollte.

Damit war Ina längst beschäftigt. Sie hielt ein Schriftstück in der Hand und entfaltete es aufgrund einiger Kaffeeflecken vorsichtig. „Dann wollen wir mal schauen, ob sich deine Umschulung zum Müllmann wenigstens gelohnt hat."

„Ich hab einfach alles eingesackt, was irgendwie offiziell aussah." Jörn schaute mürrisch. „Es ist 'ne Unverschämtheit, was manche Leute in den Papiermüll werfen. Da war ein Karton mit …"

„Viel zu viele Details!", wiegelte Ina lachend ab. „Ich hab hier 'ne Mahnung von der Versicherung. Die wollen irgendwelche Sicherungsscheine widerrufen. Weißt du, was das bedeutet?"

„Sowas verlangen Finanzierer, damit sie bei einem Unfall einigermaßen auf der sicheren Seite sind. Wenn die Versicherung solche Zusagen widerruft, werden die Fahrzeuge in der Regel zeitnah beschlagnahmt."

„Also kann sich Matthies bald endgültig von seinen LKWs verabschieden."

„Sieht so aus."

Während Ina weitere Schriftstücke inspizierte, langte auch Jörn für einen eigenen Stapel in die Tüte. „Pfui Deibel!", fluchte er und war bemüht, etwas Braunes und darüber hinaus Schmieriges am Rand der Tüte abzuwischen. „Vielleicht war die Idee doch nicht so gut."

Ina war in ein Schreiben vertieft und reagierte erst, nachdem sie es bis zum Ende gelesen hatte. „Das hier ist interessant: Der Matthies lebt in Scheidung." Sie wedelte mit der einzelnen, ebenfalls befleckten Seite direkt vor Jörns Gesicht.

„Das reicht!", protestierte er. „Sag mir nur, was drin steht!"

„Seine Frau hat einen vollstreckbaren Unterhaltstitel und hier schreibt ihr Anwalt, dass Matthies mit drei Zahlungen im Rückstand ist."

Jörn nickte gedankenversunken, hatte aber auch einen Einwand parat: „Wenn er tatsächlich der Kopf einer Schmugglerbande ist, dann müsste er doch eigentlich genug Kohle haben. Wieso …?"

„Ich hab schon Leute erlebt, die jeden Monat Millionen gescheffelt haben und trotzdem reichte es nicht. Kommt immer auf den Lebensstil drauf an."

„Steht da zufällig auch der Name seiner Frau?"

„Name und Adresse!", sagte Ina mit zufriedenem Grinsen. „Außerdem haben wir zur Abwechslung mal Glück: Die Gute wohnt auch hier in Dagebüll."

Jörn drehte den Zündschlüssel, sein rechter Zeigefinger hing über dem Bildschirm der Navigation. „Wo gehts hin?"

„Das finden wir ohne Hilfe, fahr einfach los! Viele Straßen gibts hier ja nicht."

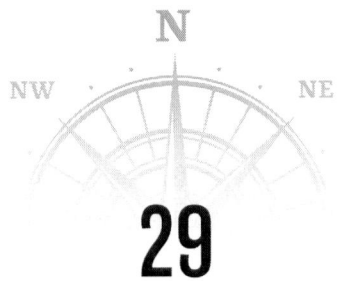

29

„Die Bullen waren gerade hier." Hans-Werner Matthies stand am Fenster seines Bürocontainers und schaute auf den Hof hinaus. „Hast du verstanden? Die haben mich jetzt auch auf ihrem Radar."

„Heißt das, die Tour heute Nacht fällt flach?"

„Natürlich nicht! Ich hab die erste Hälfte vom Geld schon bekommen und wenn du deinen Job vernünftig machst, geben sie dir heute Nacht die zweite – in bar, wie immer."

„Lass mich raten: Ich soll mich hinterher gleich auf den Weg machen und dir die Kohle bringen?"

Matthies schickte ein genervtes Stöhnen vorweg. „Der Anwalt von meiner Alten sitzt mir im Nacken. Wird höchste Zeit, dass ich dem was in den Rachen werfe."

„Du hättest lieber auf mich hören sollen", kam es vom anderen Ende lachend zurück. „Eure Scheidung hätte ich in fünf Minuten durchgezogen – ohne Probleme und ohne Unterhalt."

„Und was wäre dann aus meinen Kindern geworden?"

Schweigen auf der anderen Seite.

Also fuhr Matthies fort: „Erinnerst du dich noch an unseren Plan B?"

„Logo!"

„Aber das bleibt unter uns. Den anderen erzählst du, dass alles wie gewohnt läuft!"

„Wann soll denn das Treffen mit den Kunden stattfinden?"

„Ich hab unseren Dänen gesagt, dass sie zwischen zwölf und eins an der üblichen Stelle sein sollen. Also bau bloß keinen Scheiß! Und noch was …"

„Ja?"

„Der LKW aus Rotterdam macht sich morgen auf den Weg. Dreißig Schwarze … das wird erst mal unsere letzte Tour."

Am anderen Ende der Leitung herrschte eine Weile Funkstille. Matthies glaubte bereits, die Verbindung sei abgerissen, da kam doch noch eine Frage: „Hat es wegen der letzten Ladung eigentlich irgendwelche Nachfragen oder Probleme gegeben?"

„Wovon redest du?"

„Ist schon gut … ich kümmer mich heut Abend um alles. Verlass dich drauf!"

Matthies grunzte zufrieden. „Und denk dran: Plan B! Ist wichtig!"

„Ich denk ab sofort an nichts anderes, Chef."

***

Das Kennenlernen zwischen den beiden Ermittlern und Beata Matthies verlief ein wenig holprig. Die Frau, eine – wie sich inzwischen herausgestellt hatte – gebürtige Polin aus der Nähe von Warschau hielt Ina und Jörn anfangs für Mitarbeiter ihres Noch-Ehemannes. Die erste Reaktion waren also Misstrauen und offene Ablehnung. Doch zwei Dienstausweise und der Hinweis auf ein Gewaltverbrechen, in das Hans-Werner Matthies womöglich verstrickt war, reichten, um die Fronten zu klären.

Wenig später saß man gemeinsam in der Küche einer geräumigen Dreizimmerwohnung. Durch das kleine Fenster konnte man einen Blick auf die Nordsee erhaschen. Die machte bei einsetzender

Ebbe einen eher zahmen Eindruck und würde wohl erst zum späten Nachmittag hin wieder temperamentvoller in Erscheinung treten.

Um das Gespräch gleich von Beginn an in die richtige Richtung zu lenken, fischte Ina das mit Kaffeeflecken übersäte Schreiben aus ihrer Jackentasche und breitete es auf dem Küchentisch aus. „Wir haben das hier im Papiermüll Ihres Mannes gefunden. Dort steht, dass Sie ihn auf Unterhalt verklagt und inzwischen einen Titel haben. Zahlt er immer noch nicht?"

„Angeblich hat er nichts!", kam es wütend und mit deutlich hörbarem polnischen Akzent zurück. „Der Gerichtsvollzieher meinte, ich soll mir erst mal keine Hoffnungen machen." Das Ergebnis war ein Anflug von Verzweiflung. „Ich weiß überhaupt nicht, wie ich die Miete hier bezahlen und wovon ich einkaufen soll."

„Wissen Sie denn, wo das ganze Geld bleibt?", mischte sich Jörn ein. An ihm hatte Beata Matthies offensichtlich Gefallen gefunden. Von Zeit zu Zeit klimperte die eindeutig gefärbte Blondine mit ihren künstlichen Wimpern, ein klares Anzeichen für munter sprudelnde Hormone.

„Hans-Werner macht gerne auf *Großer Mann von Welt* ... und wenn er mal nicht pokert, dann säuft er und trifft sich fast jeden Abend mit irgendwelchen Nutten."

Ina hätte sich beinahe an ihrem Kaffee verschluckt. Diese Bezeichnung für Frauen im horizontalen Gewerbe war an und für sich nicht ungewöhnlich, aber derart drastisch und obendrein hasserfüllt hatte sie die aus dem Munde einer Frau nie zuvor gehört. Weil es jedoch zunächst bei diesem vernichtenden Fazit blieb, wurde es Zeit für die nächste Frage: „Inwieweit sind Sie denn über die Geschäfte Ihres Noch-Ehemannes informiert?"

Die Antwort war lediglich ein Schulterzucken, das Jörn nachhaken ließ. „Wir wissen, dass Ihr Mann eine Spedition betreibt und dass er Eigentümer eines Fischkutters ist."

„Die *Lütje Deern*." Eine Ergänzung, die mit polnischem Akzent seltsam klang. Sofort herrschte wieder Schweigen.

Ina überlegte, ob sie etwas über die vermeintlichen Geschehnisse an Bord des Kutters verraten sollte, entschied sich aber nach einem Blickwechsel mit Jörn vorerst dagegen. Um den Druck ein wenig zu erhöhen, probierte sie es auf andere Weise: „In dem Schriftstück steht was von fast viertausend Euro monatlich für Sie und die Kinder. Das ist 'ne ganze Menge. Anhand welcher Zahlen hat denn Ihr Anwalt den monatlichen Unterhaltsanspruch festgesetzt? „

„Da müssen Sie ihn fragen."

Was Jörn wieder auf den Plan rief. „Wenn Sie erlauben, fasse ich mal kurz zusammen: Sie wissen nicht, womit Ihr Mann sein Geld verdient und auch nicht, wie viel. Ich fühle mich schon ein bisschen veräppelt, um es mal ganz vorsichtig auszudrücken."

Diese Bemerkung hinterließ im Gesicht von Beata Matthies deutliche Spuren.

Für Ina ein guter Grund, ihre letzte Zurückhaltung aufzugeben. Manchmal half eben nur ein Frontalangriff. „Dann wissen Sie also von den Schmuggelfahrten nach Dänemark?"

„Nichts Genaues", erklang es zögerlich.

„Haben Sie Ihrem Anwalt davon erzählt?", hakte dieses Mal Jörn nach.

„Er hat mit Hans-Werner geredet und ihm gedroht, zur Polizei zu gehen." Diese Information erfolgte zwar hörbar widerwillig, aber trotzdem ging es beinahe nahtlos weiter: „Mein Mann hat sich freiwillig auf die Summe eingelassen und versprochen, dass er regelmäßig zahlt."

Ina hatte staubtrocken etwas hinzuzufügen: „Dann wissen wir jetzt auch, was seine Versprechungen wert sind. Wie sind Sie denn mit Ihrem Anwalt verblieben?"

„Ich weiß nur, dass er meinem Mann die Pistole auf die Brust gesetzt hat. Hans-Werner hat geschworen, dass er spätestens nächste Woche alles bezahlt."

„Hat er auch gesagt, wovon?", bohrte Jörn.

Beata Matthies schwieg beharrlich.

„Als Mitwisserin müssen Sie sich im Klaren sein, dass Ihnen strafrechtliche Konsequenzen drohen. Sie sollten uns alles sagen, denn erst dann können wir auch etwas für Sie tun."

„Heißt das, ich muss nicht ins Gefängnis?"

Ina übernahm wieder: „Kein Richter auf der Welt steckt 'ne Mutter von drei Kindern für sowas ins Gefängnis. Falls Sie also in kein Kapitalverbrechen verwickelt sind, kümmern wir uns schon darum, dass Sie mit 'nem blauen Auge davonkommen. Wie sieht's aus? Sind wir im Geschäft?"

„Kann ich das schriftlich bekommen?"

Diese Frage im typischen Hollywood-Slang sorgte auf Seiten beider Ermittler für einen Anflug von Heiterkeit. Seine Antwort musste Jörn an einem Lachen vorbeipressen: „Wir sind doch hier nicht im Fernsehen, Frau Matthies! Am besten vertrauen Sie uns einfach und fangen an …"

30

Der Kuhstall war mittlerweile ausgemistet, auf dem Hof zwischen den Ställen hatten die Frauen für Ordnung gesorgt. Nachdem Akono seinen Schlafplatz erreicht hatte, ließ er sich dort gleich auf der schmutzigen Matratze nieder. Er roch an den Ärmeln seiner einzigen Jacke. Ein furchtbarer Gestank. Einer von der Sorte, wie er ihn selbst als tagelanger Hüter einer dreißigköpfigen Ziegenherde niemals wahrgenommen hatte.

Bald würde es etwas zu essen geben. Das war auch gut so, denn Akonos Magen krampfte sich vor Hunger schon schmerzhaft zusammen. Diesen Umstand konnte er für einen Moment ausblenden, als die Frauen von der Arbeit zurückkehrten. Als letzte betrat Lisha den Backsteinbau mit hängenden Schultern. Akono fand ihren Blick und versuchte es mit einem Lächeln. Erfolglos. Vielmehr schien es, als hätte ihr der zurückliegende halbe Tag auch noch den allerletzten Rest jeder vorhandenen Energie geraubt. Sie landete neben ihm auf ihrer eigenen Matratze und schmiegte sich sofort an seine Seite. Ein stummer Hilferuf, wie er kläglicher nicht sein konnte.

Und wie gern hätte Akono es verhindert, doch seine Gedanken wanderten wie von allein zurück auf einen Kutter und zu einem bestimmten Augenblick, den man reinen Gewissens als Beginn des Grauens bezeichnen durfte: Die beiden Kerle hatten Lisha schon vor einiger Zeit aus dem Frachtraum entführt und es brauchte nicht viel Fantasie, um zu wissen, was sie mit ihr anstellen würden. Ihre Gefährten diskutierten immer hitziger über das weitere Vorgehen. Während der riesige Bayo sich endlich zur Wehr setzen wollte, mahnte Akono unverändert zu Besonnenheit. Diese Auseinandersetzung wurde zunehmend hitziger, als plötzlich die stählerne Luke zum Frachtraum krachend geöffnet wurde. Als Erste kam Lisha beinahe hereingeflogen. Sie stolperte mehrfach, fiel zu Boden und rappelte sich mit letzter Kraft wieder auf. In der hintersten Ecke plumpste sie auf einen Haufen mit Fischernetzen und blieb dort regungslos liegen. Sie schluchzte herzzerreißend, stöhnte vor Schmerzen.

Einer der Seeleute trat herein. Diesen Mann hatte Akono bisher noch nicht zu Gesicht bekommen. Ein zweiter folgte – ein alter Bekannter mit Vollbart. Dem Torkeln nach war er sogar noch betrunkener als eine halbe Stunde zuvor. Hinten hing sein Hemd aus der Hose, vorne stand der Reißverschluss offen.

„Na, was ist mit euch los?", begann er lallend und ließ seinen Blick durch die Runde wandern. Einzig Lisha ignorierte er. „Hat einer von euch 'n Problem?"

„Lass die Bande in Ruhe und komm einfach!", grummelte der erste Seemann. „Falls der Alte spitzkriegt, was hier unten abgeht, gibts garantiert was an die Ohren. Du weißt doch, was er von Selbstbedienung hält."

Akono brauchte einen Moment, um den Sinn dieser Worte zu verstehen. Auch bei diesem Mann stand der Hosenstall offen. Nicht mal die eindeutigen Spuren einer soeben stattgefundenen Vergewaltigung hatte er zu beseitigen versucht. Akono lief ein eiskalter Schauer über den Rücken. In seiner Heimat Nigeria waren sexuelle Übergriffe auf hilflose Frauen traurige Tagesordnung. Dort nahmen sich viele Männer einfach, was sie wollten. Andere lachten darüber und machten es somit noch mehr zur Bagatelle. Polizisten waren bestechlich, Richter genauso. Wenn es überhaupt zu einem Verfahren kam, dann endete das in der Regel ohne Urteil. Bisher hatte Akono zu wissen geglaubt, dass hier in Europa alles anders war. *Hoffentlich!*

Unter Deck gab es einen neuen Hoffnungsschimmer: Die beiden Seeleute hatten sich umgedreht und machten Anstalten, den Frachtraum ohne weiteren Streit zu verlassen. Eine unverhoffte Deeskalation, die Akono aufatmen ließ.

Bis Bayo etwas herausrutschte. Eine Beschimpfung in seiner Landessprache, die man wohl am ehesten mit ›Euch Scheißkerle soll der Teufel holen!‹ übersetzen konnte.

Die zwei Kerle hatten sicherlich kein Wort verstanden, aber die Art und Weise und der Tonfall machten die genaue Bedeutung auch überflüssig. Der Trunkenbold drehte sich langsam um, zog eine Pistole aus dem Hosenbund und richtete deren Mündung direkt auf Bayos Kopf. „Na … was sagst du jetzt, du scheiß Bimbo? Haste Schiss?"

Bimbo, das wusste Akono, war eine ganz üble Bezeichnung für seinesgleichen. Seit Beginn seiner Reise hatte er es vermutlich tausendmal gehört, was es allerdings nicht besser machte. Seeleute, Hafenarbeiter – wenn man so wollte –, eigentlich jeder, der an der Flucht und dem Transport beteiligt war, nutzte diese Beleidigung in unerfreulicher Regelmäßigkeit. Höchstens abgelöst von weiteren Schimpfworten, die wahrscheinlich keinen Deut harmloser waren.

Neuer Streit lag in der Luft. Die Stimme des Bärtigen klang böse. „Du kommst jetzt schön artig mit, sonst schieß ich dir gleich hier und jetzt 'n hübsches Loch in deine schwarze Birne. Haste kapiert?"

Bayo warf Akono einen fragenden Blick zu. Doch der wusste so schnell nichts zu sagen, zuckte deshalb nur mit den Schultern. Und ungeachtet dessen: Wie könnte denn jemand die Hand, die immer heftiger mit der Pistole herumfuchtelte, missverstehen?

„Dein Kumpel kommt auch mit!", blaffte der Trunkenbold Bayo an.

Akono erstarrte schon vor Schreck. Doch dann – und er musste zugeben: zutiefst erleichtert –, merkte er, dass diese Aufforderung nicht ihm, sondern Bayos Freund galt. Dem, der ihm bei der handgreiflichen Auseinandersetzung, an deren Ende Lisha quasi entführt wurde, geholfen hatte. Um den kümmerte sich der andere Seemann bereits und schob ihn auf brutale Weise vor sich her. Eine weitere schussbereite Pistole sorgte für zusätzlichen Nachdruck.

Bayo stand ebenfalls. Als ihm die beiden Seeleute für einen kurzen Moment den Rücken zudrehten, schnappte er sich einen seiner Landsleute, riss ihn grob vom Boden hoch und verpasste ihm einen Tritt. Der arme Kerl wusste gar nicht, wie ihm geschah. Er kollidierte mit dem Seemann vor sich und wurde zum Dank gepackt. Nach einem weiteren Tritt landete er vor der Luke zum Frachtraum. Dort fluchte und tobte er wie von Sinnen, zeigte dabei immer wieder auf Bayo, dessen Gesicht aussah, als wäre er sich überhaupt keiner Schuld bewusst.

Und es half ohnehin nichts. Die Luke fiel krachend zu, was im Frachtraum für bleierne Verzweiflung sorgte. Die Frau mit dem Säugling weinte leise vor sich hin und schniefte von Zeit zu Zeit. Eine andere sah Akono mit riesigen Augen an. Was er darin las, machte ihm Angst … schreckliche Angst. Kurz darauf waren über ihren Köpfen an Deck schwere Schritte zu hören. Stimmen mischten sich hinzu. Dort oben wurde um die Wette gestritten und gebrüllt.

Dann wurde es für einen Moment still. Unter Deck machte sich schon Hoffnung breit, als ein weiteres, noch viel lauteres Poltern erklang. Etwas klatschte hörbar ins Wasser, und es dauerte nicht lange, bis sich dieses Geräusch wiederholte.

Im Frachtraum musste sich Bayo vorwurfsvolle Blicke gefallen lassen. Zwei der Männer brüllten ihn hemmungslos an, die Frauen musterten ihn angewidert.

Bayo schien das wenig zu interessieren, denn er grinste zufrieden. Derweil reifte in Akono eine traurige Gewissheit: Von nun an würde nichts mehr so sein, wie es war …

31

Beata Matthies war ihre Ratlosigkeit deutlich anzusehen. „Ich weiß gar nicht, wo genau ich anfangen soll."

„Vielleicht mit der Spedition Ihres Mannes", schlug Jörn vor. Klar war, dass weder er noch Ina zu früh etwas über ihren bisherigen Kenntnisstand preisgeben würden. „Wieso stehen die Lastwagen alle auf dem Hof rum?"

„Da läuft doch schon ewig nichts mehr. Hans-Werner hat sich mit so gut wie jedem Kunden überworfen. Ständig ging es um zu niedrige Frachtraten und dass es sich irgendwann nicht mehr gelohnt hat, überhaupt loszufahren."

„Das ist wohl ein allgemeines Problem", übernahm Ina. „Aber wenn die Spedition schon länger kein Geld mehr abgeworfen hat, wieso dann die ganzen LKWs? Geht es dabei um Geldwäsche?"

Jörn kam einer direkten Antwort zuvor: „Ich schätze mal, dass die Finanzierungsverträge noch länger laufen. Denk doch mal an die Geschichte mit den Sicherungsscheinen!"

„Ich weiß nur, dass sein zweites Geschäft wesentlich lukrativer war", fuhr Beata Matthies fort. „Manchmal kam Hans-Werner mit fünfzigtausend Euro nach Hause und wir wussten gar nicht, wohin mit dem ganzen Bargeld."

„Na … anscheinend ja doch." Ina warf einen Blick in Jörns Richtung. Der nickte ansatzweise, ein Freischein zum Weitermachen: „Uns interessiert in erster Linie, warum Peter Nissen sterben musste. Wir sind uns ziemlich sicher, dass sein Tod im Zusammenhang mit seiner Arbeit an Bord steht. Wissen Sie etwas darüber? Was genau hat man da von Deutschland nach Dänemark verfrachtet und wofür hat jemand so viel Geld bezahlt?"

„Ich weiß von haufenweise technischem Krempel. Computer, diese sündhaft teuren Fernseher und …"

Ina wurde ungeduldig. „Haben Sie auch mal was von Medikamenten gehört oder Drogen? Ich glaube nämlich nicht, dass man so viel Geld mit Fernsehern oder Computern verdient. Die muss man ja auch kaufen, bevor man sie wieder verkaufen kann."

„Das meiste kommt wohl aus China und wird irgendwie am Zoll vorbeigeschleust. In Containern mit doppelten Wänden und Zwischenböden. Sämtliche LKWs von Hans-Werner sind dafür präpariert."

„Ich kann's gar nicht glauben", konstatierte Jörn, als Beata Matthies vorläufig schwieg. „Da denkt man immer, hier in Deutschland wäre alles so perfekt organisiert und das Verbrechen hätte kaum 'ne Chance. Wie ist sowas nur möglich?"

Allein für diese Frage musste er sich gleich zwei skeptische Blicke gefallen lassen. Ina wollte etwas erwidern, doch Frau Matthies kam ihr mit leuchtenden Augen zuvor. Offensichtlich hatte sie ihre Zurückhaltung endgültig über Bord geworfen. Genauso klang sie auch. „Sie wissen ja noch gar nicht, womit die am meisten Geld verdienen …"

„Womit denn?", fragte Jörn scheinheilig. Schließlich hatte er eine genaue Vorstellung von dem, was nun folgen würde.

„Die schmuggeln Flüchtlinge rüber nach Dänemark. Ich weiß nicht besonders viel darüber, aber angeblich kommen jede Woche hunderte in Rotterdam an."

„›In Rotterdam‹„" wiederholte Ina. „Und wie kommen die dann nach Deutschland ... oder von mir aus auch nach Dänemark?"

„Früher hat Hans-Werner seine eigenen Fahrer losgeschickt."

„Die Geschichte mit den doppelten Böden?"

Eifriges Nicken auf der anderen Tischseite. „Inzwischen ist es wohl billiger, wenn er alles von polnischen Subunternehmern fahren lässt. Aber fragen Sie mich bitte nicht, wie das funktioniert."

Ina mimte Erstaunen. Sie spielte ihre Rolle so gut, dass sie beinahe fassungslos aussah. „Können Sie uns sagen, wie häufig solche Transporte stattgefunden haben?"

„Soweit ich weiß, fast jede Woche."

„Und wissen Sie auch, ob die heute immer noch stattfinden?"

Kopfschütteln. „Ich bin vor 'nem Dreivierteljahr ausgezogen. Seitdem bekomme ich davon nichts mehr mit. Zum Glück!"

Während Ina über diese Antwort nachdachte, übernahm Jörn. „Kennen Sie Per Christensen, den Kapitän der *Lütje Deern*?"

„Natürlich! Hans-Werner und er waren früher mal gut befreundet. Wir haben ihn auch in Dänemark besucht, bei seiner Familie. Per ist der Patenonkel von unserem Jüngsten."

Ina wurde hellhörig. „Uns liegt nur seine Adresse in Flensburg vor, aber dort macht niemand auf. Erinnern Sie sich zufällig, wo seine Familie in Dänemark lebt?"

„Klar! Wir waren ein paarmal dort. Pers Schwester Jette ist ein einmaliger Mensch – da fällt mir ein: Ich müsste sie unbedingt mal wieder anrufen."

„Könnten Sie das jetzt gleich erledigen und bei der Gelegenheit fragen, ob sie was von ihrem Bruder gehört hat oder vielleicht sogar weiß, wo er steckt?"

„Wieso sprechen Sie denn so gut Dänisch?", fragte Ina erstaunt, nachdem dieses Telefonat fünf Minuten später beendet war.

„Ich bin zunächst von Warschau nach Kopenhagen gezogen", erklärte Beata Matthies. „Ich war gerade erst mit dem Studium fertig. Der Job in Dänemark war einfach perfekt für mich und obendrein noch gut bezahlt. Dabei hab ich übrigens auch Hans-Werner kennen gelernt. Er ist einige Jahre für meinen damaligen Chef gefahren – zu der Zeit hat es sich noch gelohnt."

In Ina wuchs die Ungeduld. Ihre Finger kribbelten. „Ich hab mitbekommen, dass Sie mit der Schwester von Herrn Christensen über dessen Verbleib reden konnten."

„Jette wollte am Anfang nicht richtig mit der Wahrheit rausrücken. Also hab ich ihr erzählt, dass hier zwei Kommissare sitzen, die ihren Bruder dringend sprechen müssen."

„Und?", drängelte dieses Mal Jörn.

„Er ist bei ihr. Für mich hörte es sich so an, als müsste sie ihn pflegen, weil es ihn wohl ziemlich übel erwischt hat. Gehirnerschütterung, seine Nase ist gebrochen und …"

„Aber er lebt und kann reden!", hakte Ina aufgeregt ein. Bis vor einer Minute hätte sie keinen Cent auf das Leben von Kapitän Christensen gewettet. „Können Sie uns bitte die Adresse geben?"

Beata Matthies nickte. Nachdem sie einen Zettel gefunden hatte, kritzelte sie eine Weile darauf herum und lieferte währenddessen schon mal eine ganz brauchbare Wegbeschreibung: „Hinter der Grenze halten Sie sich immer Richtung Sonderburg. Wenn Sie über die Egernsund-Brücke sind, ist Broager gleich die zweite Ortschaft. Jette und ihr Mann Ole haben dort einen großen Bauernhof, nicht weit vom Wasser entfernt."

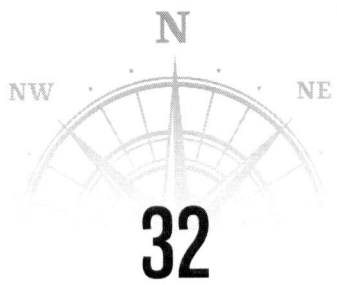

32

„Mein Navi meint, wir sollen von hier einfach nach Norden fahren und den Grenzübergang bei Süderlügum benutzen. Der heißt wohl Böglum."

Ina schüttelte energisch den Kopf. Sie war hauptsächlich mit ihrem Handy beschäftigt. Schließlich erwartete sie dringend einen Rückruf. Aber noch war es ja nicht so weit, also konnte sie Jörn auch antworten: „Falls du Böglum nimmst, können wir hinterher ewig lange durch Dänemark schleichen. Da gilt *80* außerhalb geschlossener Ortschaften. Am besten fährst du zurück nach Flensburg, dann haben wir mindestens drei Grenzübergänge zur Verfügung. Nachmittags sollte überall wenig los sein."

Jörn wollte schon etwas erwidern, doch Inas Handy verhinderte das. Sie nahm das Gespräch an und hörte eine ganze Weile einfach nur zu. Nach einem „Danke!" zum Abschied landete ihr Telefon in der Mittelkonsole. Ein erleichtertes Ausatmen bewies, dass sich ihre vorherige Anspannung plötzlich in Luft aufgelöst hatte.

„Und?", fragte Jörn knapp.

„Die Kollegen der Zollfahndung rücken heute noch aus und

knöpfen sich Hans-Werner Matthies und seine Spedition nach allen Regeln der Kunst vor."

„Dann sollte der sich lieber warm anziehen." Bevor Jörn fortfuhr, bog er ziemlich rasant von der B5 auf die B199 Richtung Flensburg ab. Dabei geriet sein Golf in bedrohliche Schräglage. „Wenn du mich fragst, war das Gespräch mit seiner Frau eben der Durchbruch."

„Bei deinem Fahrstil werden wir allerdings keine Gelegenheit mehr bekommen, den zu feiern. Davon abgesehen würde ich noch lange nicht von einem Durchbruch reden."

„Wieso nicht? Fest steht doch, dass wir mit unserer Vermutung von Anfang an richtig lagen. Inzwischen gehts nicht nur um Hightech und Medikamente, sondern definitiv auch um Menschenschmuggel. Das reicht locker, um …"

„… lieber noch abzuwarten, bis klar ist, was das alles mit Peter Nissens Tod zu tun hat", beendete Ina den Satz. „Willst du die Arbeit vom Zoll erledigen und hinterher gibts höchstens 'nen Arschtritt von Karsten?"

Eine Weile waren lediglich die Fahrgeräusche zu hören. Hinter der Ortschaft Leck unternahm Jörn einen neuen Anlauf: „Nehmen wir mal an, Peter Nissen wusste über alles Bescheid, was an Bord der *Lütje Deern* so passiert. Folglich hängt sein Tod doch hundertprozentig damit zusammen. Vielleicht hat er sich mit seinen Kumpanen überworfen, mit Matthies, seinem Kapitän oder … was weiß ich denn?"

„Oder es gab Streit mit den Kunden auf dänischer Seite", überlegte Ina laut. „Das sind viel zu viele Unbekannte. Aber zu deiner Beruhigung: Ich bin ansonsten ganz deiner Meinung. Wir müssen nur noch die Zusammenhänge herausfinden, Beweise eintüten und den Fall möglichst schnell abschließen."

„Das klingt plötzlich so einfach."

„Und ich wünschte, es wäre auch so."

Letztendlich fiel die Wahl auf den Grenzübergang Kupfermühle. Hier sind auf beiden Seiten der Grenze zahlreiche Supermärkte zu finden. Während sich immer mehr Dänen auf deutscher Seite mit den Dingen des alltäglichen Bedarfs eindecken, statten ihnen viele Deutsche einen Gegenbesuch ab, um im kleinen Örtchen Krusau typisch dänische Waren zu kaufen. Beispielsweise Kerzen, Tee oder Original-Zutaten für Hot Dogs.

„Was ich dir jetzt sage, glaubst du mir nicht", nuschelte Jörn, nachdem sie die Grenze passiert hatten. „Ich war noch nie in meinem Leben in Dänemark."

„Dann wird's aber langsam Zeit." Ina dachte kurz nach. „Nicht mal früher, als du regelmäßig meine Schwester in Flensburg besucht und sie geschwängert hast?"

„Geht das wieder los, ja?"

Ina winkte lachend ab. „Da vorne musst du rechts raus und anschließend einfach geradeaus."

„Ich hab noch mal nachgedacht", fing Jörn nach dem Abbiegen von Neuem an. „Zuerst muss Peter Nissen dran glauben, als Nächstes erwischt es Kapitän Christensen ziemlich übel. Ich bin mir sicher, dass es an Bord einen erbitterten Streit gab, der halt blutig endete. Oder besser gesagt: tödlich!"

„Dann muss das aber ein anderer Peter Nissen gewesen sein, der seine Mutter morgens gegen halb sieben angerufen hat und jede Minute mit Kaffee vorbeikommen wollte."

Jörn klang ein wenig ernüchtert. „Irgendwas oder irgendjemand muss ihn gehindert haben ... und das könnte ebenso gut auf dem Kutter passiert sein."

„Wo sich alle einig sind, dass er den am Samstagmorgen putzmunter verlassen hat. Also, wenn es tatsächlich Zoff an Bord gab, wieso dann plötzlich diese Einigkeit?"

Auf diesem Einwand kaute Jörn eine Weile herum, ließ jedoch nicht locker. „Weil sie alle unter einer Decke stecken", schlug er vor. „Was ist denn, wenn es Querelen gab, Peter Nissen sich eingemischt hat und ...?"

„Das ist mir zu abenteuerlich", schnitt ihm Ina das Wort ab.

„Ja – kann sein, dass du recht hast. Außerdem wäre da noch die

Nachricht an Monika Kaufmann, mit diesen Koordinaten mitten auf der Förde."

„Hast du dich darum eigentlich schon gekümmert?"

„Inwiefern? Soll ich ein paar Berufstaucher alarmieren und hinterher stellt sich alles als nächste Ente heraus? Manchmal beschleicht mich das ungute Gefühl, Karsten wartet nur auf so 'ne Schlappe, um mir eins auszuwischen."

„Er hat doch vorgeschlagen, für Verstärkung zu sorgen. Vielleicht meint er es wirklich gut mit uns und will ..."

Ina drehte sich zur Seite, funkelte Jörn wütend an. „Fällst du mir jetzt auch noch in den Rücken?"

Die Antwort war lediglich ein Kopfschütteln. Danach herrschte zwischen den beiden lange Zeit Funkstille. Kurz vor der Egernsund-Brücke wagte Jörn einen neuen Anfang: „Bruhn wollte doch wissen, wie's läuft. Was willst du ihm eigentlich erzählen?"

„Kommt drauf an, was uns der Christensen verrät."

„Falls er überhaupt mit uns redet. Bisher war er ja nicht sonderlich kooperativ."

Ina ging einen Moment in sich. „Nimmt man es genau, sind wir doch inoffiziell unterwegs. Und dass wir dem Bauernhof seiner Schwester einen Besuch abstatten, kann uns niemand verbieten."

„Klärst du mich bitte auf, was das nun wieder bedeuten soll? Hast du vor, die Schweine und Hühner zu füttern? Willst du Christensen damit beeindrucken?"

„Erst mal will ich sehen, wie er so drauf ist. Hörte sich so an, als würde es ihm nicht besonders gut gehen – notfalls erhöhen wir den Druck eben so lange, bis er freiwillig mit allem rausrückt."

„Denkst du da an Waterboarding oder bevorzugst du Elektroschocks?"

„Wenn's sein muss, beides."

33

„Du musst verrückt geworden sein, Jette! Was soll ich der Polizei denn erzählen?" Per Christensen schnaubte vor Wut. Er richtete sich mühevoll in seinem Krankenbett auf und verzog schmerzerfüllt das Gesicht. „Sollten sie die Wahrheit herausfinden, lande ich im Knast. Hast du das nicht verstanden?"

Durchaus, wie die Miene seiner Schwester verriet. Doch dieser Umstand schien sie nicht sonderlich zu beeindrucken. „Als du gestern Abend vor unserer Tür gestanden hast, waren deine Augen blutunterlaufen, deine Lippen blau und du warst kreidebleich. Wäre unser Hausarzt nicht gekommen, wärst du vielleicht schon tot."

„Ich hab für Hans-Werner jahrelang die Drecksarbeit erledigt. Hältst du es für fair, dass ich jetzt auch noch alles ausbaden darf?"

„Ich verstehe das gar nicht", flüsterte Jette und schüttelte den Kopf. „Früher wart ihr ein Herz und eine Seele."

„Sicher … solange alles störungsfrei lief. Aber seitdem alle Bescheid wissen und jeder immer gieriger wird, gibts eigentlich nur noch Probleme."

Jette wollte etwas sagen, doch Motorengeräusche, die vom Hof her durch das zur Hälfte geöffnete Fenster drangen, hielten sie

kurzerhand ab. Es war zu hören, wie sich nacheinander zwei Autotüren öffneten und wieder zuschlugen.

„Das sind sie wahrscheinlich", stöhnte Christensen und ließ sich
auf sein Krankenlager fallen. „Wenn du nicht irgendwas tust, um
sie loszuwerden, dann tragen die mich in Handschellen hier raus.
Außerdem mach ich mir Sorgen um euch."

„Um uns?" Jettes Stirn lag in Falten. „Ole und ich haben mit dem
Ganzen doch nichts zu tun."

Per Christensen nickte zwar, dahinter verbargen sich jedoch zag-
hafte Bedenken, zu denen er schwieg. Vielleicht besser so.

***

„Wie's aussieht, gehts den Bauern in Dänemark gar nicht mal
so schlecht", stellte Jörn unmittelbar nach dem Aussteigen fest. Er
stand neben seinem Golf und warf einen bewundernden Blick in
die Runde. „Solche Hallen musst du mal einem bei uns zeigen.
Dem fallen glatt die Augen aus dem Kopf. Guck dir allein das
Wohnhaus an!" Die Rede war von einem ziemlich modernen Bun-
galow aus massiven gelben Backsteinen und teilweise bodentiefen
Fenstern. Daran schloss sich rechts ein großer Geräteschuppen
und links eine ebenso beeindruckende Doppelgarage an. „Ham-
mer, oder?"

Ina war noch mit den beinahe endlosen Weiden rundherum beschäftigt, die erst am Ufer der Förde ihr Ende fanden. Bei einsetzender Dämmerung verschmolz das tagsüber satte Frühlingsgrün nahtlos mit dem Dunkelblau des Wassers. „Fast könnte man denken,
dass Dänemark nur aus Bauernhöfen und Wiesen besteht", lautete
ihr Ergebnis. „Das Wetter ist auch anders und dann das Licht ...
als Kind hab ich irgendwo hier in der Umgebung Ferien auf dem
Bauernhof gemacht."

„Aha!"

„Ich mag die Dänen einfach", schwärmte Ina weiter. Unverkennbar, dass sie sich auf einer gedanklichen Reise in die Vergangenheit

befand. „Die sind alle so freundlich und … jedenfalls gelassener und viel cooler als wir Deutschen."

„Erinnerst du dich auch noch, weshalb wir hier sind? Wir sollten langsam mal mit unserem Fall weiterko…"

„Es muss doch einen guten Grund haben, dass die Dänen regelmäßig zum glücklichsten Völkchen weltweit gewählt werden."

Jörn setzte sich in Bewegung. „Ich halte nichts vom Pauschalisieren", knurrte er. „Ohne Frage gibt es viele nette Dänen. Aber bei uns findest du ja auch nicht nur Gestresste oder Idioten."

Ina wollte etwas anmerken, sparte sich jedoch ihren Kommentar, denn ein Stück vor ihnen öffnete sich die Tür zum Wohnhaus der Familie. Eine Frau von Mitte vierzig eilte den beiden Ermittlern entgegen. Die fing schon auf ihrem Weg in typisch dänischem Akzent an. Eine sprachliche Besonderheit, bei der das ›S‹ immer betont wird. „Sie sind bestimmt von der Polizei, richtig?"

Jörn ließ Taten sprechen und hielt brav seinen Dienstausweis hoch. Ina tat es ihm gleich und fragte: „Sind Sie Jette?"

Die nickte und lächelte. Nur ihre nächsten Worte passten irgendwie nicht dazu: „Per meint, ich soll Sie wieder wegschicken. Er ist stinksauer."

Eine Feststellung, die sekundenlang in der Luft hing. Ina wollte nicht gleich zum Thema kommen, deshalb probierte sie es mit einem Ausweichmanöver. Sie zeigte nacheinander auf die verschiedenen Gebäude und Hallen. „Nach Landwirtschaft sieht es hier bei Ihnen aber nicht aus."

„Lohnt sich alles nicht mehr. Mein Mann Ole hat sämtliche Ställe und Hallen vermietet. Da hinten liegen Teile für Windräder und im früheren Kuhstall überwintern Wohnwagen und Segelboote. Ist viel lukrativer."

„Sie sprechen aber gut Deutsch", stellte Jörn bewundernd fest. „Liegt das nur an unserem Fernsehprogramm oder …?"

„Ich hab fast fünfzehn Jahre in Flensburg gewohnt. Zurück bin ich nur, weil mein Mann den Hof geerbt hat."

Diese Vorlage für fortlaufenden Smalltalk kam Ina ganz gelegen. „Gibt es in der Nähe einen Bauern, der Schöning heißt? Könnte auch Schönung gewesen sein. Ich hab irgendwo hier vor etlichen Jahren Ferien gemacht."

Jette musste nicht lange überlegen. „Mein Mann heißt Ole Schöning. Seinen Brüdern Christer und Lasse gehören alle Weiden westlich von uns. Sein Vater Johan hat vor seinem Tod …"

„Ist schon gut", unterbrach Ina und entschuldigte sich lächelnd dafür. „Vielleicht erzählen Sie uns doch lieber, warum Ihr Bruder – wie haben Sie es genannt? – ›stinksauer‹ ist."

Zunächst hatte Jette noch eine Frage: „Dürfen Sie Per einfach mitnehmen? Ich meine … nach Deutschland?"

Jörn übernahm spontan. „Wir sind inoffiziell hier. Alles Weitere müssten wir im Falle eines Falles erst mal prüfen."

„Fürs Erste möchten wir nur mit Ihrem Bruder reden", fügte Ina hinzu. Sie versuchte es unverändert mit Freundlichkeit. „Danach wissen wir, ob er sich überhaupt Sorgen machen muss."

Jette nickte. Sie wollte schon losmarschieren, als ein riesiger Rottweiler durch die Haustür gestürmt kam, direkt in Richtung der Ermittler.

Während Ina zur Salzsäule erstarrte, beugte sich Jörn bereits nach vorne, um den Hund zu begrüßen. Er schaute zur Seite. „Hast du etwa Angst?"

„Das ist unser Ben", erklärte Jette kichernd. „Er hat bis eben in der Küche geschlafen. Ist wahrscheinlich gerade erst aufgewacht."

Nach und nach entspannte sich Ina ein wenig. Jörn kraulte den Rottweiler mit wachsender Begeisterung und hatte zudem einen spöttischen Kommentar für seine Kollegin parat: „Ich weiß gar nicht, was du hast. Der ist doch ganz gelassen – wie alle Dänen."

„Du kannst mich mal!", zischte Ina und folgte Jette auf dem Weg zur Haustür.

Jörn holte sie auf halber Strecke ein. Der Rottweiler lief in die entgegengesetzte Richtung, wollte wohl in den Hallen und Ställen nach dem Rechten sehen. „Hast du echt Angst vor Hunden? Der ist doch total lieb. Wenn du nachher wieder Schmiere stehst, kann er in meinen Kofferraum springen und ich nehm ihn mit nach Flensburg. Ich liebe Rottis."

„Du bist ja auch nicht von einem seiner Brüder gebissen worden", hielt Ina tonlos gegen. „Am besten sagst du mir gleich noch irgendwas von ›der will doch nur spielen‹."

„Soll das etwa heißen, du bist im Dienst …?"

„War einer meiner letzten Fälle in Kiel. Ein Mann hatte seine Frau beim Frühstück erschlagen. Die Streifenkollegen, die als erste vor Ort waren, meinten, in ihrer Tasse hätte der Kaffee noch gedampft. Sie lag mit dem Kopf auf dem Tisch und hatte es schon hinter sich."

„Und wer hat dich gebissen? Der Mann?" Jörn musste über sich selbst lachen.

„Die hatten so eine Art Gästezimmer. Ich wollte mich nur 'n bisschen umsehen, mache nichts ahnend die Tür auf und das Ungeheuer von Loch Ness springt mich an."

„Ist das nicht 'ne Seeschlange oder sowas Ähnliches?"

„Dann war es eben der Hund von Baskerville … jedenfalls ein ausgewachsener Rottweiler. Macht das einen Unterschied?"

„Wo hat er dich denn erwischt?"

Ina blieb stehen. Die Haustür, durch die Jette längst im Inneren des Bungalows verschwunden war, lag nur noch ein paar Meter entfernt. „An einer Stelle, die du nie zu Gesicht bekommen wirst."

„Dann war es wahrscheinlich dein Hintern."

„Ich konnte vier Wochen kaum sitzen."

Jörn schaffte es, sich ein Grinsen zu verkneifen und wechselte rasch das Thema. „Wir sollten uns endlich Kapitän Christensen vorknöpfen. Ich hoffe nämlich, dass wir hinterher um einiges schlauer sind."

„Hoffe ich auch." Ina wollte sich schon wieder in Bewegung setzen.

Doch Jörn hielt sie am Ärmel fest und klang plötzlich ganz anders. „Du musst keine Angst haben. Falls Ben zurückkommt, sorg ich dafür, dass er dich in Ruhe lässt. Ist versprochen!"

Ina schaute ihren Kollegen direkt an. Ihre zuvor todernste Miene verwandelte sich mehr und mehr in ein zaghaftes Lächeln. „Ich glaube, ich hab dich immer falsch eingeschätzt – dir möglicherweise sogar Unrecht getan."

„Vielleicht besprechen wir das lieber ein anderes Mal", erwiderte Jörn und zeigte zur Haustür. „Auf in den Kampf?"

„Auf in den Kampf!"

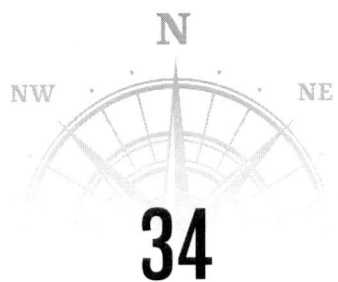

34

Horst Jansen war eine halbe Stunde oben an der Kaimauer auf und ab marschiert und hatte dabei ununterbrochen telefoniert. Als er an Bord der *Lütje Deern* zurückkehrte, wartete dort bereits Heino Wollesen und empfing ihn lachend mit der Feststellung: „Da ist ja unser neuer Kapitän."

„Hör bloß auf!", fauchte Jansen. „Glaubst du, ich hab mir den Job ausgesucht?"

Wolle schüttelte den Kopf. „Was hat Matthies gesagt? Du hast doch eben mit ihm geredet, oder?"

Die Antwort erfolgte nach Seemannsart, kurz und bündig: „Er sagt, wir sollen beim ursprünglichen Plan bleiben."

„Dat is doch Tünkrom!", schnauzte Wolle zurück.

Jansen versuchte, ihn zu beruhigen. „Wir haben nur noch zwei Fahrten vor uns. Wieso sollten uns die Bullen ausgerechnet dabei hopsnehmen?"

„Weil sie uns seit der Sache mit Piet auf dem Radar haben", erklärte Wolle in sauberem Hochdeutsch. „Was ist denn, wenn man uns heute Nacht anhält und auf den Kopf stellt? Darüber mal nachgedacht?"

„Dann schmeißen wir die Kisten eben über Bord – vorher!"
Wolle zeigte auf einige Exemplare, die sich an Deck stapelten.
„Was ist da überhaupt drin? Ich hab vorhin nur den Lieferschein
unterschrieben und …"

„Lass bloß die Finger davon! Und falls es dich beruhigt: Im Notfall gehen die unter wie Steine."

Einen Moment lang schien es, als hätte Wolle genug vom Disku-
tieren, doch ihn quälten offensichtlich weitere Bedenken. „Was ist
mit den Schwatten? Sind die auch aufm Weg?"

„Sollte es an der Grenze keine Probleme geben, wird das irgendwann diese Woche unsere letzte Fracht. Matthies hat versprochen,
dass er für jeden 'nen Tausender extra springen lässt, wenn alles
problemlos klappt."

„Wenn!", betonte Wolle und klang dabei, als würde er am liebsten
jeden einzelnen Buchstaben in Stein meißeln. „Falls uns die Bullen
schnappen, hilft uns die ganze Kohle auch nicht mehr."

Anstelle einer Antwort fischte Jansen ein Päckchen Filterlose
aus der Tasche, zündete eine mit seinem Zippo-Feuerzeug an und
hielt sie seinem Kollegen so lange entgegen, bis der widerwillig
zugriff.

„Meinst du, die Kippe ändert was daran?", höhnte Wolle.

Jansen lachte. „Natürlich nicht! Aber du und ich – wir haben
doch schon ganz andere Dinger zusammen gedreht. Hast du plötzlich Schiss oder was ist mit dir los?"

„Ich frag mich, was wirklich mit Piet passiert ist. Du hast doch
auch gesehen, wie er hier putzmunter von Bord marschiert ist. Oder
etwa nicht?"

„Klar hab ich … und?"

„Du glaubst doch nicht ernsthaft an das Märchen, dass er dann
irgendwo zufällig dem Falschen übern Weg gelaufen ist und der ihn
einfach so, ohne Grund kaltgemacht hat? Ausgerechnet einen wie
Piet?"

„Was soll ich denn sonst glauben?", entgegnete Jansen gleichgül-
tig. Er hatte sich inzwischen selbst eine Filterlose angezündet und

pustete deren Rauch in den stahlblauen Himmel. Flensburg erlebte einen der ersten Frühlingstage, jedoch mit einstelligen Temperaturen, wie sie im äußersten Norden Deutschlands für diese Jahreszeit noch völlig normal waren.

„Ich hab 'n Scheißgefühl", murmelte Wolle. „Was ist denn, wenn wir als Nächstes im Weg sind?"

„Wem im Weg sind?", wollte es Jansen genauer wissen.

„Tu doch nich so blöd! Verarschen kunn ick mi uk alleen."

***

Während draußen vor dem Haus geredet wurde, hatte sich Kapitän Per Christensen unter schlimmsten Schmerzen bis ins Wohnzimmer geschleppt. Dort saß er – gestützt durch zwei große Kissen – kerzengerade auf dem Sofa, die Beine in eine Wolldecke gehüllt. Seine Schwester rief nach ihm. Verständlich, hatte sie doch sein Bett im Gästezimmer verwaist vorgefunden.

„Per?", erklang es bereits zum dritten Mal.

Doch er gab erneut keine Antwort, hätte nicht mal sagen können, warum nicht. Gleich darauf war es für Höflichkeit oder einen Fluchtversuch ohnehin zu spät. Jette stand in der offenen Tür, flankiert von den beiden Polizisten.

Der Mann übernahm als Erster das Reden: „Appel und Drews, von der Kripo Flensburg, nur zur Erinnerung. Wie geht es Ihnen, Herr Christensen?"

Der Kapitän beließ es bei einem Nicken. Für alles andere reichte wohl auch sein Aussehen. An diesem Morgen hatte er beim Zähneputzen vor dem Spiegel gestanden und sich selbst kaum erkannt. Sein Gesicht leuchtete in sämtlichen Regenbogenfarben, seine Nase konnte es problemlos mit einer ausgewachsenen Kartoffel aufnehmen. Wenigstens waren seine Zähne heil geblieben. Gott sei Dank! Schließlich hatte er für diese strahlenden dritten Exemplare ein paar Monate zuvor ein Vermögen hingeblättert.

„Dürfen wir uns setzen?" Die Frage kam von diesem Appel, dem man anhörte, dass seine Freundlichkeit nur als Mittel zum Zweck diente.

Also nickte Christensen wiederum wortlos.

Nachdem alle saßen, ergriff die Frau, deren Namen er längst wieder vergessen hatte, das Wort. „Ich glaube, wir können mit dem Versteckspiel aufhören. Wie Sie wahrscheinlich schon wissen, haben wir heute Ihrem Chef und dessen Ex-Frau einen Besuch abgestattet. Wir konnten kaum glauben, was dabei herausgekommen ist."

„Was denn?", fragte Christensen, um gleichgültigen Ton bemüht. Er war nicht unter schlimmsten Schmerzen ins Wohnzimmer umgezogen, um dort zu kapitulieren. Ganz im Gegenteil: Er hatte vor, standhaft zu bleiben.

Dieser Appel machte mit aufgesetztem Grinsen weiter: „Zum Beispiel, dass Sie und Ihre Mannschaft seit Jahren Schmuggelfahrten über die Förde unternehmen und neuerdings auch Flüchtlinge transportieren. Ein lukratives Geschäft, wie's scheint."

Christensen beließ es bei einem Schulterzucken.

„Ihre Schwester hat uns vorhin gefragt, ob wir Sie einfach so mitnehmen können", fuhr die Frau nahtlos fort. „Und ich will ehrlich sein: Das können wir nicht. Aber schweigen Sie weiterhin beharrlich, dann kostet es mich nur einen Anruf bei meinen dänischen Kollegen und Sie hocken spätestens heute Abend hinter Gittern. Oder denken Sie etwa, man hat auf dieser Seite der Grenze kein Interesse daran, wer den hiesigen Fiskus jedes Jahr wahrscheinlich um Millionen prellt?"

Diese Frage sorgte lediglich für ein weiteres Schulterzucken.

„Das ist Ihre letzte Chance!", fauchte die Frau.

Und auch dieser Appel hatte noch etwas hinzuzufügen: „Reden Sie, Herr Christensen! Ansonsten können wir definitiv nichts mehr für Sie tun."

35

Die Suppe war am heutigen Abend noch dünner als sonst. Akono hatte seine Blechschüssel nur zur Hälfte geleert und den Rest an Bayo abgetreten. Der konnte eigentlich immer essen und stürzte sich auf Akonos Rest, als wäre es seine erste Mahlzeit seit Wochen.

Normalerweise tauchte der Vorarbeiter schon auf, während sie noch aßen. Um Druck zu machen. Immerhin brauchten die Kühe zur Nacht hin frisches Wasser und Stroh. Die riesigen Tanks, in denen die Milch gesammelt wurde, mussten gereinigt werden. Die Frauen würden im Hühnerstall nach Eiern suchen. Aber an diesem Abend war alles anders. Selbst Nilaja, eine schon etwas ältere Frau, die sich mit jedem Löffel endlos Zeit ließ, war lange fertig, als der Vorarbeiter den Backsteinbau betrat. In Begleitung. Links und rechts von ihm bauten sich zwei Männer auf, die Akono und dessen Gefährten neugierig beäugten. Gerade so, als sähen sie zum ersten Mal schwarze Menschen.

Es fand ein Gespräch auf Dänisch statt, von dem Akono kein einziges Wort verstand. Dennoch! Die Gesichter der beiden Unbekannten wirkten freundlich und selbst der sonst so griesgrämige Vorarbeiter kämpfte von Zeit zu Zeit mit einem Lächeln. Vermutlich zum ersten Mal in seinem Leben. Nur das Ende dieser Unterhaltung passte nicht zur allgemeinen Stimmung: Nacheinander zeigten die Fremden auf drei Frauen und drei Männer, wohl eine Art Auswahlprozess. Der unter anderem Bayo betraf, dem sie besondere Aufmerksamkeit widmeten. Gestenreich forderte man die Auserwählten zum Gehen auf. Bisher jedoch erfolglos.

Wie immer schauten alle Akono erwartungsvoll an. Der wandte sich an einen der beiden Unbekannten und versuchte es mit seinen überschaubaren Deutschkenntnissen: „Was los sein?"

Der Mann lächelte schon wieder, antwortete auch auf Deutsch: „Es wird langsam Zeit, euch zu verteilen."

„›Verteilen‹?" Akono wusste zwar mehr oder weniger, was dieses Wort bedeutete, brachte es jedoch in erster Linie mit Essen in Verbindung.

„Ihr bleibt doch nicht auf Dauer hier", mischte sich der zweite Unbekannte ebenso freundlich ein. „Die drei Frauen kommen nach Aarhus, die Männer bis ganz oben in den Norden, nach Skagen. Dort warten Arbeit, ein gerechter Lohn und saubere Betten auf sie."

Bayo fragte bereits, also übersetzte Akono bereitwillig für alle. Er konnte sich vorstellen, wie das zukünftige Dasein seiner Gefährten aussehen würde: von früh bis spät schuften und als Gegenleistung etwas zu essen, ein Dach überm Kopf und ein bisschen Taschengeld. Billige Arbeitskräfte, für die der Traum vom glücklichen Leben in der Fremde schnell ausgeträumt wäre. *Aber wie sollte er das seinen Landsleuten halbwegs positiv verkaufen?*

Nachdem er mit der Übersetzung fertig war, nickten die Frauen. Sie schienen von diesen Zukunftsaussichten, denen er ein paar vielversprechende Details hinzugedichtet hatte, sogar ganz begeistert zu sein. Zwei der Männer fielen mit ein, außer Bayo. Der reagierte zunächst überhaupt nicht.

Als ihm einer der Fremden die Hand entgegenstreckte, um ihm beim Aufstehen zu helfen, nahm er das Angebot zwar an, schlug die helfende Hand aber wütend weg, als er auf seinen Füßen stand. Der Vorarbeiter, der Bayo körperlich in keiner Weise ebenbürtig war, ließ es trotzdem auf eine Rangelei ankommen. Bevor Fäuste flogen, schafften es die zwei Fremden, die Streithähne voneinander zu trennen.

„Von mir aus kann er auch hierbleiben", bot einer der beiden keuchend an.

„Stay here!", brüllte Bayo. Zwei der wenigen englischen Vokabeln, die er sicher beherrschte.

Der Vorarbeiter setzte schon zum Brüllen an, doch der zweite Unbekannte hielt ihn zurück. „Lass ihn doch einfach! Wer will denn freiwillig mitkommen – egal, ob Mann oder Frau?", folgte eine Frage in die Runde.

Die vorübergehend für verwirrte Gesichter sorgte. Deshalb musste Akono wieder übersetzen. Als Lisha neben ihm die Hand hob und obendrein „Ich will" flüsterte, zuckte er regelrecht zusammen. In diesem Moment wurde ihm bewusst, wie sehr er sich an die junge Schönheit aus seinem Heimatland gewöhnt hatte. Selbstverständlich brauchte sie ständig Beistand und Hilfe, gerade wenn es um schwere körperliche Arbeiten ging. Auf der anderen Seite hatte er ihre Nähe liebgewonnen und sich manchmal sogar Hoffnungen gemacht ... worauf auch immer.

Um Lisha vom Gegenteil zu überzeugen, blieb keine Zeit. Nicht mal für einen gebührenden Abschied. Überhastet umarmte jeder jeden, gleichzeitig flossen allerseits Tränen. Zwei Minuten später hockte man nur noch zu siebt in dem Backsteinbau. Mit ihren Gefährten waren auch die drei Männer verschwunden. Aber bestimmt nicht lange, denn im Stall wartete reichlich Arbeit. Dort brüllten die Kühe lautstark um die Wette, waren wohl hungrig.

In Akono brodelte es. Er war wütend auf Lisha, auf sich selbst und auch auf Bayo, der seinen Zorn ungefiltert abbekam: „Was sollte das eben? Du hast schon auf dem Schiff alles kaputtgemacht!"

Trotz dieser harschen Ansage von Seiten eines Achtzehnjährigen blieb Bayo seltsam gelassen. Er lächelte sogar, als er ein Smartphone aus der Tasche seiner schmutzigen Jacke hervorholte.

„Woher hast du das?", wollte Akono sofort wissen. Doch dann erinnerte er sich an die Rangelei zwischen Bayo und dem Vorarbeiter. Dieser ungeplante Besitzwechsel stand zweifellos im Zusammenhang damit. Trotzdem wollte sich Akono vergewissern. „Was soll das? Wozu brauchst du ein Handy … und wen willst du überhaupt anrufen?"

Bayo beschränkte sich zunächst auf ein breites Grinsen. Die Antwort bekam Akono, bevor er nachsetzen konnte. Jedoch völlig anders, als er sich die vorgestellt hatte: „Heute Abend, spätestens morgen bin ich weg hier", flüsterte Bayo.

„Wie willst du das anstellen?"

„Spätestens morgen. Überleg schon mal, ob du mitwillst!"

„Und was ist mit den anderen?", fragte Akono nach einigem Zögern. Dazu zeigte er in die Runde. Die Gesichter seiner übrigen Gefährten verdeutlichten allerdings, dass sie längst Bescheid wussten. Bayo war in der Gruppe nie besonders beliebt gewesen. So gut es ging, machten alle einen großen Bogen um ihn, seit der Sache auf dem Kutter noch mehr. Hinzu kamen seine bärenhafte Statur und sein nicht gerade freundlicher Umgangston. Den stellte er gleich wieder auf unnachahmliche Art unter Beweis: „Nur du kommst mit … die anderen kann ich nicht gebrauchen."

36

In einem dänischen Wohnzimmer herrschte derweil Krisenstimmung. Was daran lag, dass Per Christensen unverändert schwieg. Ina räusperte sich ein bisschen zu laut, was Jette auf den Plan rief, in dänischer Sprache: „Fortæl dem alt, Per! Eller vil du stadig beskytte Hans-Werner?"

„Bitte bei Deutsch bleiben", bat Ina lächelnd und zeigte auf Jörn. „Sie müssen wissen: Er war noch nie zuvor in Dänemark."

„Was hat sie denn gesagt?" Jörns Miene wirkte leicht provokativ, als wollte er Ina mit der eingeforderten Übersetzung in Verlegenheit bringen.

Doch die konterte routiniert: „Sie hat ihren Bruder aufgefordert, uns alles zu sagen. Und sie hat ihn gefragt, ob er Hans-Werner Matthies immer noch um jeden Preis schützen will."

„Gibt es für diese Zurückhaltung einen besonderen Grund?", hakte Jörn nach.

Per Christensen antwortete nicht, weshalb seine Schwester übernahm: „Das sieht man doch! Sein ehemaliger Freund hat ihn zusammenschlagen lassen."

„Was ich allerdings nicht beweisen kann", ergänzte der frühere Kapitän der *Lütje Deern*. „Er war vorgestern an Bord, ja – hat mir auch gedroht."

„Und weiter?"

Christensen fuhr hörbar widerstrebend fort: „Wie's aussieht, wissen Sie ja ohnehin schon alles. Was wollen Sie jetzt noch von mir hören?"

„Wir fangen gerade erst an", stellte Ina mehr oder weniger belustigt fest. „Verraten Sie uns endlich, wer Peter Nissen umgebracht hat!"

„Das kann ich nicht."

„Oh, doch … das können Sie! Und glauben Sie mir: Sie werden!"

Auch diese Drohung von Inas Seite verpuffte. Also startete Jörn einen neuen Versuch. „Ich glaube, Sie sind sich über den Ernst der Lage nicht im Klaren, Herr Christensen. Für das, was Sie da jahrelang angerichtet haben, interessieren nicht nur wir uns, sondern auch unsere dänischen Kollegen. Und soweit ich weiß, verfahren die in solchen Fällen weitaus rigoroser."

„Wir suchen einen Mörder!", fügte Ina noch mal energisch hinzu.

„Vielleicht sollte ich das nicht sagen. Aber abgesehen vom Menschenschmuggel interessiert es mich nicht die Bohne, was für Geschäfte Sie und Ihre Mannschaft da gemacht haben. Ich will in erster Linie wissen, wer Peter Nissen getötet hat – und warum."

„Woher soll ich das denn wissen?", kam es wütend zurück.

„Tun Sie doch nicht so! Wollen Sie uns ernsthaft weismachen, dass Sie keine Ahnung haben, wer oder was dahintersteckt?"

Christensen tauschte einen kurzen Blick mit seiner Schwester. Auf Jettes Seite endete das mit zaghaftem Nicken.

Die Situation entspannte sich für einen Moment, weshalb Jörn entschlossen nachlegte. „Wir können Ihnen natürlich nichts versprechen, erst recht nicht, was Ihnen hier auf dänischer Seite blüht. Sollten wir aber mit Ihrer Hilfe einen Schritt vorankommen, legen wir gerne ein gutes Wort für Sie ein."

„Dafür braucht es aber einen verdammt großen Schritt nach vorne", betonte Ina. Unüberhörbar, dass sie von dem Versteckspiel genervt war. „Falls Sie uns noch länger an der Nase herumführen, verabschieden wir uns auf der Stelle und übergeben an unsere hiesigen Kollegen." Sie schnaubte vor Wut. „Sagen Sie uns endlich, was in der Nacht von Freitag auf Samstag passiert ist! Hatten Sie wieder Flüchtlinge an Bord?"

„Etwa zwei Dutzend, alle schwarz wie die Nacht", begann Christensen nach längerer Pause. „Unter Deck gab's Streit und …" Er zögerte. „… dieses Mal ist es wohl richtig zur Sache gegangen."

Jörn fragte gleich nach: „Wieso hört sich das so an, als wären Sie sich nicht ganz sicher?"

Christensen schwieg eisern.

Also lieferte ihm seine Schwester eine Vorlage. „Warst du wieder betrunken, Per?"

Unwilliges Nicken. Erstaunlicherweise ließ eine Rechtfertigung nicht allzu lange auf sich warten: „Meine sagenhafte Mannschaft kommt ganz gut ohne mich klar", murmelte der Kapitän. Zwischen seine Worte mischte sich Verbitterung. „In letzter Zeit gab's häufiger Stress an Bord. Irgendwann hab ich sie alle einfach machen lassen."

„Wie dürfen wir uns das vorstellen?", forschte Ina in eiskaltem Ton nach. „Wäre übrigens nett, wenn wir Ihnen nicht jeden Wurm einzeln aus der Nase ziehen müssten. Von großen Schritten kann ich nämlich bis hierhin noch nichts erkennen. Ihre Hoffnung auf Hilfe von unserer Seite erfüllt sich, sobald …"

Christensen holte bereits tief Luft. „Ich weiß nicht genau, was passiert ist – hab geschlafen und bin erst zum Ende hin wach geworden." Er räusperte sich geräuschvoll, was nicht half. Erst nach einem Schluck Kaffee ging es weiter: „Wie gesagt, ich bin nicht mal sicher, wer mit wem Streit hatte."

„Dann sagen Sie uns einfach, was Sie wissen", ermunterte ihn Jörn.

„Piet hat gegen Mitternacht an meine Kajüte geklopft. Wohl, weil er Schiss vor den anderen hatte … da war oben an Deck längst alles passiert. Er meinte, Jansen und Wolle hätten sich eins der schwarzen Mädchen vorgeknöpft."

„›Vorgeknöpft‹?“, wiederholte Ina angewidert. Schon allein ihr Tonfall machte jede weitere Erklärung überflüssig.

Christensen fuhr fort: „Zwei von den Bimbos hatten ein Problem damit und haben Ärger gemacht ...“

„Was ich gut verstehen kann“, schob Ina aufgebracht ein. „Wie konnten Sie als Kapitän nur zulassen, dass sich Ihre Leute an wehrlosen Menschen vergreifen? Was an Bord passiert, untersteht doch Ihrem Verantwortungsbereich – betrunken oder nicht.“

Jörn hatte auch noch etwas hinzuzufügen, ähnlich energisch: „Und mit Bezeichnungen wie ›Bimbos‹ halten Sie sich ab sofort lieber zurück!“

Schulterzucken auf Christensens Seite. Aber wenigstens sprach er weiter: „Wie gesagt, ich war nicht dabei. Piet meinte, Jansen und Wolle hätten die beiden – ist Schwarzen okay? – einfach über Bord geworfen. Mitten auf der Förde. Er hat versucht, sie daran zu hindern. Hat wohl nicht geklappt ...“

„Wäre es möglich, dass sich die beiden an Land retten konnten?“, fragte Ina mit Grabesstimme.

„Piet meinte, die wären wie Steine untergegangen. Also ... nein, eher nicht.“

Diese letzten Worte hingen eine Weile in der Luft und sorgten für gedrücktes Schweigen. Jörn fand als Erster seine Stimme wieder. „Dann haben wir es also nicht nur mit einem, sondern gleich mit drei Morden zu tun. Alle Achtung!“

„Und Sie haben wirklich nichts weiter mitbekommen?“, bohrte Ina. „Ich weiß nicht, ob ich es Ihnen erklären muss: Um Mörder zu überführen, brauchen wir Zeugen! Und der Einzige, der momentan infrage käme, ist ebenfalls tot.“

Erneut Schulterzucken. Mehr war aus Kapitän Christensen vorerst nicht herauszuholen. Kein Wunder, seine selbst verfasste Bankrotterklärung schien ihm ordentlich zuzusetzen.

Mit diesem Zwischenstand wollte sich Jörn nicht abfinden. „Auch auf die Gefahr hin, dass wir uns wiederholen: Sie sind sich so gut wie sicher, dass es in der Nacht von Freitag auf Samstag zwei weitere Tote gab. Ist das richtig?"

Christensen nickte.

„Peter Nissen war nicht einverstanden, hat versucht, es zu verhindern, aber … ja, was eigentlich?"

„Jansen und Wolle haben ihm gedroht. Deshalb kam er in meine Kajüte runter", offenbarte Christensen.

„Und Sie wissen mit Sicherheit, dass Herr Nissen am Samstagmorgen gesund und munter von Bord gestiegen ist?", mischte sich Ina ein.

„Hundertprozentig. Er hat mir sogar angeboten, mich mit nach Hause zu nehmen."

„Haben Sie keinen Führerschein?"

Per Christensen schwieg, also übernahm Jette die Antwort: „Den haben sie ihm vor zwei Monaten abgenommen. Mit viel Glück kriegt er ihn nächstes Jahr zurück."

Ihr Bruder hatte etwas hinzuzufügen: „Das Kapitänspatent durfte ich behalten, weil ich damit meinen Lebensunterhalt verdiene."

„Haben Sie mal über einen Entzug nachgedacht?", interessierte sich Jörn.

Ina kam einer eventuellen Reaktion mit wütender Stimme zuvor: „Sagen Sie uns lieber, wo die Flüchtlinge hier in Dänemark bleiben! Vorausgesetzt, die gehen nicht während der Fahrt über Bord."

Christensen warf seiner Schwester einen flüchtigen Blick zu und schüttelte den Kopf. „Keine Ahnung."

„Das kann nicht Ihr Ernst sein. Dann sagen Sie uns wenigstens, wo die Übergabe stattfindet!"

„Die Kunden kommen mit ihrem eigenen Kutter von der anderen Seite. Würden wir irgendwo anlegen, fällt das doch sofort auf."

„Also findet das alles irgendwo mitten auf dem Wasser statt?"

Christensen nickte, hatte aber auch noch etwas hinzuzufügen. „Ich bin mir ziemlich sicher, dass für heute Nacht 'ne weitere Tour geplant ist."

„Und woher wissen Sie das? Ist das wieder so ein Flüchtlingstransport?", fauchte Ina zurück.

„Nö ... da gehts um viel mehr!"

„Um mehr als Menschenleben?" Ina beließ es bei diesem Einwand und hörte einfach weiter zu.

„Ich glaube, es geht wieder um Medikamente – dieses Mal im richtig großen Stil. Davon redet Matthies schon seit Wochen." Per Christensen dachte einen Moment über seine nächsten Worte nach. „Ich weiß zufällig, dass er 'ne Menge Geld vorstrecken musste, weil ansonsten niemand liefern wollte. Die zweite Hälfte der Bezahlung ist erst bei Übergabe fällig, in bar."

„›In bar‹! Deshalb hat er es auch so eilig", schlussfolgerte Ina und warf Jörn einen vielsagenden Blick zu. Von jetzt an wussten die Ermittler um den Grund für Hans-Werner Matthies' Zuversicht in Sachen Zahlungsfähigkeit.

„Ich bin mir sicher, dass die Lieferung heute Nacht erfolgen muss", ging es von Christensens Seite weiter. „Fragen Sie mich nicht, warum, aber er ist gezwungen, sich an den Termin zu halten."

Jörn hatte etwas zu sagen, allerdings an Ina gewandt. „Ich würde vorschlagen, wir machen uns so schnell wie möglich auf den Weg nach Flensburg. Was meinst du?"

„Ich glaube nicht, dass die *Lütje Deern* noch im Hafen liegt", mischte sich deren ehemaliger Kapitän ein. „Wenn es erst mal dunkel ist, legen die sofort ab und fahren 'ne Weile kreuz und quer über die Förde. Das Umladen findet weiter draußen vor Kronsgaard statt und sowieso erst, wenn die Luft rein ist und keine anderen Schiffe in der Nähe sind." Christensen ließ sich seine eigenen Worte durch den Kopf gehen. „Am besten warten Sie im Hafen, bis ..."

„Das lassen Sie mal schön unsere Sorge sein", blaffte Ina dazwischen. „Und halten Sie sich bitte weiter zur Verfügung!"

„Was soll das heißen?"

„Dass Sie mindestens erreichbar sind. Ich hoffe, wir verstehen uns."

Nach dieser klaren Ansage erfolgte die Verabschiedung im Eiltempo. Keine Minute später war von Ina und Jörn nichts mehr zu sehen. Im Wohnzimmer machte sich Erleichterung, aber auch Ratlosigkeit breit. Als vor dem Haus Autotüren klappten und ein Motor ansprang, kam Jette leise zu einem Fazit: „Die hatten es aber plötzlich eilig."

„Und kommen sowieso zu spät", fügte Christensen hämisch hinzu. „Die brauchen ein Schiff und viel Glück, wenn sie die *Lütje Deern* auftun wollen."

„Weißt du wirklich nicht, wo die Flüchtlinge hier bei uns bleiben?" Damit war klar, dass Jette vor ein paar Minuten den Blick ihres Bruders richtig übersetzt hatte.

„Natürlich weiß ich, wo sie bleiben", schnauzte der zurück.

„Und ... willst du es mir auch verraten?"

„Nein, will ich nicht!"

37

„Das war ja endlich mal ein richtiger Schritt nach vorne", freute sich Jörn, während er Vollgas gab und das Hofgelände im üblichen Renntempo hinter sich ließ. „Bis wir in Flensburg sind, ist es stockfinster. Am besten forderst du sofort 'ne Streife an. Die Kollegen sollen mal nachschauen, ob der Kutter noch im Hafen liegt."

Ina wählte bereits. „Falls nicht, dann …"

„… nehmen wir das Angebot von Kapitän Amboss an und schnappen uns die Scheißkerle auf dem Wasser – samt Ladung."

Das Telefonat mit der Einsatzleitstelle war schnell erledigt. Ina ließ ihr Handy in den Schoß plumpsen und fiel gegen die Rückenlehne. „Wenn Karsten hört, dass wir es mit drei Leichen zu tun haben, dreht er bestimmt am Rad."

„Das Gelaber von Bruhn ist mir doch völlig egal. Außerdem präsentieren wir ihm mit Glück auch gleich die entsprechenden Mörder. Da soll er mal schön den Ball flach halten, dein Karsten!"

Ina atmete schwer, verzichtete jedoch ausnahmsweise auf eine Korrektur. Schließlich hatte sie eine andere Frage: „Wie kommst du darauf, dass wir schon so weit sind?"

„Ganz einfach: Setzen wir voraus, dass Peter Nissen alles mitbekommen und Alarm geschlagen hat, ist es nur logisch, dass seine beiden Kameraden ihn genauso auf dem Gewissen haben."

Ina nickte zwar, hatte aber gleich einen Einwand parat: „Der Kapitän hat gesagt, Nissen sei putzmunter von Bord marschiert."

„Na und? Dann haben die ihm eben hinter der nächsten Ecke aufgelauert und ihn dort abgemurkst."

„Oh ja! Allerdings erst, nachdem er seine Mutter angerufen und ihr versprochen hat, dass er jeden Moment mit Kaffee vor ihrer Tür steht. Das macht Sinn."

„Die Frau ist alt, könnte sich also auch irren", knurrte Jörn. „Wäre ja nicht das erste Mal."

Ina klang plötzlich um einiges zahmer. „Dann hatte ich dir wohl noch nicht von ihrem Einzelverbindungsnachweis erzählt. Kam gestern rein ..."

„Und daraus geht hervor, dass Nissen seine Mutter angerufen hat?"

„Joup! Von dem Telefon, das auf seine Ex-Freundin registriert ist. Tut mir leid, war gestern alles ein bisschen viel auf einmal." Ina wollte noch etwas hinzufügen, doch ihr Handy summte zwischen ihren Oberschenkeln. „Das ging aber schnell", lobte sie ihren Kollegen aus der Einsatzleitstelle zur Begrüßung. „Okay ... danke ... schönen Feierabend später."

„Und?", fragte Jörn, als das Gespräch beendet war.

„Hat schon abgelegt."

„Also müssen wir uns den Kutter direkt auf dem Wasser schnappen."

Ina schaute nach links und grinste. „Hast du nie davon geträumt, als Pirat unterwegs zu sein?"

„Wir sind doch keine Piraten, wir sind ... die Guten. Ich weiß gar nicht – wie nennt man die dann eigentlich?"

„Ist doch völlig egal. Mit 'nem Quäntchen Glück stoßen wir an Bord gleich auf nützliche Beweismittel. Außerdem will ich Matthies seinen tollen Deal gründlich versalzen. Allein dafür lohnt es sich."

„Dann muss sich dessen zukünftige Ex-Frau aber auch endgültig von ihrem Unterhalt verabschieden."

Ina dachte tatsächlich kurz über diesen letzten Einwand nach. „Es gibt eben immer Gewinner und Verlierer."

„Dann gehört Beata Matthies am Ende definitiv zu den Verlierern."

„Heißt das, du würdest lieber ein Auge zudrücken und die *Lütje Deern* fahren lassen? Nur, damit die Frau ihren Unterhalt bekommt?"

„Spinnst du? Natürlich nicht!"

„Dann lass uns Mörder jagen ... wird höchste Zeit!"

***

Die *Lütje Deern* hatte schon vor einer halben Stunde abgelegt. Am Ruder stand Heino Wollesen, der den Fischkutter mitten in die Dunkelheit auf der Förde steuerte. Die Lichter links und rechts wurden bereits weniger. An der Steuerbordseite zeichnete sich die Halbinsel Holnis nur schemenhaft ab. Nachdem sie die umrundet hatten, schob er den Gashebel nach vorne. Danach ging es in langsamer Fahrt und vorerst ohne besonderes Ziel weiter in Richtung Außenförde.

Einer der Helfer, die jeden Nachmittag anriefen und nach Arbeit an Bord fragten, betrat den Führerstand. „Wir sind mit dem Verzurren fertig. Wo ist eigentlich Jansen?"

„Nicht da! Siehst du doch", entgegnete Wolle kurz angebunden.

Der Helfer, ein untersetzter Typ mit knallroten Haaren, an dessen Namen sich Wollesen nicht mal erinnerte, lachte höhnisch. „Christensen nicht da, Jansen auch nicht ... heißt das, du bist jetzt unser neuer Käpt'n?"

„Jansen hatte plötzlich was vor. Mit der nächsten Ladung gibts wohl Probleme."

„Wieder Schwarze?"

„Was soll die dämliche Fragerei? Ich bin hier, ich steh am Ruder

… passt dir das nicht, können wir auf 'ne Flachzange wie dich auch leicht verzichten."

Jeder andere hätte sich wahrscheinlich von einer derart barschen Reaktion abschrecken lassen. Doch der Rotschopf schob sich sogar noch ein Stück dichter an den Aushilfskapitän der *Lütje Deern* heran und stieß ihm in die Seite. „Komm schon, Alter ... was ist los?"

Ein Fehler, denn Wolle blockierte das Ruder, drückte den Gashebel ganz nach vorne und bot dem Rotschopf die Stirn. Der war ihm kräftemäßig bei Weitem unterlegen und wich bereits zurück. Doch es blieb zunächst bei unfreundlichen Worten: „Wenn du für heute Kohle haben willst, hältst du am besten die Fresse und machst einfach deine Arbeit."

„Was ist eigentlich in den ganzen Kisten drin?", fragte der Rotschopf, der bis zur offenen Tür des Führerstandes zurückgewichen war. „Die Dinger sind scheißschwer! Das Umladen wird nachher Ewigkeiten dauern."

Wolle winkte ab und war schon wieder mit dem Ruder beschäftigt. Das zeigte Wirkung, denn der Rotschopf war im nächsten Moment verschwunden. Dessen Kumpan, das war im Licht der Scheinwerfer zu erkennen, stapelte auf dem Vordeck immer noch Kisten, um die später so schnell wie möglich auf ein anderes Schiff umladen zu können. Aber das würde frühestens in drei oder vier Stunden passieren.

Derweil dachte Wolle an die Fragen des Rotschopfs, die durchaus berechtigt waren. Unmittelbar vor dem Ablegen der *Lütje Deern* hatte Jansen erneut telefoniert und aus heiterem Himmel gemeint, er hätte etwas unheimlich Wichtiges zu tun. ›Es wird schon alles gutgehen‹, hatte er noch ganz sorglos hinzugefügt.

Erst seit dieser ungefragten Entwarnung hatte Wolle ein richtig mulmiges Gefühl …

38

„Da haben Sie sich aber 'n schönes Schietwetter ausgesucht", stellte Kapitän Amboss lachend fest. Um diese Aussage zu unterstreichen, zeigte er auf die Fenster der Kommandobrücke, mit denen die Scheibenwischer ihre liebe Mühe hatten. „Sollten wir die *Lütje Deern* tatsächlich auftun, wird's garantiert noch viel ungemütlicher. Also schön die Schwimmwesten anlassen, wenn ich bitten darf!"

„Keine Angst! Unsere Leute sind wetterfest", fügte der nautische Offizier gelassen hinzu, was auch der Steuermann eifrig nickend bestätigte. So etwas wie Nervosität war auf der Brücke niemandem anzumerken. Sämtliche Handgriffe wurden schon seit dem Ablegen routiniert erledigt. Jeden, der gefühlt hunderttausend Schalter und Hebel hatte man bislang mindestens einmal betätigt.

Vor der Rückwand, an der zahlreiche Seekarten hingen, waren extra für Ina und Jörn Stühle aufgestellt worden. Doch die beiden hielt es nicht darauf.

„Können Sie wirklich jedes Schiff auf dem Radar sehen?", vergewisserte sich Ina und zeigte auf den riesigen Bildschirm, der alles rundherum und auch ihr Gesicht in grüner Farbe zum Leuchten brachte.

„Nicht nur das. Manchen können wir sogar Namen geben. Unter der Voraussetzung, dass die einen Transponder haben." Diese Information stammte vom Kapitän persönlich. „Aber bevor Sie sich Hoffnungen machen: Die *Lütje Deern* hat keinen."

„Müsste sowas nicht eigentlich Vorschrift sein?", empörte sich Jörn.

„Ab 'ner gewissen Größe, ja."

„Und umgekehrt?", wollte Ina wissen. „Können uns die Männer an Bord der *Lütje Deern* kommen sehen?"

Diese Frage sorgte bei Kapitän Amboss zum ersten Mal für Sorgenfalten, die selbst im Halbdunkel der Brücke erkennbar waren. „Dazu müssten die jemanden beim Wasserstraßen- und Schifffahrtsamt in Lübeck sitzen haben."

Jörn hakte nach: „Wäre das denn möglich? Ich meine ... theoretisch?"

„Möglich ist alles", übernahm der Steuermann die Antwort. „Letzten Monat sind den Kieler Kollegen nur durch Zufall zwei Stückgutfrachter ins Netz gegangen. Die bösen Jungs wissen komischerweise schon seit Jahren, wie sie uns am besten aus dem Weg fahren."

„Da gehts um Millionen, die am Zoll vorbeigeschleust werden", fügte Amboss hörbar frustriert hinzu. „Und schnappen wir mal einen, geschieht das meistens zufällig."

„Klingt ja ganz toll", flüsterte Jörn, nachdem er wieder neben Ina stand. „Ich hasse es, auf Kommissar Zufall angewiesen zu sein."

Ina beließ es bei einem Nicken.

„Wie sieht es mit Handy-Ortung aus?", fragte Jörn den Kapitän. „Wenn das an Land funktioniert, müsste es doch auch ..."

„Haben Sie denn die Nummer von einem, der an Bord ist?"

„Ich hab hier die von Jansen", vermeldete Ina und hielt ihr Smartphone hoch.

Jörn wischte auf seinem herum. „Ich hab die von Christensen – was uns wohl kaum helfen wird – und die von Wollesen."

„Schon besser", stellte Ina triumphierend fest. „Lass uns loslegen!"

***

„Ich hab immer noch nichts gehört", sagte Wolle unaufgefordert, als der Rotschopf zum sicherlich zehnten Mal an diesem Abend den Führerstand der *Lütje Deern* betrat. „Die kommen von Langeland rüber und wollten sich melden, wenn sie unterwegs sind."

Der Rotschopf stieß ein heiseres Lachen aus. „Wenn's nicht bald zu regnen aufhört, schwimmen uns die Kisten sowieso von Bord. Bin ich froh, wenn wir zurück im Hafen sind."

„Sonst noch was?", fragte Wolle. Wobei ihm anzuhören war, dass er keinen Wert auf eine Fortsetzung legte.

Trotzdem hatte der andere noch etwas zu sagen: „Dass Jansen plötzlich was zu tun hat, ist merkwürdig. Findest du nicht?"

Und ob Wollesen das fand. Aber von seinen eigenen Sorgen wollte er sich nichts anmerken lassen. Stattdessen brauste er von Neuem auf. „Halt die Klappe und lass mich in Ruhe! Sonst brauchst du wegen Arbeit nicht mehr anzurufen. Hast du das kapiert?"

Offensichtlich ja, denn der Rotschopf befand sich im Rückwärtsgang. Aber er konnte seinen Mund einfach nicht halten. „Was ist denn, wenn Jansen weiß, dass es Probleme gibt? Wenn er uns vorschickt und wir Trottel …?"

„Dann wirst du's schon früh genug merken. Und jetzt verpiss dich, ansonsten mach ich dir Beine!"

Wollesen blieb mit seinen Gedanken allein im Führerstand zurück. Er fragte sich inzwischen seit über zwei Stunden, warum sich die Dänen nicht meldeten. Noch beruhigte er sich selbst mit schlechten Wetterverhältnissen oder möglichen Scherereien im Hafen. Mittlerweile ging es auf zehn zu. Spätestens in einer Stunde, das hatte er soeben beschlossen, würde er die *Lütje Deern* in den Wind drehen und Flensburg ansteuern. Scheißegal, was danach mit der Fracht wäre …

***

„Jansens Handy ist aus", stellte Jörn enttäuscht fest, nachdem sein Anruf beendet war. „Wie sieht's mit Wollesen aus?"

„Auch aus", knurrte Ina. „Die Idee an sich war gut, aber die Typen sind anscheinend schlauer als wir dachten."

Kapitän Amboss hatte mitgehört und mischte sich ein: „Wir haben die *Lütje Deern* vor 'n paar Wochen mal angehalten – routinemäßig."

„Und?", fragten Ina und Jörn wie aus einem Mund.

„Da waren gut und gern fünf oder sechs Kerle an Bord. Vielleicht sollten Sie mal überlegen, ob …"

Ina wählte bereits. Sie wollte schon aufgeben, da meldete sich Per Christensen mit verschlafener Stimme. „Ja?"

„Sie haben doch von Zeit zu Zeit Helfer an Bord, für die schweren Arbeiten. Können Sie mir da 'ne Telefonnummer geben? Am besten gleich mehrere."

„Schick ich Ihnen." Eine Antwort, wie sie knapper nicht hätte ausfallen können. Im nächsten Moment war das Gespräch beendet.

„Hat er?", wollte Jörn sofort wissen.

„Er will mir …" Ina verstummte mitten im Satz, weil ihr Smartphone einen Klingelton von sich gab. „Das ging aber schnell", lobte sie Christensen. Im Anschluss wandte sie sich wieder an Jörn. „Ich hab hier zwei Nummern. Eine schick ich dir rüber."

„Meins ist 'ne Prepaid-Nummer", seufzte Ina fünf Minuten später. „Das dazugehörige Handy liegt irgendwo im Flensburger Norden und bewegt sich nicht. Wahrscheinlich schläft da einer schon."

Jörn hatte gerade erst ein Telefonat beendet und Mühe, sein Mienenspiel im Zaum zu halten. „Meine Nummer gehört zu einem gewissen Marco Uhlig und der befindet sich aktuell mitten auf der Förde … zwischen Skovby auf dänischer und Nieby auf deutscher Seite. Das wird wohl kaum Zufall sein."

Ina sah aus, als wollte sie am liebsten einen Jubelschrei ausstoßen, aber Jörn war noch nicht fertig. „Die Kollegen haben mir freundlicherweise auch das Foto aus dem Melderegister rübergeschickt." Er hielt sein Telefon hoch und drehte es. „Der Typ sieht wie Pumuckl aus, würde ich sagen. Nur 'n bisschen größer."

Kapitän Amboss mischte sich ein, wobei sein Interesse nicht dem Pumuckl-Doppelgänger galt. „Ich hab mitgehört. Wenn wir volle Fahrt machen, sind wir in höchstens zehn Minuten vor Ort."

„Sie können sich auch Zeit lassen", erwiderte Jörn routiniert. „Ab sofort wissen wir ja, wo die Typen sind. Die entkommen uns nicht mehr."

Amboss tat zumindest entrüstet. „Heißt das, Sie gönnen uns den Spaß nicht?"

„Von mir aus können Sie übers Wasser fliegen", beruhigte ihn Ina. „Hauptsache, wir kommen heil an."

Der Kapitän machte auf dem Absatz kehrt und erhob die Stimme. „Erster … volle Fahrt voraus! Und Licht aus, soll schließlich 'ne Überraschung werden."

Zeitgleich verloschen sämtliche Scheinwerfer an Deck der *Helene I*. Sogar die roten und grünen Positionsleuchten an Backbord und Steuerbord stellten ihren Betrieb ein. In Seefahrerkreisen eigentlich eine Todsünde.

„Jetzt muss ich wieder an deine Piratengeschichte denken", flüsterte Jörn neben Ina.

Die hatte sich kaum mehr im Griff. „Wir haben die Scheißkerle … und diesmal gibts keine Ausreden."

39

Die Arbeit steckte Akono im wahrsten Sinne des Wortes in den Knochen. Jeder einzelne tat ihm weh. Einige Stunden zuvor war der Vorarbeiter in den Backsteinbau gestürmt und hatte wütend rumgebrüllt. Ein Brei aus Beschimpfungen und Flüchen, aus dem nur das Wort ›Handy‹ von Zeit zu Zeit herauszuhören war. Um seinem Ärger Nachdruck zu verleihen, hatte der Kerl jeden mit Blicken durchbohrt, allerdings ohne nennenswerte Auswirkungen. Infolgedessen durften sie den Stall auf Hochglanz polieren. Akono glaubte, sogar die Kühe hätten das Spektakel mit riesigen staunenden Augen verfolgt.

Die sogenannte Stärkung nach getaner Arbeit fiel ersatzlos aus. Nicht mal die trübe Funzel an der Decke funktionierte mehr, nachdem sich der Vorarbeiter unter weiteren wüsten Flüchen davongemacht hatte.

Bayo wartete noch eine Viertelstunde. Die beiden Gefährten neben ihm schliefen längst, als er das erbeutete Handy hinter einer Wandverschalung herauszog und sofort anfing, eine Nummer zu wählen.

Auf der anderen Seite des Backsteinbaus war Akono mit sich selbst und seinen Gedanken beschäftigt. Seit Lisha verschwunden war, erschien ihm plötzlich alles noch viel sinnloser. *Aber wovon hatte er eigentlich geträumt? Von einer Karriere als Arzt und einer Schönheit an seiner Seite, die zwei Jahre älter war als er? Das war doch nichts als ein Märchen, das nicht mal ansatzweise mit der tristen Realität zwischen nackten Backsteinen, Schweißgestank und Trostlosigkeit zu tun hatte. Kurz gesagt: Viel zu schön, um wahr zu sein. Ein Traum!*

Offenbar war am anderen Ende jemand rangegangen, denn Bayo flüsterte in seiner Landessprache. Selbst wenn Akono nicht hätte hinhören wollen, es wäre ihm nicht gelungen. Das Meiste konnte er problemlos verstehen. Es ging um Landsleute in Dänemark und Schweden, die dort große Geschäfte machten. Womit, konnte sich Akono bestens ausmalen. Jetzt wurde es spannend, denn es ging um ihren aktuellen Aufenthaltsort, den Bayo zu beschreiben versuchte. Ungeschickt, was wohl auch seinem Gesprächspartner aufgefallen war.

„Wo sind wir hier?", zischte Bayo in Akonos Richtung.

„Nicht weit von Flensburg, aber in Dänemark."

Diese wage Ortsbeschreibung wiederholte Bayo am Telefon. Die Reaktion fiel dem Anschein nach nicht wie gewünscht aus, deshalb klang er immer wütender: „Er muss es genauer wissen! Wie soll er uns denn sonst abholen?"

Akono wollte nicht abgeholt werden. Zum ersten Mal, seitdem er den Frachter in Lagos bestiegen hatte, fühlte er sich einfach nur schlecht und nutzlos. Hoffnung und Zuversicht hatten sich in Luft aufgelöst.

Das war ihm wohl anzusehen, denn Bayo versuchte es ein wenig freundlicher: „Komm schon … er muss wissen, wo wir hier sind."

Akono rief sich die zahlreichen Futtersäcke in Erinnerung, die er im Stall aufgeschlitzt und in die Rinnen vor den Kühen entleert hatte. Auf allen Säcken befand sich ein Aufkleber. Fein säuberlich mit dem Namen des Bauern und dessen Adresse beschriftet. Jeder einzelne Buchstabe hatte sich in Akonos Gedächtnis gebrannt und er hätte sie – selbst nachts, aus dem Schlaf gerissen – jederzeit herunterbeten können. Aber bevor er Bayo die gewünschte Information liefern würde, gab es noch etwas viel Wichtigeres zu klären.

Schließlich erinnerte er sich ebenso genau an das Ziel der Frauen. An den Ort, wo man unter anderem Lisha hingebracht hatte.

Er hob den Kopf und schaute Bayo mit eiskalten Augen an. „Frag ihn zuerst, ob wir auf dem Weg in Aarhus anhalten können."

Bayo wiederholte den Ortsnamen stümperhaft. Beim dritten Versuch war seinem Gesprächspartner scheinbar klar, worum es ging. In Bayos schwarzem Gesicht machte sich ein Grinsen breit, seine Zähne leuchteten im Dunkeln. „Kein Problem … und jetzt sag endlich, wo wir hier sind!"

***

„Ist das da vorne die *Lütje Deern*?", fragte Ina und zeigte durch eines der Brückenfenster. Der Regen hatte noch um einiges zugenommen. Um einen Blick zu erhaschen, musste sie jeweils den Zeitpunkt nutzen, in dem der Scheibenwischer für einen kurzen Moment seine Arbeit erledigt hatte.

Amboss hob sein Fernglas, drehte am Rad, um die Sicht scharf zu stellen und nickte. „Wenn Sie mit Ihrer Kreuzpeilung das richtige Handy aufm Schirm haben … dann ja."

„Wann machen wir den Tannenbaum an?", erkundigte sich der Steuermann. Gemeint waren Suchscheinwerfer und Positionsleuchten.

„Erst mal dichter ran!", befahl der Kapitän. Seine Aufmerksamkeit galt dem Radarschirm in Kopfhöhe. „Die sind in langsamer Fahrt Richtung Westen unterwegs." Er drehte sich um und schaute Ina bei seiner Übersetzung an. „Von uns weg, wir müssen uns also keine Sorgen um einen Zusammenstoß machen."

„Haben Sie was dagegen, wenn mein Kollege und ich beim Entern die Ersten sind?"

„›Entern‹?", wiederholte Amboss schmunzelnd. „Sie gucken wohl zu viele Piratenfilme, junge Frau."

***

„Für den Scheißjob kann Wolle nachher ruhig 'nen Hunderter extra springen lassen", fluchte der Rotschopf namens Marco. Sein Mitstreiter kauerte neben ihm unter einem Dachüberstand, der jedoch nur wenig Schutz vor Wind und Wetter bot. „Ich kapier auch nicht, warum wir nicht unter Deck warten dürfen. Als ob hier jeden Moment einer längsseits festmacht und ..."

„Halt mal kurz die Klappe!", fuhr Marcos Kollege dazwischen. „Hörst du das?"

„Was denn? Falls du das Knurren meinst, das ist mein Magen. Ich hatte heute nicht mal Zeit, was Ordentliches zu ..."

„Das ist doch 'n Motor!"

„Und wo soll der plötzlich herkommen?"

Marcos Mitstreiter zuckte zwar ratlos mit den Schultern, horchte aber weiter in die Ferne. Besser gesagt: Auf etwas, das sich der *Lütje Deern* von achtern näherte. „Vielleicht ist ja bei den Dänen der Funk ausgefallen und die sind längst da und suchen uns."

Marco stemmte sich aus den Knien hoch und verließ die Deckung des Dachüberstandes. Der kräftige Wind hatte sich im Laufe des Abends zum Sturm gemausert, Regentropfen prasselten auf sein Gesicht ein und fühlten sich wie Miniatur-Peitschenhiebe an. „Da ist nichts!", brüllte er gegen das Getöse an. Womöglich hätte er dieses Statement wiederholt, wenn nicht hundert oder höchstens hundertfünfzig Meter hinter der *Lütje Deern* plötzlich Scheinwerfer erwacht wären.

„Sind das die Dänen?", fragte sein Mitstreiter, der sich ebenfalls erhoben hatte und somit voll dem Wetter ausgesetzt war. Er kniff die Augen zusammen. „Ich kann kaum was sehen."

Vielmehr war auch nicht nötig, denn die Antwort lieferten zwei blaue Rundumleuchten am oberen Rand einer Kommandobrücke und eine Lautsprecheransage, die der Sturm herübertrug und damit noch verstärkte: „Hier spricht die Küstenwache. Stoppen Sie sofort Ihre Maschinen, drehen Sie bei und bereiten Sie sich auf eine Durchsuchung an Bord vor!"

40

„Das gibts doch gar nicht!", fluchte Jörn eine halbe Stunde später. Klitschnass und hochgradig frustriert stand er mitten im Frachtraum der *Lütje Deern*. Um seinen Worten Nachdruck zu verleihen, verpasste er einer Holzkiste vor sich am Boden einen kräftigen Tritt. Diese Attacke sorgte bei ihm für schmerzhafte Konsequenzen, denn er hüpfte eine Weile auf einem Fuß herum. „Das kann gar nicht sein! Ich werd noch verrückt", ging es, von schmerzerfülltem Stöhnen begleitet, weiter.

Ina, die das Geschehen mit dem Strahl ihrer Taschenlampe einfing, wirkte erstaunlich gelassen, was sie durch ein Achselzucken unterstrich.

„Wir haben nichts gefunden – außer haufenweise abgelaufenen Dosenfisch", schimpfte Jörn unentwegt. Er stand mittlerweile wieder auf beiden Füßen und gestikulierte aufgeregt. „Dosenfisch!", wiederholte er inzwischen zum fünften Mal. „Das kann doch nur 'n schlechter Scherz sein."

Passend dazu steckte einer der Beamten, die in der letzten halben Stunde alles an Bord durchsucht hatten, seinen Kopf in den

Frachtraum. „Wir sind mit den anderen Kisten fertig. Ist auch überall nur abgelaufener Dosenfisch drin."

„Was hat das zu bedeuten?", fragte Ina, nachdem sich der Kollege von der Küstenwache grinsend aus dem Staub gemacht hatte. „Ich kann es drehen und wenden, wie ich will – das ergibt einfach keinen Sinn. Jetzt mal ernsthaft: Kannst du mir das erklären?"

„Logisch!", nahm Jörn die Einladung an. „Das ist die nächste Riesenpleite, was sonst? Und wir zwei Hübschen sind am Arsch, wenn du mich fragst."

Heino Wollesen betrat den Frachtraum und fing sofort zu zetern an: „Oben heißt es, Sie wollen mit mir reden. Was soll der ganze Zirkus hier eigentlich?"

Ina wirbelte herum und stand nun dem Seemann direkt gegenüber. Sie zeigte mit dem Strahl ihrer Taschenlampe auf die stark ramponierte Kiste. Nach Jörns Tritt hatte sich deren Inhalt auf dem stählernen Boden des Frachtraums verteilt. „Verraten Sie uns lieber, was das ist!"

„Dosenfisch, sieht man doch."

Jörn, der nacheinander drei der Dosen aufgehoben und geöffnet hatte, roch an der letzten und nickte träge. „Er hat recht."

„Und was hat das zu bedeuten?", wollte Ina wissen. „Sind Sie und Ihre Kollegen neuerdings im Lebensmittelhandel tätig? Lohnt sich der Schmuggel mit abgelaufenem Fisch etwa auch?"

„Welcher Schmuggel?", entrüstete sich Wolle. „Sie sollten besser vorsichtig sein, wen Sie hier …"

„Und Sie sind hiermit vorläufig festgenommen", kam Ina dem Ende dieser unverhohlenen Drohung zuvor.

„Wieso? Nur, weil ich …?"

„Weil Sie und Herr Jansen für den Tod zweier Männer verantwortlich sind!", schnauzte Jörn dazwischen. Nebenbei ließ er die zuletzt geöffnete Dose vor sich in die Kiste fallen. Eine schöne Schweinerei, denn die Tomatensauce spritzte bis an seine Hosenbeine. Entsprechend genervt fuhr er fort: „Wir wissen, was letzten Samstag hier an Bord passiert ist. Und verlassen Sie sich drauf: Genug Beweise finden wir schon."

„Ist das alles?", fragte Wolle nach längerem Schweigen aller.

„Noch nicht ganz." Ina fischte die Handschellen aus ihrer Gürteltasche und wedelte mit denen in der Luft. „Wollen Sie das selbst erledigen oder soll ich?"

„Das nächste Mal sollten Sie vorher besser recherchieren", empfahl Kapitän Amboss anderthalb Stunden später, während er sich in stockfinsterer Nacht von Ina und Jörn im Flensburger Hafen verabschiedete. Die Maschinen der *Helene I* brummten unverändert und ließen alles an Deck vibrieren.

„Fahren Sie noch mal raus?", fragte Jörn.

„Nur 'ne kurze Tour, bis Feierabend ist."

„Auf jeden Fall danke", sagte Ina und mühte sich um ein Lächeln, was ihr kläglich misslang. „Sind Sie so nett und geben uns Bescheid, wenn die *Lütje Deern* eintrifft?"

Amboss nickte, äußerte aber auch Bedenken. „Es ist kein Problem, dass einer meiner Leute den Kutter zurückfährt. Ich weiß nur nicht, ob das mit der Beschlagnahmung 'ne gute Idee war. Oder essen Sie gerne Fisch in Tomatensauce?"

Ina winkte ab, Jörn beließ es bei einem kräftigen Händedruck. Als die zwei weit genug entfernt waren, ließ er sich zu einem Kommentar hinreißen: „Das war auch nichts anderes als 'ne komplette Blamage. Ich wette, ab morgen lacht sich die ganze Küstenwache über uns tot."

Ina blieb kurz stehen und schaute ihn durchdringend an. „Das ist wohl unsere kleinste Sorge."

Die beiden setzten sich wieder in Bewegung und Jörn fuhr fort: „Wollesen bringen die Streifenkollegen rüber ins Präsidium. Wenn der sich 'nen halbwegs vernünftigen Anwalt nimmt, ist er spätestens morgen Abend wieder auf freiem Fuß. Wir haben gegen den Kerl absolut nichts in der Hand, da reicht wahrscheinlich auch ein Jurastudent im ersten Semester."

Wenigstens Ina hatte die Hoffnung nicht ganz aufgegeben. „Warte ab! Unsere Kollegen von der KTU werden sich den Kutter sofort vorknöpfen und so lange suchen, bis sie was finden. Das kann doch nicht so schwer sein, verdammt!"

„Du hoffst wahrscheinlich auf Spuren von menschlicher Fracht, richtig?"

„Natürlich! Die werden auf dem Schiff doch nicht jedes Mal alles desinfiziert haben, nachdem sie ..."

„Helfen wird uns das trotzdem nicht", hakte Jörn ein. „Nehmen wir mal an, es finden sich tatsächlich Beweise für Menschenschmuggel. Was nützt uns das? Deshalb haben wir noch lange keine Leichen und noch weniger die dazugehörigen Mörder."

Ina zeigte auf Jörns Golf. „Bist du so nett und bringst mich nach Hause? Es ist weit nach Mitternacht. Ich will wenigstens ein paar Stunden schlafen, bevor uns Karsten morgen durch den Fleischwolf dreht."

„Das werde ich nicht zulassen."

„Sagst du mir auch, wie du das verhindern willst? Hast du vor, ihn mit Dosenfisch zu bestechen, oder was?"

Jörn erklärte die Debatte mit einer Handbewegung für beendet. Er stiefelte bereits davon und öffnete seinen Wagen mit der Fernbedienung. „Steig ein! Wird wirklich höchste Zeit fürs Bett."

Als die beiden eine Viertelstunde später vor dem Haus ankamen, in dem Ina wohnte, fing sie gleich mit der nächsten Bankrotterklärung an. „Ich würde sagen, wir haben auf ganzer Linie versagt. Wenn uns Karsten in die Mangel nimmt, hat er jedes Recht der Welt dazu."

Jörn wollte schon den Motor abschalten, ließ es aber zunächst und drehte sich zu Ina. „Wir haben doch nur unsere Arbeit gemacht. Es gab schließlich ausreichend Hinweise darauf, dass wir an Bord fündig werden. Oder willst du was anderes behaupten?"

Ina hielt seinem skeptischen Blick stand. „Glaubst du, der Herr Kriminaldirektor interessiert sich neuerdings für Einzelheiten? Stell dir mal vor, wir kommen ihm mit zwei weiteren Leichen, haben nicht einen einzigen Beweis und gleich die nächste Schlappe von heute Nacht im Gepäck."

„Stimmt – das klingt nicht gerade nach Supercops."

„Eben! Und frag mich nicht, warum: Ich hab sowieso das Gefühl, er würde mich lieber heute als morgen von hinten sehen."

Auf diesen letzten Worten kaute Jörn eine Weile herum. Er hob bereits an, doch Ina war schneller: „Vielleicht war es ja wirklich zu früh für mich. Am besten geh ich morgen als Erstes zum Arzt und lass mich wieder krankschreiben."

„Das lässt du schön bleiben!"

„Und wieso?"

In Jörns Kopf fochten zwei Kontrahenten einen erbitterten Kampf aus. Der eine wollte die Wahrheit über Karsten Bruhn und dessen Verhältnis mit Britta Krohnwald herausposaunen. Der andere berief sich zu Recht auf ein Versprechen, an das er sich lieber halten sollte. Deshalb schwieg er, was auch keine gute Idee war.

„Gibs doch zu: Dir fällt auch nichts Handfestes ein, um mich von meinem Plan abzuhalten."

„Doch", kam gedehnt die Widerrede.

„Und zwar?"

Jörns Mund klappte auf, schloss sich allerdings unverrichteter Dinge wieder.

„Dann ist es also beschlossen." Ina zog am Türöffner. Für Einwände war es im Prinzip zu spät. Nach dem Aussteigen steckte sie noch mal den Kopf zurück in den Wagen. „Tut mir leid, dass ich dich mit Karsten und den Problemen allein lasse. Aber ich weiß echt nicht mehr weiter …"

Jörns Magen krampfte sich zusammen. Nur mit Anstrengung schaffte er es überhaupt, die Hand zum Abschied zu heben. Die Beifahrertür krachte vielleicht ein bisschen zu heftig ins Schloss. Er wollte aus dem Wagen springen und Ina etwas hinterherrufen – sie stoppen und ihr alles erzählen –, doch da war sie auch schon im Haus verschwunden.

Als er kurz darauf am Wählhebel der Automatik zog und rasant zurücksetzte, hatte er das Gefühl, alles wäre falsch. Im Grunde genommen von Anfang an, beginnend mit seinem Umzug nach

Flensburg. Alles, was seither passiert war, hatte lediglich zu Chaos geführt, das sich täglich potenzierte. Und eins stand in diesem Zusammenhang zweifellos fest: Der nächste Morgen versprach, interessant zu werden. Interessant und sehr unangenehm …

41

In Dagebüll zeigten sich Wetter und Nordsee von ihrer übelsten Seite. Der Sturm peitschte den Regen beinahe waagerecht übers Land. Auf dem Hof der Spedition Matthies hätte man kaum die Hand vor Augen sehen können. Aber das war gar nicht nötig, denn deren Inhaber saß auch weit nach Mitternacht noch an seinem Schreibtisch, um lästige Arbeiten zu erledigen. Überwiegend ging es um Mahnungen und um die Frage, welchen der zahlreichen Gläubiger er zuerst bedienen sollte. Priorität hatten diejenigen, die bereits Mahnbescheide erwirkt hatten und bei denen es unmittelbar vor der Pfändung stand. Ganz hinten – das hatte er schon vor Stunden beschlossen – durfte sich seine Ex-Frau anstellen. Was die betraf, hatte er andere und wenn man so wollte, endgültige Pläne. Davon würde sie allerdings erst erfahren, wenn es längst zu spät wäre.

Gegen eins klingelte sein Handy. Am anderen Ende waren anfangs nur Motorengeräusche zu hören, dann die Stimme von Horst Jansen. „Ist erledigt, Chef!"

Matthies fiel ein zentnerschwerer Stein vom Herzen. An Einzelheiten hatte er kein wirkliches Interesse. Ihm ging es nur um eine einzige Sache, wie seine nächste Frage bewies: „Hast du die Kohle?"

„Liegt hier neben mir auf dem Beifahrersitz.“

„Hast du gezählt?“

„Na klar! Alles da … glatte vierhundert Riesen.“

Matthies spürte, wie die aufgebaute Anspannung der vergangenen Stunden nach und nach verflog. Ein Gefühl der Erleichterung breitete sich in seinen Eingeweiden aus. „Bist du auf dem Weg hierher?“

„Wo sollte ich denn sonst hinwollen?“

Matthies fiel keine plausible Antwort ein, weshalb das Telefonat mit einer Ermahnung endete: „Fahr bloß vorsichtig … mit so viel Geld an Bord!“

***

An Schlaf war gar nicht zu denken. Demzufolge saß Ina im Schneidersitz auf ihrem Sofa, eine Schüssel mit Cornflakes im Schoß. Sie wollte gerade mit dem Löffeln anfangen, als es an ihrer Tür klingelte. Um diese Zeit war das nicht nur seltsam, sondern schürte auch blitzartig neue Sorgen in ihr. *War vielleicht etwas mit Dini? War ihre Nichte nicht nach Hause gekommen und Heike stand in Tränen aufgelöst vor der Tür? Ein familiärer Notfall, der ihr gerade noch gefehlt hatte?*

Aber zumindest diese Befürchtung war unberechtigt, denn keine zwei Minuten später saß Jörn gegenüber im Sessel. Eine Erklärung für diesen Pseudo-Überfall hatte er bis jetzt nicht geliefert. Ina hockte wieder auf dem Sofa und widmete sich der Schlüssel in ihrem Schoß. Nebenbei fand sie Zeit für eine Frage: „Hattest du mir nicht neulich erst versprochen, dass du mich nicht mitten in der Nacht heimsuchst?“

„Sind das Cornflakes?“, fragte Jörn erstaunt.

Die Antwort bekam er mit vollem Mund: „Hab ansonsten nichts im Haus. Willst du auch welche?“

Er schüttelte den Kopf. Nachdem zwei weitere Löffel in Inas Mund verschwunden waren, versuchte er es auf andere Weise: „Willst du gar nicht wissen, weshalb ich hier bin?“

Ina schluckte runter, wischte sich einen Milchrest mit dem Ärmel ihres Schlabberpullis ab und präsentierte ein breites Grinsen. „Ich weiß doch, was du willst – mich von meiner Entscheidung abbringen, was denn sonst?"

„Und wenn's so wäre?"

„Dann solltest du dir das lieber schnell aus dem Kopf schlagen ... die Sache ist beschlossen." Ina dachte über ihre eigenen Worte kurz nach. „Jetzt mal ehrlich: Ich hab hier in Flensburg bisher kaum was zustande gebracht. Außerdem bin ich nervlich am Ende und steh auf Karstens Abschussliste ganz oben."

„Interessiert dich auch, wieso?"

Inas Löffel hing mitten in der Luft. Immer mehr Milch tropfte zurück in die Schüssel.

Jörn zögerte noch ein wenig. Doch die Entscheidung, Ina einzuweihen und damit sein Versprechen Heike gegenüber zu brechen, hatte er bereits nach ein paar hundert Metern Fahrt getroffen. Das Ergebnis waren eine Vollbremsung, eine Kehrtwende nach Rockford-Manier und schlussendlich das Klingeln an Inas Tür. Seitdem war es für einen Rückzieher ohnehin zu spät.

„Dein Karsten hat ein Verhältnis", begann er leise im Tonfall einer Verschwörung.

„Der ist alles, aber nicht mehr mein Karsten! Was meinst du mit ›Verhältnis‹ ... und was ändert das?"

„Alles!"

Ina war einfach still. Mit Erfolg, denn Jörn fuhr etwas lauter fort: „Er treibt es mit Britta. Und bevor du fragst: Ich rede von Britta Krohnwald."

„Soll das ein Witz sein?" Inas Stirn lag in Falten, doch dann hellte sich ihre Miene auf. „Das würde natürlich einiges erklären. Wieso die Tante so zickig zu mir ist und wieso Karsten ..."

„Eben! Und jetzt wissen wir auch, warum er dir das Leben so schwer macht – weil die liebe Britta eifersüchtig ist und garantiert Terror macht."

„Grundlos!", betonte Ina sofort. „Ich würde doch niemals wieder was mit Karsten anfangen."

„Das sieht Britta offensichtlich anders. Jedenfalls sieht sie dich scheinbar als Konkurrentin."

Diese Konkurrentin wider Willen hob die Schüssel hoch, bis ihr Kinn deren Kante berührte. Ohne Frage die beste Position, um sich nacheinander mehrere Löffel einzuverleiben.

Jörn machte sich Inas vorläufiges Schweigen zunutze und lieferte weitere Details: „Der Hinweis stammt übrigens von Heike. Sie hat die beiden durch Zufall im Auto knutschen sehen und sich gar nichts dabei gedacht. Aber du darfst ihr unter keinen Umständen was sagen. Wenn du ihr irgendwas erzählst, dann ist der Ofen zwischen ihr und mir für lange, lange Zeit aus."

Ina stellte die beinahe leere Schüssel auf dem Tisch ab. Danach hob sie den Blick. „Da hätten wir ihn also wieder: Kommissar Zufall."

„Der manchmal auch ganz hilfreich sein kann. Hab ich dein Wort, dass du Heike nichts sagst? Ich musste ihr versprechen, dass ich die Klappe halte."

„Und das werde ich genauso tun. Oder glaubst du etwa, ich hau dich in die Pfanne, nachdem du mir geholfen hast?"

Jörn beließ es zunächst bei einem Kopfschütteln. Doch da war eine Frage, die ihm mehr als jede andere auf der Seele brannte. „Heißt das, du machst weiter? Wenigstens vorerst?"

„Vor ein paar Tagen hätte ich mir nicht vorstellen können, dass du mich jemals darum bittest."

„Ich auch nicht", erwiderte Jörn lächelnd. „Was ist jetzt – machst du weiter?"

„Glaubst du, ich verzichte darauf, Karstens Gesicht zu sehen?"

„Nö … dann also bis morgen früh, im Büro?"

„Worauf du dich verlassen kannst!"

***

Seit zehn Minuten stand Hans-Werner Matthies am Fenster seines Bürocontainers und schaute auf den dunklen Hof. Die Lampe über dem Werkstatttor versuchte, das nächtliche Regengrau zu durchdringen. Mit wenig Erfolg.

Aber welche Rolle spielte das? Jansen war überfällig. Mehr als überfällig! Für den Weg von Flensburg nach Dagebüll brauchte man tagsüber – normale Fahrweise vorausgesetzt – etwa eine Stunde. Nachts, das wusste Matthies aus eigener Erfahrung, schaffte man es beinahe in der halben Zeit, selbst bei Regen.

Er zog sein Handy aus der Tasche und wählte Jansens Nummer. Zum dritten Mal innerhalb der letzten Viertelstunde. Erneut ging nur die Mailbox ran.

Was hatte das zu bedeuten?

Ob Jansen sich mit dem Geld abgesetzt hatte? Nein! Das konnte und wollte sich Matthies nicht einmal vorstellen. Er wischte abermals übers Display und hörte wieder nur die Ansage der Mailbox.

Unmöglich!

Aber was, wenn doch?

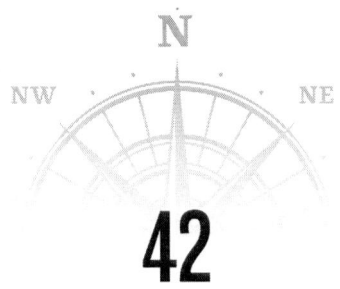

42

Als Jörn am Donnerstagmorgen gegen acht das Büro der Mord-kommission betrat, saß Ina schon seit über einer Stunde an ihrem Schreibtisch. Dem Aussehen nach voller Tatendrang. Nach nicht mal vier Stunden Schlaf hatte sie die Müdigkeit mit starkem Kaffee und einer weiteren Schüssel Cornflakes vertrieben.

„Moin!", sagte Jörn, strich ihr zur Begrüßung flüchtig über die Schulter und plumpste auf seinen Schreibtischstuhl. „Hast du bei der KTU jemanden erreicht?"

Ina schaute zu ihm auf, sah aus, als hätte sie einen Schalk im Na-cken. „Das war dein erstes Mal."

„Bitte?"

„Du hast zum ersten Mal ›Moin‹ gesagt. Hört sich für mich so an, als wärst du endlich angekommen."

Jörns Kopfschütteln machte klar, dass er auf diese kollegiale Aus-zeichnung keinen gesteigerten Wert legte. „Was ist denn jetzt mit der KTU und unserem Kutter?"

„Die Kollegen von der Technik sind bereits auf dem Weg nach Flensburg und kümmern sich um die *Lütje Deern*. Unser Freund

Wollesen liegt in 'ner Arrestzelle und schlief zumindest vorhin noch. Aber den lassen wir schön abhängen, bis wir mehr wissen."

„Mehr wissen ... worüber denn? Gibts was Neues?"

Anstelle einer Antwort blätterte Ina in einem Papierstapel, zupfte ein einzelnes Blatt heraus und ließ es quer über die Schreibtische segeln. Mit Absicht oder nicht, landete es direkt vor Jörns Nase.

„Was ist das?"

„Einfach lesen!" Ina wartete eine Weile und hob dann von Neuem an: „Glaubt man das?"

Jörn zitierte nuschelnd den Laborbericht: „*... stammt das Salz an den sichergestellten Faserspuren definitiv aus der Nordsee und nicht aus der Ostsee.*" Er hob den Blick. „Das ist unmöglich! Peter Nissens Leiche lag doch vor Holnis und nicht ..."

„Genau! Demnach wäre es nur logisch, dass sie Ostseesalz gefunden hätten", vollendete Ina. „Haben Sie natürlich auch – von außen. Aber an den Fasern, die aus seinem Körperinneren stammen ..."

„Ich hab's kapiert!" Dennoch hätte es Jörns Stirn mit jedem Waschbrett aufnehmen können, während er den Bericht ein weiteres Mal überflog. Als er aufschaute, sah er unverändert skeptisch aus. „Wo liegt denn der Unterschied zwischen Salz und Salz? Sind die sich absolut sicher?"

„Ich hab extra noch mal mit den Kollegen vom Labor telefoniert", berichtete Ina hörbar aufgekratzt. „Die Salzkonzentration und auch die genaue Zusammensetzung unterscheiden sich grundlegend. Außerdem haben sie Spuren von Algen gefunden, die so nur in der Nordsee vorkommen. Die Sache ist also wasserdicht."

Jörn verzog das Gesicht. „Ich hätte höchstens mit Fachwissen brillieren können, wäre der Nissen in Bier ertrunken. Manchmal frag ich mich, wie es diese Nerds mit sich selbst aushalten."

„Solange es uns bei der Arbeit hilft, kann ich auf die Antwort verzichten", erwiderte Ina grinsend. „Ist dir eigentlich bewusst, was das für unsere Ermittlungen bedeutet?"

„Zumindest so viel, als dass Peter Nissen weit gefahren sein muss, um umgebracht zu werden."

Inas Reaktion erfolgte erst nach einigen Sekunden. „Bisher haben wir nur einen Verdächtigen, der an der Nordsee lebt: Hans-Werner Matthies. Ich denke, dem sollten wir schnellstmöglich einen zweiten Besuch abstatten und …" Das Telefon klingelte und sorgte für eine Unterbrechung. Ina langte zum Hörer, meldete sich knapp und horchte dann nur noch. „Ist gut … wir machen uns auf den Weg. Ja, von mir aus auch jetzt gleich."

„War das Bruhn?", erkundigte sich Jörn mit Grabesstimme.

Ina hingegen klang ganz unbekümmert. „Er will uns sofort sehen. Für mich hörte sich das nach 'ner geplanten Hinrichtung auf dem Parkplatz hinterm Präsidium an."

„Dafür wirkst du aber ziemlich entspannt. Vielleicht überlegst du dir das mit der Krankschreibung doch noch mal. Also … um dem Galgen zu entkommen."

„Das kannst du vergessen!" Ina riss ihrem Kollegen den Laborbericht aus der Hand, faltete das Blatt sorgsam und verstaute es wie einen Schatz in ihrer Jackentasche. „Auf in den Kampf! Der Henker wartet!"

„Bist du verrückt geworden oder nur lebensmüde?"

„Ein bisschen von beidem. Lass uns loslegen … ziehen wir dem Löwen die Krallen."

***

Etliche Stunden zuvor – genauer gesagt: mitten in der Nacht – hatte auf dänischer Seite ein Handy geklingelt. Akono musste Bayo wecken. Als der endlich halbwegs bei Sinnen war, hatte das Schrillen längst aufgehört. Das Telefon war schnell hinter der Verschalung herausgekramt und in Betrieb genommen. Bayo drückte auf Wahlwiederholung, im nächsten Moment war eine Verbindung hergestellt.

Dann ging alles ganz schnell. Seine lächerlichen Habseligkeiten hatte Akono schon vor dem Einschlafen in einem quietschgelben Kinderrucksack verstaut. Der war ihm durch Zufall auf dem Heuboden des Bauernhofs in die Hände gefallen. Vermutlich hatten ihn dort spielende Kinder vergessen. Von der Vorderseite des Rucksacks grinste ein Elefant mit roter Mütze und passender Jacke Akono entgegen. Darunter stand etwas von *Benjamin Blümchen*. Sicher ein Name, mit dem er allerdings nichts anfangen konnte.

In stockfinsterer Nacht hatten sie dann zu zweit die Flucht angetreten und die anderen schlafend zurückgelassen. Wie schon ein paar Tage zuvor ging es quer über Wiesen und Zäune, bis sie auf eine schmale Straße stießen. Nach vier weiteren, zunehmend wütenden Telefonaten näherten sich irgendwann Scheinwerfer. Die gehörten zu einem uralten VW-Bus, hinter dessen Steuer ein Schwarzer saß. Ein Landsmann, wie Akono sofort am Dialekt erkannte. Nach dem Einsteigen machte der Bus umständlich kehrt und raste alsbald in die entgegengesetzte Richtung davon.

Inzwischen war es hell. Akono saß immer noch in einem Bus. Jedoch in einem anderen, an dessen Seite *Politi* geschrieben stand, das dänische Wort für Polizei. Die Geschehnisse der letzten zwei Stunden hätten es leicht mit jedem Actionfilm aufnehmen können. Gleich nach dem Losfahren gab es Streit. Bayo wollte sich nicht mehr an sein Versprechen erinnern, einen Zwischenstopp in Aarhus einzulegen. Daraufhin hatte Akono fürchterlich geflucht und sogar im Bus randaliert. Am Ende war es der Fahrer, der für einen vorläufigen Waffenstillstand sorgte. Insbesondere, weil er ungefähr sagen konnte, wo man in Aarhus die Frauen finden würde. Dort angekommen, mussten sie eine Weile herumkurven, bis sie auf das gesuchte Haus stießen. Ein riesiges Gebäude – eine Art Gutshaus –, das wahrscheinlich aus dem vorletzten Jahrhundert stammte. Aber was sollten sie tun? Klingeln und nach den Frauen fragen? Keine gute Idee!

Bayo hatte es scheinbar eilig und ergriff wohl nur deshalb die Initiative. Zweimal nacheinander umrundete er das große Haus, bis hinter einem der Fenster das Licht anging. Leider lief es nicht darauf hinaus, dass jemand die Tür öffnete und im Idealfall Lisha in die wohlverdiente Freiheit entließ. Nein! Ganz im Gegenteil: Keine fünf Minuten später trafen aus sämtlichen Richtungen Polizeiwagen ein.

Bayo, der sich seiner Festnahme hartnäckig widersetzte, lag irgendwann in Handschellen am Boden. Zwei der Polizisten bluteten, ein dritter hatte einen Körpertreffer eingesteckt und lehnte keuchend an einem der Wagen.

Von Lisha oder den anderen Frauen hatte Akono noch nichts gesehen. Nicht mal, nachdem es hell war. Längst hatten Verzweiflung und Ratlosigkeit einen neuen Zenit erreicht. Falls er einem der Polizisten die Waffe entreißen könnte, dann würde er sich die in den Mund stecken und einfach abdrücken. Hauptsache, dieses fürchterliche und darüber hinaus wertlose Leben wäre endlich zu Ende.

Neben ihm öffnete sich die Schiebetür. „Mein Kollege sagt, du sprichst ein bisschen Deutsch." Ein Däne, denn sein Akzent war nicht zu überhören. „Stimmt das? Verstehst du mich?"

Akono nickte nur und starrte währenddessen auf die Handschellen, mit denen man seine Hände am Gitter zwischen den Sitzreihen fixiert hatte.

„Kannst du mir sagen, wo ihr herkommt?", fragte der Mann weiter. „Seid ihr heute Nacht über die Grenze gekommen?"

Kopfschütteln.

„Und was dann? Du musst doch wissen, wie oder wann du hergekommen bist."

Schon seitdem Akono auf der unbequemen Sitzbank kauerte, dachte er über nichts anderes nach. *Was, wenn er dem Mann einfach verriet, wo man sie hier in Dänemark untergebracht hatte? Was würde dann mit seinen Gefährten passieren? Würde man sie abschieben? Oder stünde ihnen im besten Fall ein weitaus besseres Schicksal bevor?*

Fragen über Fragen. Aber noch war Akono zu keinem Entschluss gekommen.

Der Mann zog die Tür weiter auf und ließ sich auf der Sitzbank gegenüber nieder. Er lächelte, was auch durch das Gitter hindurch erkennbar war. Ein ehrliches, warmes Lächeln, wie man es kaum heucheln konnte. „Wenn ich weiß, was Sache ist, helfe ich dir."

Akono hob den Kopf. „Wie helfen?"

„Egal, wie. Du hast mein Wort!" Inzwischen wirkte das Lächeln aufmunternd. „Komm schon ... sag mir, wo ihr herkommt! Dann ist es raus."

Akono deutete auf das Haus, in dem unter anderem Lisha gerade erst ein neues Zuhause gefunden hatte. „Was mit Frauen danach sein?"

„Das ist das nächste Problem", räumte der Mann mit gequälter Miene ein. „Wir haben keine Ahnung, von welchen Frauen du die ganze Zeit redest und was ihr eigentlich beim alten Gunnar Larsen gesucht habt. Wir haben geglaubt, ihr wolltet nur bei ihm einbrechen."

Akono hatte kaum etwas verstanden, geschweige denn begriffen. Sein Gegenüber redete schlichtweg viel zu schnell. Nur eines hatte sich wie ein glühender Pfeil in seinen Verstand gebohrt: Die Tatsache, dass der Fahrer sie am völlig falschen Ort abgesetzt hatte. „Keine Frauen?", fragte er und zeigte mit zitterndem Finger erneut auf das Haus.

„Definitiv keine Frauen!" Da war wieder dieses Lächeln, diesmal ein Ausdruck von Mitgefühl. „Sagst du mir jetzt, was ich wissen will?"

Akonos Kopf sackte auf die Brust herunter, aber wenigstens brachte er ein träges Nicken zustande. Das sollte als Ankündigung hoffentlich reichen ...

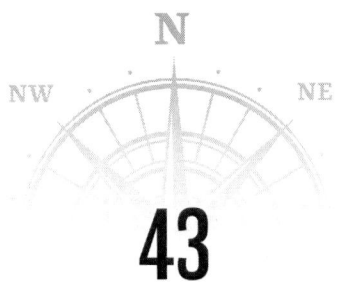

43

„Ich habe vorhin mit dem Chef der Küstenwache telefoniert", begann Karsten Bruhn, kaum dass Ina und Jörn vor seinem Schreibtisch saßen. „Einer seiner Leute – ein gewisser Kapitän Amboss – hat letzte Nacht euren Chauffeur gemimt. Außerdem ist mir zu Ohren gekommen, dass ihr diesen Kutter beschlagnahmt habt. Was soll das bringen? Wollt ihr mit Dosenfisch handeln?"

Ina schüttelte schweigend den Kopf, Jörn hob bereits zu einer Widerrede an, aber Bruhn kam ihm zuvor: „Ich will nicht lange um den heißen Brei herumreden. Vielleicht sollten wir die Sache in Zukunft ein wenig professioneller angehen – auf jeden Fall mit mehr Leuten."

„Die was tun sollen?", hakte Ina in grenzwertigem Ton nach.

„Was wohl? Licht ins Dunkel bringen, euch unterstützen … es muss doch irgendwann mal vorwärts gehen."

Jörn wollte erneut etwas sagen, doch dieses Mal hielt ihn Ina davon ab. Sie beugte sich nach vorne, fischte den Laborbericht aus der Tasche und warf ihn auf den Schreibtisch. „Sei doch so nett und wirf mal einen Blick darauf."

Karsten Bruhn sah zwar nicht sonderlich begeistert aus, aber er schnappte sich das Schriftstück, entfaltete und überflog es. „Das ist ja merkwürdig", war sein erster Kommentar. „Salz aus der Nordsee – was hat das zu bedeuten?"

„Dass der Fall noch ein bisschen komplizierter ist", erwiderte Ina mit kaltem Lächeln.

„Was bestätigt, dass ich recht habe: Ihr braucht Verstärkung!"

Jörn unternahm schon wieder einen Anlauf, sich in das Gespräch einzumischen, doch auch dieses Mal kam ihm Ina zuvor: „Schau dir den Laborbericht mal genauer an! Insbesondere, was ganz oben steht."

Einen Vermerk, der dort stand, las Bruhn laut vor: *„Dringend! Den Kollegen der Mordkommission bitte sofort vorlegen!"*

„Sofort vorlegen!", zitierte jetzt auch Ina, ohne ablesen zu müssen. „Und weißt du, wie lange es gedauert hat, bis das Teil auf meinem Schreibtisch lag?" Sie wartete keine Antwort ab. „Anderthalb Tage! Hätte uns dieser Hinweis früher vorgelegen, dann hätten wir uns die Aktion mit dem Kutter komplett sparen können. Weil wir dann augenblicklich gewusst hätten, wo wir nach unserem Mörder suchen müssen."

„Heißt das, du willst schon wieder Frau Krohnwald für alles verantwortlich machen?"

„Ach … plötzlich heißt Britta auch bei dir wieder Frau Krohnwald. Interessant!"

Bruhn schien zwar in der Defensive zu sein, hatte aber längst noch nicht die Waffen gestreckt. „Es kann doch im Dienstalltag vorkommen, dass solche Berichte …"

„Aber es darf nicht vorkommen!", konnte sich Jörn erstmals einmischen und zeigte am Ende auf Ina. „Was sie sagt, stimmt: Mit dem Wissen hätten wir ganz anders gehandelt."

„Ist ja in Ordnung", wiegelte Bruhn ab und probierte es zur Abwechslung mit versöhnlicher Stimme. „Ich sage Britta Bescheid, dass sowas nicht noch mal passieren darf. Einverstanden?"

Auch Ina versuchte es mit Freundlichkeit, allerdings mit der gekünstelten Variante: „Heißt das, du lässt uns auch noch zwei Tage allein laufen? Anschließend können wir von mir aus darüber reden, ob wir Verstärkung aus Kiel anfordern."

Bruhn wirkte erleichtert. „Macht, was ihr für richtig haltet. Von mir aus auch drei oder vier Tage lang."

„Und wenn sich der Innenminister wieder meldet?"

„Dann fällt mir schon was ein."

Dieses Entgegenkommen wollte auch Jörn gleich ausnutzen: „Wir werden ein paar Durchsuchungsbeschlüsse und Verbindungsnachweise beantragen. Falls sich der zuständige Richter bei Ihnen meldet, dürfen wir dann davon ausgehen ..."

„... dass ich abnicke", vollendete Bruhn bereitwillig.

„Der weiß genau, was Sache ist", fing Jörn auf dem Flur vor Bruhns Büro sofort an. Vorsorglich flüsterte er. „Ich hab's ihm angesehen, als du ihm die Geschichte mit ›Frau Krohnwald‹ um die Ohren gehauen hast. Dem geht der Arsch auf Grundeis, deshalb war er am Ende auch so kooperativ."

Ina atmete erleichtert aus. „Ich bin nur froh, dass wir unseren letzten Trumpf nicht zücken mussten. Oder glaubst du vielleicht, ich lege Wert drauf, ihm zu sagen, was für ein Schwein er ist?"

„Er ist bestimmt nicht der Einzige, der seine Frau betrügt."

„Das macht es auch keinen Deut besser. Seine ist nämlich mit dem dritten Kind schwanger", entrüstete sich Ina. Doch dann war ihr anzusehen, dass sie innerlich eine Kehrtwende hingelegt hatte. Schließlich richtete sich ihre Wut an die falsche Adresse. Also säuselte sie von da an beinahe: „Was hältst du davon, wenn wir unseren ersten richtigen Erfolg und unsere Rettung vor dem Galgen in der Kantine feiern ... bei dünnem Kaffee und trockenen Brötchen?"

„Kann es sein, dass du masochistisch veranlagt bist?", erkundigte sich Jörn grinsend. Aber er winkte ab und fuhr gleich fort: „Wie wär's denn, wenn wir auf dem Weg was holen und uns so schnell wie möglich Matthies vorknöpfen?"

„Sollen wir ihm 'ne Dose Fisch mitbringen?"

„Ich würde sagen, wir packen lieber Handschellen ein. Dann haben wir alles dabei, was wir brauchen."

„Du meinst also auch, wir sollten alles auf eine Karte setzen?", begann Ina, als sie kurze Zeit später neben Jörn auf dem Beifahrersitz landete. „Matthies festnehmen und solange ärgern, bis er alles gesteht?"

„Die Sache ist doch eindeutig", erwiderte Jörn und gab Vollgas. „Peter Nissen hat wegen dem Vorfall mit den beiden Schwarzen Ärger gemacht, kam unserem Walross in die Quere und musste deshalb sterben."

„Bleibt aber immer noch die Frage, warum Nissen dafür nach Dagebüll gefahren ist."

„Wahrscheinlich wollte er reinen Tisch machen."

„Und warum ruft er vorher seine Mutter an und sagt ihr, dass er jeden Moment mit Kaffee vor der Tür steht?"

Jörn atmete vernehmlich. „Das ergibt zwar keinen Sinn, aber irgendwie wird sich das auch erklären lassen. Eventuell kam was dazwischen oder er hat sich von jetzt auf gleich anders entschieden. Er hatte durchaus gute Gründe, Matthies sofort zur Rede zu stellen, denn es gab bestimmt nicht jeden Tag Tote an Bord."

„Das wäre halbwegs logisch." Trotzdem kaute Ina noch auf den Einzelheiten herum. Entsprechend klang ihre Stimme. „Nehmen wir mal an, ich bin Peter Nissen. Wenn man dem Autopsie-Bericht glaubt, ein Kerl, wie 'ne deutsche Eiche. Ich fahre also nach Dagebüll, um mir meinen Chef vorzuknöpfen, und der hat dafür wenig Verständnis."

„Du meinst, ein Fettsack wie Matthies hätte es nie geschafft, Nissen die Stirn zu bieten?"

„Ganz genau! Auch wenn ›Fettsack‹ nicht gerade besonders freundlich klingt."

„Manchmal muss man das Kind eben beim Namen nennen", verteidigte sich Jörn. „Aber was die andere Geschichte angeht, liegst du wahrscheinlich richtig: Falls es zwischen den beiden tatsächlich zu einem Kampf gekommen ist, hätte Matthies definitiv den Kürzeren gezogen."

„Es sei denn, er hat ihn von hinten überrumpelt. Immerhin ist Peter Nissen durch stumpfe Gewalteinwirkung gegen den Schädel gestorben – von drei verschiedenen Seiten."

„Womit wir wieder am Anfang der Geschichte wären. Ich würde sagen, wir lassen es drauf ankommen und gehen aufs Ganze." Jörn warf einen Blick zur Seite. „Aber wir müssen uns wohl darauf einstellen, dass er sich nicht so leicht geschlagen geben wird. Der Typ ist 'n harter Brocken."

„Eher ein schwabbeliger Brocken", steuerte Ina lachend bei. „Fahr einfach! Uns beiden traue ich zu, auch ganz andere Nüsse zu knacken."

„Rufst du den zuständigen Richter an?"

„Worauf du dich verlassen kannst. Ich will was Offizielles, bevor wir den Bürocontainer auf den Kopf stellen."

44

„Die ersten Kollegen sind schon da", freute sich Ina, als Jörn etwa eine Stunde später in Dagebüll auf das Speditionsgelände abbog. Direkt in der Zufahrt stand ein Streifenwagen. Dessen Besatzung hatte die Aufgabe, einen eventuellen Fluchtversuch von Hans-Werner Matthies zu vereiteln. Doch der stand ohnehin am Fenster seines Bürocontainers und gestikulierte wie ein Wahnsinniger.

„Für mich sieht's fast so aus, als könnte er es gar nicht erwarten, uns zu sehen", stellte Jörn verwundert fest. „Da bin ich aber mal gespannt."

„Ich hab zigmal versucht, Sie anzurufen", begann Matthies, kaum dass die beiden Ermittler den Bürocontainer betreten hatten. Diese Beschwerde richtete sich in erster Linie an Inas Adresse. „War ständig besetzt."

„Was wollten Sie denn von meiner Kollegin?", erkundigte sich Jörn scheinheilig.

„Sie müssen Horst Jansen zur Fahndung ausschreiben!"

„Wieso sollten wir?", fragte Ina.

„Weil … weil er's war."

„Was war?"

„Die Sache mit Piet ... er hat ihn umgebracht."

„Ach, plötzlich!", platzte es aus Jörn heraus.

Ina war wieder an der Reihe: „Mein Kollege hat recht. Woher stammt auf einmal diese sagenhafte Erkenntnis? Sie machen sich doch nur Sorgen, dass wir Sie dafür verantwortlich machen. Was wir übrigens auch tun werden, verlassen Sie sich drauf!"

Hans-Werner Matthies ließ sich zur Hälfte auf einem Schränkchen nieder, das unter dem Fenster stand. Angesichts der Last knarrte das Teil bedrohlich. „Ich hätte es Ihnen lieber gleich sagen sollen."

„Was? Mein Gott, reden Sie endlich, verdammt!", polterte Jörn.

„Und vielleicht noch so viel ...", mischte sich Ina mit drohender Stimme ein, „... wir wissen inzwischen alles über Ihren angeblichen Fischkutter."

„Von wem?"

„Von Ihrem ehemaligen Kapitän. Fragen Sie mich nicht, warum, aber Herr Christensen konnte sein Herz gar nicht schnell genug erleichtern und hat uns alles erzählt."

An diesen Worten hatte Hans-Werner Matthies eine Weile zu knabbern. Dann fing er leise an: „Letzten Samstag gab's Streit an Bord. Ich weiß es nicht genau ... aber am Ende sind wohl zwei von den Schwarzen ins Wasser gefallen."

„›Ins Wasser gefallen‹", wiederholte Ina. „Wir wissen zufällig, dass da jemand ordentlich nachgeholfen hat. Also hören Sie auf, uns für dumm zu verkaufen!"

Die erste Reaktion war ein Schulterzucken, das wie üblich alles darüber in Wallung brachte. Jörn wollte schon für neuen Druck sorgen, doch dann fuhr Matthies gequält fort: „Ich hab nur gehört, dass die Schwarzen Ärger gemacht haben. Jansen und Wolle haben vermutlich ein bisschen überreagiert ..."

„... und jetzt sind, so wie's aussieht, insgesamt drei Menschen tot", vollendete Ina, denn Matthies schwieg auf einmal. „Ist das etwa alles? Wollen Sie uns mit solchen Halbwahrheiten abfertigen und meinen allen Ernstes, dass wir uns auf die Suche nach Ihren Leuten machen und Sie deshalb verschonen?"

Jörn machte weiter: „Von unserem Zugriff letzte Nacht haben Sie doch bestimmt schon gehört. Fangen wir also mit der Frage an, warum wir an Bord der *Lütje Deern* nur Dosenfisch gefunden haben."

„Was wollen Sie denn hören? Sie haben mir doch schon Ihre Bluthunde vom Zoll auf den Hals gehetzt. Und falls Sie das zufriedenstellt: Nächste Woche melde ich mein Speditionsgewerbe ab."

„Weil sich Menschenschmuggel nicht mehr lohnt?", erkundigte sich Ina und lächelte bewusst kaltschnäuzig. „Halten Sie uns für so blöd? Wenn Sie nicht langsam die Karten auf den Tisch legen, dann schwöre ich Ihnen, dass Sie Ihren letzten Atemzug im Gefängnis tun. Ist das angekommen?"

Matthies nickte. Sein aufgeschwemmtes Gesicht deutete auf eine Offenbarung hin. Dafür erhob er sich vom Schränkchen, das dieses Mal erleichtert knarrte und ließ sich einige Meter weiter auf seiner Schreibtischkante nieder. Die war solche Belastungen wohl gewohnt, denn sie beschwerte sich nicht.

„Jansen hat mich am Samstagmorgen angerufen. Er hat Piet … also … ich muss vorher erwähnen, dass ich noch ein zweites Schiff hab. Die *Sturmmöwe* … hab ich von 'nem Kumpel geliehen, der die Fischerei aufgegeben hat."

„›Ein zweites Schiff‹?", hinterfragte Jörn, der sich sofort an die salzigen Rückstände in Peter Nissens Körper erinnerte. „Liegt das zufällig in irgendeinem Nordseehafen?"

„Lag", korrigierte Matthies. „Wir haben das gute Stück vor 'n paar Monaten nach Flensburg geholt."

„Und kann es sein, dass sich an Bord auch alte Fischernetze befinden?", wollte jetzt Ina wissen.

„Die *Sturmmöwe* war jahrelang als Fischkutter unterwegs. Wäre komisch, wenn nicht, oder?"

Jörn fing die Vorlage auf. „Dann hat also Herr Jansen gestern Abend damit den Deal abgewickelt. Deshalb haben wir an Bord der

Lütje Deern auch nur abgelaufenen Dosenfisch gefunden. Das war ein Täuschungsmanöver."

„Ja, verdammt!" Matthies' Gesicht leuchtete rot vor Wut. „Und hinterher hat sich der Scheißkerl aus dem Staub gemacht ... mit der kompletten Kohle!"

„Das erklärt aber immer noch nicht, wie Peter Nissen ums Leben gekommen ist", blaffte Ina zurück. „Hatte das auch was mit diesem zweiten Schiff zu tun oder warum haben Sie das plötzlich erwähnt?"

Matthies überlegte kurz. „Piet ist bei seiner Alten rausgeflogen oder wollte nicht mehr bei ihr wohnen ... keine Ahnung, wie's wirklich war. Ich hab ihm erlaubt, von Zeit zu Zeit auf der *Sturmmöwe* zu pennen. Herrgott, ich weiß nicht genau, wieso sich die beiden ...."

„Ist schon okay", sagte Ina, die sich noch sehr gut an das Gespräch mit Peter Nissens Ex-Freundin erinnerte. „Machen Sie einfach weiter."

„Naja ... Jansen ist nach dem Streit an Bord wohl eher zufällig auf der *Sturmmöwe* gelandet. Er meinte, Piet hätte sofort wieder rumgepöbelt und wäre auf ihn losgegangen. Angeblich hätte sich Jansen nur gewehrt ... hat er zumindest gesagt."

„Reizende Geschichte", kommentierte Jörn sarkastisch. „Da muss man ja aufpassen, dass man nicht noch Mitleid mit Herrn Jansen bekommt. Vor allem, wenn man bedenkt, dass er mindestens dreimal auf einen Schädel eingeschlagen und im Anschluss die Leiche auf Holnis entsorgt hat. Ich weiß nicht genau, wieso, aber ein typischer Fall von Notwehr sieht für mich anders aus."

Dem Anschein nach stand Hans-Werner Matthies kurz vorm Platzen, und das hatte in diesem Moment nichts mit seiner Körperfülle zu tun. „Mehr weiß ich nicht, verflucht! Machen Sie gefälligst Ihre Arbeit und schreiben Jansen zur Fahndung aus! Der könnte doch inzwischen sonst wo sein."

Inas Handy gab mehrere leise Töne von sich, eingehende Nachrichten. Die überflog sie eilig, während sie von vier Augen aufmerksam beobachtet wurde. Am Ende verkündete sie das Ergebnis: „Ich glaube, wir haben erst mal genug gehört, Herr Matthies." Sie zwang sich zu einem aufgesetzten Lächeln. „Ich habe hier Durchsuchungsbeschlüsse für Ihre Firmenräume, Ihre Privatwohnung und für die Ferienwohnung auf Sylt."

Hans-Werner Matthies entglitten sämtliche Gesichtszüge.

Was Jörn genüsslich übersetzte: „Haben Sie geglaubt, wir würden die Wohnung auf Sylt übersehen?"

Derweil hatte Ina ihre Handschellen gezückt und drückte sie ihrem Kollegen in die Hand. „Bist du so nett? Und vergiss nicht, ihm seine Rechte zu erklären."

45

„Ich glaub dem Mistkerl kein einziges Wort!", entfuhr es Jörn zornig, als er seinen Golf eine Stunde später vom Speditionsgelände in Dagebüll lenkte. Hans-Werner Matthies war längst mit einem Streifenwagen auf dem Weg nach Flensburg. Inzwischen waren die ersten Kollegen der Spurensicherung eingetroffen. Die würden sicherlich bis zum Abend hin mit einer Reihe von Durchsuchungen beschäftigt sein.

„Ich weiß gar nicht, was du hast. Für mich ergibt die ganze Geschichte plötzlich einen Sinn", widersprach Ina. „Na gut … er versucht natürlich, seinen Arsch zu retten, und macht sich auch noch Hoffnungen, dass er an sein Geld rankommt. Die Suppe werden wir ihm gründlich versalzen."

„Die Bande hat ausgespielt", fügte Jörn mit einiger Genugtuung hinzu. „Egal, wie – wenn wir einen gegen den anderen ausspielen, erfahren wir irgendwann die komplette Wahrheit. Ist doch immer so."

Inas Telefon verhinderte eine unmittelbare Antwort. „Dänische Nummer", bemerkte sie, bevor sie das Gespräch annahm. „Drews!"

Am anderen Ende war Jette Schöning zu hören. Sie klang aufgeregt, den Tränen nahe. „Sie müssen unbedingt herkommen! Hier sind Leute vom Zoll und von der Polizei."

„Wollen die Ihren Bruder mitnehmen?"

„Und meinen Mann", kam es schluchzend zurück.

„Ihren Mann? Was hat der denn damit zu tun?"

„Können Sie herkommen?", flehte Jette förmlich. „Bitte!"

Ina schaute zu Jörn, der das Meiste mitgehört hatte und nickte. „Wir sind auf dem Weg", versuchte sie Jette zu beruhigen. „Können Sie mir bitte einen von den dänischen Kollegen geben? Wenn möglich jemanden, der vernünftig Deutsch spricht."

Nachdem dieses Gespräch ein paar Minuten später beendet war, platzte es sofort aus Jörn heraus: „Was ist denn da drüben in Dänemark los?"

Ina nahm sich noch einen Moment, um ihre Gedanken zu sortieren. „Die haben heute Morgen, in aller Herrgottsfrühe einige Flüchtlinge festgenommen. Ich hab gerade mit einem Kommissar Olsen gesprochen. Der meinte, sie hätten in den vergangenen Stunden ein ganzes Netzwerk von Menschenschmugglern auseinandergenommen."

„Und die letzte Spur führte dann zu Kapitän Christensen? War ja klar!"

„Eigentlich zu Jettes Mann. Aber darüber konnte oder wollte er mir am Telefon nichts Genaueres sagen."

Jörn beließ es zunächst bei einem Kopfschütteln. Hinter dem Dagebüller Ortsschild gab er Gas und fand auch die Sprache wieder. „Wenn da Flüchtlinge dabei sind, die in der Nacht von Freitag auf Samstag an Bord der *Lütje Deern* waren, dann machen wir mit deren Hilfe den Sack zu. Verstehst du?"

„Wenigstens werden die bestätigen, dass am Ende zwei Menschen weniger an Bord waren. Das könnte helfen."

„Eben! Und danach redet sich von der ganzen Seemannsbande keiner mehr raus."

Ina lehnte sich zufrieden zurück und schloss für einen Moment die Augen. „Hab nur ich das Gefühl oder haben wir gerade 'nen richtigen Lauf?"

„Den uns keiner mehr kaputt macht, verlass dich drauf!"

„Was meinst du? Soll ich Jansen zur Fahndung ausschreiben lassen?"

Jörn überlegte kurz. „Schaden kann's ja nicht. Am besten gleich europaweit. In der Hinsicht hatte Matthies ausnahmsweise recht: Jansen könnte inzwischen überall sein."

„Obwohl uns die jahrzehntelange Erfahrung was anderes sagt", gab Ina zu bedenken. „Den wenigsten reicht das Geld für eine Flucht. Die meisten wollen …"

„… zusammen mit jemandem das Leben genießen", vervollständigte Jörn. „Dann sollten wir uns nachher mal seinen privaten Hintergrund genauer anschauen. Wird sowieso höchste Zeit."

„Du sagst es. Und jetzt gib Gas, ich will die Sache in Dänemark so schnell wie möglich hinter mich bringen."

Diese ›Sache‹ entpuppte sich auf den ersten Blick als Ansammlung von Einsatzfahrzeugen. Mindestens ein halbes Dutzend stand kreuz und quer auf dem Hof der Familie Schöning verteilt. Ina schaffte es nicht mal, ihre Tür ganz zu öffnen, da stürmte Jette bereits auf den Wagen der Ermittler zu.

„Die haben gerade meinen Ole mitgenommen", schluchzte sie und fiel gleichzeitig in Inas Arme.

Die ließ es zu und wartete mit ihrer ersten Frage noch einen Augenblick, bis wenigstens Jettes aufgeregtes Zittern ein wenig nachließ. „Was ist mit Ihrem Bruder? Haben die ihn auch festgenommen?"

Jette schüttelte den Kopf und zeigte auf einen der Einsatzwagen vom dänischen Zoll. „Da ist eben so ein schwarzer Junge gebracht worden. Ich hab es nicht richtig verstanden … der soll Per wohl identifizieren."

„Zeigen Sie mir bitte, wo das stattfindet? Ich wäre gern dabei, um dem Jungen auch ein paar Fragen zu stellen."

Doch es war zu spät. Vier Männer – zwei davon flankierten einen dunkelhäutigen, hochgewachsenen jungen Mann – traten durch die Haustür ins Freie. Ein weiterer Beamter, offensichtlich der Chef der Truppe, fing Ina mit Blicken ein und steuerte auf sie zu.

„Frau Drews? Haben wir vorhin telefoniert?"

Man stellte sich gegenseitig vor, Hände wurden geschüttelt. Ina musste mit ansehen, wie zwei weitere Männer den Jungen in einen Bus verfrachteten und dessen Tür umgehend schlossen. Diesen vermeintlich geplanten Abtransport galt es irgendwie zu stoppen. „Können Ihre Kollegen vielleicht noch ein bisschen warten? Ich müsste unbedingt mit dem Jungen reden."

„Hat er Per Christensen wiedererkannt?", schaltete sich Jörn ein.

Kommissar Olsen nickte. Er begann mit akzentreicher, aber routinierter Stimme: „Wir wissen schon lange, dass eine Menge Flüchtlinge über Rotterdam reinkommen und hier bei uns landen, aber nicht, auf welchem Weg und wo sie dann bleiben." Olsen zeigte auf den Bus, in dem sich der dunkelhäutige Junge die Nase an einer der Scheiben plattdrückte. Scheinbar hatte er Interesse an der Unterhaltung, die ein paar Meter entfernt stattfand.

„Das ist Akono Eniyan Tiowa Idunnu", erklärte Olsen, ohne dabei auch nur einmal ins Stocken zu geraten. „Er hat uns alles erzählt. Das muss man sich mal vorstellen: Die Leute zahlen mindestens dreißigtausend Dollar, um herzukommen und werden hier wie Vieh gehalten."

„Kann ich kurz mit ihm reden?", fragte Ina und übte zugleich ihr schönstes Lächeln.

„Das müssen meine Kollegen entscheiden. Ich frag mal und sag dir gleich Bescheid."

„Wieso duzt der dich?", wunderte sich Jörn, als der dänische Kommissar außer Hörweite war.

„Hab ich dir doch schon mal erklärt: Die Dänen duzen jeden, mit Ausnahme ihrer Königin. Wenn du hin und wieder mal hier gewesen wärst, wüsstest du sowas."

„Weil das ja auch so unheimlich wichtig ist", knurrte Jörn leise. „Und warum kann der den Nachnamen von diesem Akono so mühelos runterrattern? Ich kann mir nicht mal merken, wie mein Vermieter heißt."

Ina grinste. „Der hat abgelesen."

„Wie jetzt?"

„Hast du nicht gemerkt, dass er beim Reden in seine rechte Hand gelinst hat? Als er weg ist, hab ich es von hinten gesehen – war fein säuberlich mit Kugelschreiber notiert."

Jörn fand keine Zeit mehr für einen Kommentar, denn Olsen war auf dem Rückweg. „Fünf Minuten", rief er bereits aus ein paar Metern Entfernung. „Die Kollegen wollen so schnell wie möglich seine schriftliche Aussage und weitermachen."

Ina schaute Jörn an. „Willst du dabei sein oder soll ich alleine?"

„Zu zweit erschrecken wir ihn höchstens", erwiderte Jörn nach kurzem Überlegen. „Außerdem ist das dein Rodeo. Du hast Bruhn gezähmt und ihm – wie hast du es ausgedrückt? – die Krallen gezogen."

„Das ist und bleibt unser Rodeo! Ohne dich säße ich jetzt zu Hause und wäre krankgeschrieben."

„Dann sieh zu, dass du dich in den Sattel schwingst!"

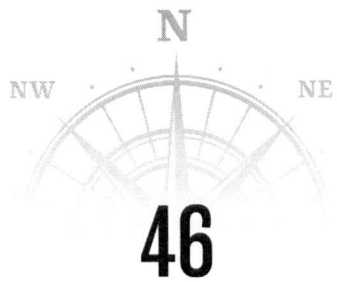

46

„Mein Name ist Ina Drews, aber du kannst mich gerne Ina nennen." Mit diesem Angebot fing sie die Unterhaltung an. Zuvor hatte sie veranlasst, dass man Akono die Handschellen abnahm, was für eine deutlich entspanntere Atmosphäre sorgte. „Die Kollegen sagen, du sprichst ein bisschen Deutsch. Hast du vor deiner Abreise fleißig gelernt oder warum?"

Akono war noch damit beschäftigt, sich die schmerzenden Handgelenke zu reiben. Dann schaute er Ina an. Aus seinem tiefschwarzen Gesicht leuchteten ihr zwei große Augen entgegen. Aber noch ließ er sich nicht zu mehr als einem Nicken hinreißen.

„Ich hätte ein paar Fragen an dich. Hast du was dagegen?"

Kopfschütteln.

„Sag einfach Bescheid, wenn du etwas nicht verstehst, okay?"

Keine Reaktion.

„Mein dänischer Kollege sagt, du hättest da drinnen eben den Kapitän wiedererkannt."

„Kapitän?", fragte Akono. Sein erstes Wort in dieser Unterhaltung.

„Das ist der Mann, der das Schiff steuert. Er gibt die Kommandos an Bord, ist der Chef."

„Ich sehen … und kennen.“

Ina spürte, wie sich plötzlich eine seltsame Hitze von ihren Eingeweiden bis unter die Schädeldecke ausbreitete. Von diesem Moment
hätte sie bis vor Kurzem kaum zu träumen gewagt. Aber sie musste
ruhig bleiben, denn der Junge gegenüber machte nach wie vor einen
ängstlichen und dazu misstrauischen Eindruck. Also fuhr sie mit
warmer und leiser Stimme fort: „Wir wissen in etwa, was auf dem
Schiff passiert ist. Es heißt, zwei deiner Freunde wären …“ Ina dachte
über eine möglichst einfache Formulierung nach. „… ins Wasser gefallen oder man sagt auch über Bord gegangen. Stimmt das?“

„Böse Männer das machen!“, bestätigte Akono eifrig nickend.
„Böse Männer, arbeiten auf Schiff.“

„Würdest du die auch wiedererkennen?“

Das Nicken gegenüber wollte gar nicht nachlassen. „Ich kennen
… ja. Ich sehen müssen.“

Neben dem VW-Bus unterhielten sich die dänischen Kollegen
ein wenig zu laut. Ina verstand ein paar Brocken. Im Prinzip lief es
darauf hinaus, dass man den Jungen so schnell wie möglich weg-
bringen und weiter verhören wollte.

Auch Akonos Aufmerksamkeit galt den Männern. Er wandte sich
mit hilfesuchendem Blick an Ina. „Was tun mit mir?“

„Wenn's nach mir geht, gar nichts.“ Ina fischte ihr Handy aus der
Tasche. Bevor sie wählte, schaute sie den Jungen durchdringend an.
„Sollte ich es schaffen, würdest du dann lieber mit mir zusammen
hier wegfahren?“

Akono war anzusehen, wie es in seinem Kopf ratterte. An erster
Stelle war er wohl mit der Übersetzung beschäftigt. An deren Ende
zeigte er mit dem Finger auf Ina. „Ich fahren mit Frau?“

„Willst du das denn?“

„Deutschland?“, vergewisserte sich Akono.

„Natürlich, da komme ich her.“

Akono musste nicht lange überlegen. Er nickte, als ginge es allein
dabei um Leben und Tod. Obendrein strahlten seine Augen wie
Sterne. „Ich wollen nach Deutschland … gerne wollen.“

„Kannst du mir mal sagen, wie du das hinbekommen hast?", erkundigte sich Jörn eine Stunde später lachend. „Die dänischen Kollegen sahen aus, als würden sie dich am liebsten killen."

Ina zeigte über die Schulter und grinste. Gemeint war ein Bus, in dem zwei dieser wütenden Kollegen saßen. Die hatten von höchster Stelle den Auftrag erhalten, Akono nach Flensburg zu überstellen und ihn im dortigen Präsidium abzuliefern.

„Jetzt sag schon!", drängelte Jörn.

„Ich hab Karsten angerufen und ihm erklärt, dass unser Fall so gut wie gelöst ist. Außerdem gehts dabei schließlich um drei Morde und nicht um – was weiß ich – geschmuggelten Dosenfisch."

„Und das ist alles? Deshalb geben die den Jungen einfach so raus?"

„Natürlich nicht", widersprach Ina lachend. „Ich hab Karsten gebeten, unseren Innenminister anzurufen, damit der Druck bei seinem dänischen Amtskollegen macht." Sie zeigte erneut über die Schulter. „Und wie du siehst, hat's funktioniert. Intern hat man noch vereinbart, dass unser Akono jederzeit für weitere Verhöre zur Verfügung steht. Aber dafür müssen unsere dänischen Kollegen wohl oder übel nach Flensburg kommen."

„Und du wolltest dich krankschreiben lassen? So 'ne Aktion hätte sich Bruhn von mir bestimmt nicht unterschieben lassen."

„Für irgendwas muss die Romanze von früher ja gut sein", kommentierte Ina schwer atmend. „Weißt du, worauf ich richtig Lust hab?"

„Nach Flensburg fahren, um dort Wollesen und Matthies den Arsch aufzureißen?"

„Wie sich das anhört!", beschwerte sich Ina mit künstlicher Empörung. „Wenn überhaupt, dann verpassen wir den beiden erst mal 'nen gründlichen Einlauf. Man muss auch immer an Hygiene denken!"

„Meiner Meinung nach sollten wir gegen die zwei Haftbefehle beantragen ... und auch gegen Jansen. Dann ist der Druck raus und wir können uns ein bisschen Zeit lassen – uns in Ruhe vorbereiten, bevor wir mit den Einläufen anfangen."

„Gute Idee. Aber zunächst haben wir noch was anderes vor. Hältst du am Grenzübergang Krusau bitte kurz an – auf dänischer Seite!"

„Verrätst du mir auch, was wir da machen?"

„Vielleicht lässt du dich mal überraschen und vertraust mir."

Eine Viertelstunde später standen Jörns Golf und der Bus der dänischen Kollegen direkt am Grenzübergang auf dem Seitenstreifen. Ina hatte sich ohne Erklärung aus dem Staub gemacht und kehrte mit einem flachen Pappkarton zurück, den sie auf der Motorhaube des Golfs platzierte. „Guten Appetit!", sagte sie lachend und machte dazu einladende Gesten, die sich an alle richteten.

Die dänischen Kollegen langten sofort zu, Jörn tat es ihnen gleich, nur Akono zögerte noch und linste immer mal wieder skeptisch in den Karton.

„Was sein?", fragte er Ina.

„Das sind Hot Dogs", erklärte sie und lud ihn erneut gestenreich ein.

„Fleisch von Hund?" Sein Gesicht verzog sich angewidert. „Nie essen Hund!"

Ina und Jörn konnten sich vor Lachen kaum halten und selbst die dänischen Kollegen ließen sich anstecken. „Keine Angst, das ist kein Hundefleisch. Man nennt sie nur so."

„Warum?"

„Weiß ich auch nicht. Jetzt schnapp dir endlich einen und hau rein!" Um Vertrauen zu wecken, biss Ina von ihrem ab. Danach ging es mit halbvollem Mund weiter: „Mach schon, ist richtig lecker! Und nicht böse sein: Wir wollten uns nicht über dich lustig machen."

Nachdem Jörn auch seinen zweiten Hot Dog regelrecht inhaliert hatte, schob er sich an Inas Seite. „Was hältst du davon, wenn wir Akono im Präsidium abladen und gleich weiterfahren?"

Ina schaute ihn mit gespielter Strenge an. „Da kann es einer ja anscheinend gar nicht abwarten, den Tatort zu inspizieren."

„Ich verwette ein jämmerliches Monatsgehalt darauf, dass wir auf der *Sturmmöwe* alles finden, was uns noch fehlt. Oder bist du etwa anderer Meinung?"

„Du hast da Remoulade am Kinn."

Jörn fischte ein zerknittertes Taschentuch aus der Hosentasche und wischte damit in seinem Gesicht herum. „Weg?"

„Halbwegs."

Also wischte er weiter. „Und jetzt?"

Ina schaute ihn eigenartig an. „Auf gehts! Ich will der *Sturmmöwe* einen Besuch abstatten, bevor es dunkel wird."

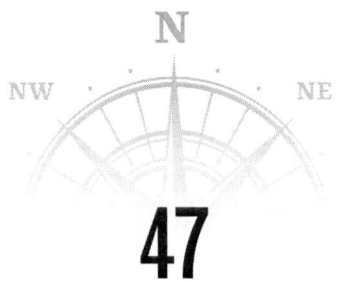

47

„Das wäre dann also unser Tatort", stellte Ina am späten Nachmittag an Bord der *Sturmmöwe* fest. „Vorausgesetzt, Matthies hat in der Hinsicht die Wahrheit gesagt."

„Der Kutter ist viel kleiner als die *Lütje Deern*", ergänzte Jörn. Er zeigte auf ein Vorhängeschloss, das an einer Tür hing, die den Weg nach unten in den Schiffsbauch versperrte. Er zog die Mundwinkel hoch und fragte in Cowboy-Manier: „Wir haben doch einen Durchsuchungsbeschluss, oder?"

„Haben wir."

Jörn plagten anscheinend weitere Bedenken. „Dir ist aber schon klar, dass wir eigentlich der Spurensicherung den Vortritt lassen müssten, falls wir uns an die Vorschriften halten würden."

„Ist dir denn klar, wo wir jetzt wären, wenn wir uns die ganze Zeit an alle Vorschriften gehalten hätten?", konterte Ina in aufsässigem Ton. „Wahrscheinlich säßen wir nebeneinander in der Poststelle. Du würdest Briefmarken ablecken, die ich draufkleben dürfte."

„Pfui Deibel!" Jörn lachte und sah sich kopfschüttelnd an Deck um. Die Dämmerung hatte vor einiger Zeit eingesetzt, trotzdem entdeckte er ein paar Meter entfernt eine Eisenstange. „Was meinst du, soll ich wirklich?"

Ina folgte seinem Blick. „Willst du für so 'n lächerliches Schloss etwa einen Schlüsseldienst rufen und noch mal zwei Stunden warten?"

Offensichtlich nicht, denn Jörn hatte die Stange längst in der Hand. Nach dem zweiten Versuch gab das Vorhängeschloss seinen Widerstand auf. Er zog an der Tür und vollführte eine einladende Geste. „Nach Ihnen, Gnädigste!"

Ina hatte noch nicht mal die erste Stufe erreicht, da verzog sie bereits das Gesicht. „Puh ... das stinkt vielleicht."

Jörn schnupperte in die Luft und schloss die Tür kurzerhand wieder. „Am besten holen wir die Feuerwehr. Die haben wenigstens Gasmasken und können im Vorfeld da unten durchlüften."

„Weichei!" Ina schob ihren Kollegen beiseite, ergriff selbst die Klinke und zog die Tür wieder auf. Als sie die Hälfte der Stufen hinter sich hatte, rief sie zu ihm hoch: „So schlimm ist es gar nicht, wenn man sich erst mal dran gewöhnt hat."

Jörn machte einen Schritt nach vorne und fand rechts hinter der Tür einen Schalter, den er gleich betätigte. Weiter unten erwachten ein paar trübe Glühlampen zu neuem Leben.

„Danke!", rief Ina und schaltete ihre Taschenlampe aus.

„Freu dich bloß nicht zu früh! Hier läuft alles über Batterie. Wir sollten uns lieber beeilen."

Gesagt, getan. Im Bauch des Kutters stand Ina bereits vor der offenen Luke des Frachtraums. Dort gab es offenbar nichts Besonderes zu sehen, denn sie war schon auf dem Weg zur nächsten Luke.

Links von ihr war Jörn mit einer normalen Holztür beschäftigt, die klemmte. Als sie ihren Widerstand endlich aufgab, tat sich dahinter ein komplettes Chaos auf. „Hier hätten wir dann wohl das Schlafzimmer von Peter Nissen", murmelte er und keuchte lauthals, denn der Gestank nahm um einiges zu. „Sowas hast du noch nicht gesehen!"

„Du glaubst gar nicht, was ich alles schon gesehen hab", entgegnete Ina. Als sie neben ihrem Kollegen ankam, musste sie sich teilweise revidieren. „Du hast recht ... das sieht ja aus, als hätten hier zehn Schweine gehaust."

Inzwischen hatte sich Jörn durch die halboffene Tür in die Kajüte geschoben. Auch hier betätigte er einen Schalter, woraufhin das ganze Chaos erst richtig sichtbar wurde. Überall lagen Bierflaschen und sonstiger Unrat herum. Auf einer kleinen Kommode rechts neben dem Bullauge stapelten sich leere Pizzakartons fast bis zur Decke.

„Und ich dachte, mir würd's beschissen gehen", kam Jörn völlig ernüchtert zu einem Fazit. Er drehte sich um, sein Gesicht verzog sich im Halbdunkel. „Unter uns gesagt: Vielleicht hat jemand Peter Nissen sogar einen Gefallen getan. Schau dir doch mal an, wie der hier gehaust hat!"

„Willkommen im wahren Leben", flüsterte Ina und zeigte zu Boden. „Ich hab noch nie so viel Schmutzwäsche auf einem Haufen gesehen. Dazu der Gestank ... Hoppla!"

„Was ist?", wollte Jörn wissen.

Ina zeigte mit dem Strahl ihrer Taschenlampe auf ein Regal in Kniehöhe, in dem nebeneinander zwei Päckchen Kaffee lagen. Sie hatte auch einen Kommentar parat: „Das nenne ich mal einen koffeinhaltigen Volltreffer."

„Und damit steht wohl auch fest, von wo aus Peter Nissen seine Mutter angerufen hat", vervollständigte Jörn. Jetzt zeigte zu einer Pritsche, auf der Bettzeug lag, dessen ursprüngliche Farbe man nicht mal mehr eindeutig identifizieren konnte. Unter diesem erbärmlichen Nachtlager reihten sich etliche Paare ausgelatschter Turnschuhe aneinander. Jörn hätte sich am liebsten die Nase zugehalten, wusste aber aus Erfahrung, dass das ohnehin nicht half. Mittlerweile gehörte auch seine Aufmerksamkeit dem Schmutzwäscheberg. Etwas daran kam ihm seltsam vor, deshalb schob er mit dem Fuß einen Teil beiseite. „Hab ich mir doch gleich gedacht."

Ina leuchtete auf den Plankenboden. „Das ist getrocknetes Blut."

„Liegt wahrscheinlich am restlichen Gestank, dass wir nicht sofort drauf gekommen sind. Aus meiner Sicht ist Peter Nissen genau hier erschlagen worden. Letzte Sicherheit wird uns das Labor liefern."

Der Lichtstrahl der Taschenlampe wanderte weiter und fing einen Baseballschläger ein, der unter dem Bullauge an der Wand lehnte. Über dessen Griff hatte jemand eine Basecap der *New York Yankees* gehängt. Weiter unten ging die Farbe des Holzes in Dunkelrot, beinahe Schwarz über.

„Womit wir die Mordwaffe hätten", schlussfolgerte Jörn. „Das ist mir fast ein bisschen zu einfach."

„Vor allem, weil unser lieber Dr. von Storch in mindestens einer von Nissens Kopfwunden Metallsplitter gefunden hat."

Von diesem Einwand ließ sich Jörn nicht beirren. Nach einer Drehung um die eigene Achse nahm er Ina die Taschenlampe aus der Hand und ließ deren Strahl an den Wänden entlangwandern, bis er ein Stück rechts vom Bullauge haltmachte. Dort verlief die Kante zwischen Unterschiff und Aufbau, die man vor vielen Jahren mit massivem Stahlblech verblendet hatte. Daran hatte jedoch der Zahn der Zeit schon intensiv genagt.

„Da hast du deine Splitter", stellte er fest. „Und wenn du genau hinschaust, entdeckst du auch dort Blut."

„Klugscheißer!", erwiderte Ina lachend. „Einer wie du hatte es in der Schule bestimmt nicht leicht."

Jörn fuhr einfach fort: „Sieht so aus, als wäre der Nissen im Kampf mit dem Kopf gegen die Blechkante gekracht. Vermutlich nach der letzten Attacke mit dem Baseballschläger. Ich möchte mir gar nicht vorstellen, dass mir einer mit so 'nem Ding was vor den Latz haut."

Inas Interesse gehörte einem Briefumschlag, der auf einer schmutzigen Kommode zwischen zwei leeren Bierflaschen klemmte. „Gibst du mir bitte mal die Taschenlampe?"

„Was ist das?"

Ina gab erst Antwort, als sie mit dem Lesen fertig war. „Ein Brief von Monika Kaufmann."

„Nissens Ex-Freundin?"

„Ich muss das noch mal in Ruhe lesen", bestätigte Ina nickend. „Für mich sieht's so aus, als hätte sie ihn förmlich angefleht, zurückzukommen."

Jörn schaute sich ein weiteres Mal um. „Und so ein Leben aufgeben? Niemals!", empörte er sich künstlich. „Aber Scherz beiseite: Wer hier landet, für den gehts kaum weiter nach unten."

„Ich begreife überhaupt nicht, wie einer bei seiner Freundin ausziehen und in so einem Rattenloch landen kann. Da wär's mir völlig egal, wie meine Beziehung aussieht."

Jörn hörte nur halb zu. Die andere Hälfte seiner Aufmerksamkeit gehörte einem portablen DVD-Player mit klappbarem Bildschirm, den er aus einem der Schränke gezogen hatte. „Sowas könnten wir gut gebrauchen, für endlose Observationen. Glaubst du, es fällt auf, wenn der nachher fehlt?"

„Ist das dein Ernst?"

„Natürlich nicht!" Jörn legte seine vermeintliche Beute in den Schrank zurück. Er schaute Ina seltsam entrückt an und fuhr mit dünner Stimme fort: „Ich weiß ganz genau, wie man an so einem Punkt ankommt."

„Bist du noch bei dem DVD-Player oder ...?"

„Wenn du dich in deiner Beziehung nicht mehr wohlfühlst und jeden Tag gleich nach dem Aufstehen am liebsten kotzen möchtest, dann landest du am Ende vielleicht hier ... oder sonst wo ... das macht keinen Unterschied. Hauptsache weg."

„Redest du da aus Erfahrung?", hakte Ina leise nach.

„Kann schon sein."

„Dann bin ich froh, dass mir sowas bisher erspart geblieben ist." Ina hatte sicher noch mehr zu sagen, doch in einer ihrer Jackentasche meldete sich ihr Handy. Das Gespräch dauerte nicht mal eine Minute.

„Was war denn?", fragte Jörn, dem man ansah, dass er von dem vorherigen Thema ohnehin genug hatte.

Ina holte tief Luft, was einem Trommelwirbel gleichkam. „Wir wissen mit ziemlicher Sicherheit, wo Jansen abgeblieben ist."

„Sag nicht, bei seiner …"

„Doch!" Ina reckte gleich beide Daumen empor. „Gleich deine erste Idee vorhin war ein Volltreffer, du Supermann!"

48

„Das ist doch nicht wahr ... schon wieder 'n Pasch?", beschwerte sich Horst Jansen. Der wollte sich eigentlich gleich nach dem Krimi im Ersten von seiner Schwester Hertha verabschieden und ins Bett gehen. Doch die war in Anbetracht des unerwarteten Besuchs viel zu aufgedreht und überredete ihn zu einer nächtlichen Partie Monopoly. Ein Ritual aus Kindheitstagen.

Dabei hatte sich Horst Jansen anfangs noch recht ambitioniert gezeigt. Als Hertha allerdings zuerst auf der Parkstraße und dann mit einem Einser-Pasch auf der Schlossallee landete, war das Rennen entschieden. Seitdem kämpfte er nur noch ums nackte Überleben.

„Du bist dran!", forderte sie ihn auf, nachdem sie über *Los* gelaufen und auf der *Turmstraße* gelandet war. Die nächste Gelegenheit, billige Hotels zu bauen und ihn hinterher auch unter dieser Adresse zu schröpfen.

„Ich hab keine Lust mehr", maulte Jansen. Er hatte sich zwar die Würfel geschnappt, umschloss sie jedoch mit festem Griff. „Hast du noch mal über die Sache mit dem Geld nachgedacht?"

„Ich will dein Geld nicht", erwiderte Hertha mit energischer Stimme. Plötzlich hatte auch sie das Spielbrett vergessen. „Es sei denn, du sagst mir endlich, wo du's herhast."

„Wieso spielt das 'ne Rolle?" Jansen öffnete seine Hand, die Würfel rollten über den Tisch, aber er ignorierte deren Augenzahl. „Hast du dir mal dein Haus näher angeschaut? Vorne fehlen schon ein paar Dachziegel, der Schuppen im Garten bricht fast in sich zusammen und durch jedes Fenster zieht's wie Hechtsuppe. Das ist nichts weiter als 'ne Bruchbude."

Hertha schaute ihren Bruder unbeeindruckt an. „Es ging bis jetzt immer alles gut – auch ohne dein Geld."

„Ach so! Dann hast du die Gastherme letztes Jahr also von der Wohlfahrt spendiert bekommen, ja?"

„Das war was ganz Anderes."

Jansen musterte seine Schwester schweigend. Die stöhnte und fuhr mit ihrer Rechtfertigung fort: „Damals wusste ich nicht, dass du krumme Geschäfte machst."

„Was für krumme Geschäfte?"

„Ach ... tu doch nicht so! Wo soll das ganze Geld denn sonst herkommen?"

Jansen überlegte einen Moment. „Du hast aber schon kapiert, dass ich mich morgen auf den Weg nach Spanien mache, oder?"

Seine Schwester zuckte mit den Schultern. Also unternahm er einen letzten Anlauf. „Ich lass dir die fünfzigtausend Euro einfach hier und du kannst entscheiden, was du damit anstellst, wenn ich weg bin. Von mir aus spende es an deine Blinden-Mission in Afrika."

„Und trotzdem will ich es nicht haben."

„Dann kann ich dir auch nicht helfen."

***

Höchstens zehn Meter von dieser Auseinandersetzung entfernt – genauer gesagt: hinter einer hohen Hecke, die ausreichend Sichtschutz bot – hockten Ina und Jörn in dessen Golf.

„Kurz vor Mitternacht", beschwerte er sich und ließ ein animalisches Gähnen folgen, das für ausgewachsene Müdigkeit sprach. „Wenn die ganze Sache endlich vorbei ist, kriegen wir hoffentlich wieder mehr Schlaf. Mir kommt's vor, als hätte ich die ganze Woche kein Auge zugetan."

Ina wirkte deutlich munterer. „Hättest du geglaubt, dass wir Jansen so schnell finden? Du wärst garantiert auch 'n guter Privatdetektiv geworden. Die Spur zu seinen Pflegeeltern hätte ich nicht so schnell gefunden."

„Doch, hättest du!" Jörn drehte sich zur Seite; selbst im spärlichen Licht der Armaturen war ihm seine Ernüchterung anzusehen. „Diese Hertha ist zwar nicht seine richtige Schwester, aber laut Melderegister hat er nach der Schule drei Jahre hier bei ihr gelebt. Da war's doch nur logisch, dass er mit seiner Beute herfährt und ihr was davon abgeben will."

„Meine Leute sind in Position", krächzte es aus dem Funkgerät, das zwischen den beiden in der Mittelkonsole lag. Die Information stammte vom Leiter eines Mobilen Einsatzkommandos. Sechs bis an die Zähne bewaffnete und vermummte Elitepolizisten hatten längst ein winziges, windschiefes Haus umstellt. Das befand sich am Rande von Süderlügum. Einem Ort, der westlich von Flensburg an der dänischen Grenze liegt und von dem aus es nur etwa fünfzehn Kilometer bis zur Nordseeküste sind.

Jörn schnappte sich das Funkgerät. „Könnt ihr was von drinnen sehen?"

„Moment!", erwiderte der Einsatzleiter mit leicht genervtem Unterton. Klar war, auch er und seine Männer wollten diesen Einsatz schnellstens hinter sich bringen und sehnten sich genauso nach ihren Betten.

Dann war die Stimme des Beamten zu hören, der direkt unter dem Wohnzimmerfenster kniete und von dort eine Teleskop-Kamera bediente. „Die sitzen am Tisch und spielen Monopoly."

Jörn wartete eine Weile, doch es folgte nichts mehr. Also drückte er wieder den Sendeknopf. „Und? Sonst noch was?"

„Die Frau hat reichlich Karten vor sich, dazu haufenweise Geld und Hotels", kam es schnarrend zurück.

„Manchmal hab ich das Gefühl, ich bin im Irrenhaus gelandet und nicht bei der Polizei", kommentierte Ina vom Beifahrersitz. „Glaubt man sowas?"

„Was ist mit Jansen?", fragte Jörn über Funk.

„Ich kann es nicht genau erkennen, aber ich glaube, er hat nur noch zwei Bahnhöfe und das Wasserwerk."

„Dann sieht's nicht gut für ihn aus", schlussfolgerte Jörn, während er das Funkgerät in die Mittelkonsole plumpsen ließ. „Wahrscheinlich spielen die um echtes Geld und seine Schwester ist bald 'ne gemachte Frau."

Jetzt gähnte auch Ina herzhaft. „Dann erteilst du am besten Einsatzfreigabe, bevor er auch noch seinen letzten Bahnhof verspielt hat."

„Damit es da drinnen auf ein Unentschieden hinausläuft? Wer bist du – Jansens neue Freundin? Beim Monopoly hat man grundsätzlich erst dann gewonnen, wenn der Gegner komplett pleite ist."

„Ich will aber nach Hause!", quengelte Ina.

Jörn fischte das Funkgerät aus der Mittelkonsole und hielt es sich vors Gesicht. Er musste ein Lachen unter Kontrolle bringen, ehe er den Sendeknopf erneut drückte. „Meine Kollegin hier will ins Bett. Könnt ihr die Sache bitte schnell erledigen?"

„Ist das 'ne offizielle Freigabe?", blaffte der Einsatzleiter zurück.

Jörn warf einen Blick zur Seite und empfing von dort Inas Nicken. „Einsatzfreigabe erteilt. Passt auf euch auf!"

„Früher hätte ich mir 'ne kugelsichere Weste übergezogen und wäre als Erste ins Haus gestürmt", flüsterte Ina, noch bevor ein paar Meter weiter überhaupt etwas passierte. „Und heute? Da kriegen mich keine zehn Pferde mehr direkt an die Front."

„Liegt das an deinem Ausrutscher letztes Jahr?"

„Als ›Ausrutscher‹ hat das vor dir noch niemand bezeichnet. Klingt irgendwie nett, danke."

„Mir brauchst du nicht zu erklären, wie man sich an der Front fühlt und was einem alles passieren kann."

Ina fand selbst im Halbdunkel Jörns Blick. „Hast du etwa auch einen auf dem Gewissen?"

„Ich hab mit ansehen müssen, wie zwei meiner Kollegen bei einem ähnlichen Einsatz ums Leben gekommen sind. War 'ne ganz normale Lagerhalle in Duisburg-Ruhrort. Wir sind zu siebt rein, meinten noch, das wird ein Spaziergang und plötzlich hat man aus allen Richtungen das Feuer auf uns eröffnet."

„Scheiße!"

„Und das aus deinem Munde", empörte sich Jörn künstlich.

„Habt ihr die Kerle wenigstens erwischt?"

„Am Ende waren auch zwei von denen tot. Einer sitzt noch und den anderen mussten sie wegen 'ner abgelaufenen Frist wieder laufen lassen."

„Zugriff!", krächzte es aus der Mittelkonsole. Danach ging alles ganz schnell. Sowohl auf der Vorder- als auch auf der Rückseite des Hauses war das Splittern von Holz zu hören. Es folgte ein Blitz, der mit Sicherheit von einer Blendgranate stammte.

Die gebrüllten Anweisungen der Beamten schafften es sogar ohne Funkgerät bis in Jörns Golf.

„Keine Schüsse", stellte Ina kurz darauf zufrieden fest. Für weitere Worte fand sie keine Zeit, denn etwa zehn Meter entfernt zerrten bereits zwei der Elitepolizisten Horst Jansen in Richtung eines Transporters. Zwei weitere folgten in einigem Abstand mit dessen Schwester.

„Wollen wir die auch mitnehmen?", fragte Jörn erstaunt.

„Sie hat einem Straftäter Unterschlupf gewährt. Außerdem ist sie den Kollegen bei der Hausdurchsuchung bestimmt nur im Weg."

Jörn musste grinsen. „Du kannst manchmal ganz schön rabiat werden."

„Aber nur, wenn's nötig ist."

„Wollen wir's hoffen."

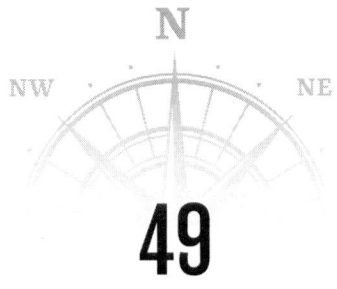

49

ZWEI TAGE SPÄTER

„Ich bin direkt ein bisschen nervös", gestand Ina auf dem Weg in den Arresttrakt des Präsidiums. Dort befanden sich auch die Verhörräume.

Jörn lief neben ihr her, einen ganzen Stapel Papphefter unter den Arm geklemmt. Er versuchte es mit beruhigenden Worten: „Wir sind bestens vorbereitet. Ist nur 'ne Frage der Zeit, bis wir mit zwei weiteren Geständnissen rechnen dürfen."

„Wir haben uns die beiden etliche Male einzeln vorgeknöpft und sie haben keinen Piep gesagt. Das wird diesmal nicht anders werden, fürchte ich."

„An deren Stelle würde ich auch nicht mit uns reden", erwiderte Jörn unverändert gelassen. „Deshalb nehmen wir sie uns heute im Doppelpack vor und locken sie mit Fakten aus der Reserve. War doch so abgesprochen. Du erinnerst dich?"

Ina nickte, sah aber immer noch nicht restlos überzeugt aus. Vor der Tür zum Verhörraum blieb sie zunächst stehen. Ihre Hand hing in der Luft, direkt vor dem Ziffernblock der elektronischen

Verriegelung. Auf die Gefahr hin, dass jemand mithören konnte, flüsterte sie nur. „Okay! Dann gehen wir jetzt da rein und holen uns den wohlverdienten Lohn ab. Wenn unsere Arbeit überhaupt angenehme Seiten hat, sind das solche Momente."

„Guter Cop, böser Cop?", fragte Jörn schelmisch.

„Böse und noch böser", korrigierte Ina, während sie die Ziffernknöpfe nacheinander betätigte. „Die Zeit der Streicheleinheiten ist ein für alle Mal vorbei."

Vor den Ermittlern sprang die Tür auf. Im Raum dahinter saßen bereits drei Männer an einem langen Metalltisch. Linkerhand Hans-Werner Matthies mit seinem Anwalt, rechts Horst Jansen, der auf einen Rechtsbeistand verzichtete.

„Guten Morgen!", sagte Ina zur allgemeinen Begrüßung, Jörn beließ es bei einem Nicken.

Nachdem die beiden ebenfalls saßen, ergriff Matthies' Anwalt augenblicklich das Wort. „Ich möchte Sie von vornherein informieren, dass mein Mandant weiterhin die Aussage verweigert. Angaben zu seinen Personalien liegen Ihnen vor – das wäre von unserer Seite alles."

Sofort gehörten sämtliche Blicke Horst Jansen. Der hatte ein ähnliches Statement parat: „Von mir hört ihr gar nix!" Damit war auch klar, warum er auf einen Anwalt verzichtete.

Eine Weile herrschte Schweigen. Dann zeigte Ina auf Jörn, um ihm den Vortritt zu lassen. Schließlich hatte er die Ermittlungsakten vor sich auf dem Tisch. „Zuerst einmal möchte ich mich bei Ihnen entschuldigen, Herr Jansen", begann er mit einer Stimme, die vor Sarkasmus triefte. „Es war nicht nett, Sie mitten in der Nacht bei Ihrer Schwester abzuholen – wo es beim Monopoly doch gerade so gut für Sie lief."

Jansen verzog das Gesicht zu einer Mischung aus Überheblichkeit und Langeweile.

„Fangen wir am besten ganz vorne an, mit den Ereignissen auf der *Lütje Deern*." Jörn schnappte sich eine der Mappen und schlug sie auf. Seine nächsten Worte richteten sich exklusiv an Horst Jansen:

„Inzwischen steht zweifellos fest, dass zwei nigerianische Flüchtlinge durch Ihr Dazutun ums Leben gekommen sind. Berufstaucher der Feuerwehr sind informiert und es ist nur eine Frage der Zeit, bis man ihre Leichen findet. Ferner gibt es diverse Zeugenaussagen anderer Flüchtlinge, die sich mit den Angaben von Herrn Wollesen decken und …"

„Der war doch selbst dabei!", fauchte Jansen dazwischen. Er schaffte es also nicht, konsequent an seinem Schweigen festzuhalten.

Ina übernahm. „Sie haben recht: Herr Wollesen hat eine gewisse Mitschuld eingeräumt und auch die Vergewaltigung einer Frau namens Lisha … der Nachname tut hier nichts zur Sache."

„Sehen Sie!", blaffte Jansen zurück.

Jörn war wieder an der Reihe: „Ich denke, der Name Marco Uhlig ist Ihnen geläufig? Der Mann hat ausgesagt, dass Sie die treibende Kraft waren und beide Flüchtlinge eigenhändig über Bord geworfen haben."

Dieser Nachschlag sorgte einen Moment lang für Stille. Dann war es Matthies' Anwalt, der das Wort ergriff: „Dürfte ich erfahren, was mein Mandant mit diesen Vorwürfen zu tun hat? Bei allem Respekt – ich weiß bis jetzt nicht mal, warum wir hier sitzen."

„Dann warten Sie doch einfach noch ein bisschen!", forderte Ina den Mann nicht gerade freundlich auf. „Aber wenn Sie unbedingt wollen, ist hier schon mal ein kleiner Vorgeschmack: Wir haben die Sylter Ferienwohnung Ihres Mandanten durchsucht und sind dabei auf Berge von Beweisen gestoßen."

„Beweise, wofür?"

„Zum Beispiel, dass Herr Matthies seit Jahren nicht nur Hightech, Tabletten und Drogen nach Dänemark schmuggelt, sondern auch Flüchtlinge. Eine Mitschuld am Tod der beiden Männer trifft ihn also in jedem Fall."

Jörn übernahm wieder und wandte sich erneut an Horst Jansen: „Womit wir bei Peter Nissen angekommen wären. Ihr Chef hat uns erzählt, dass es ein Treffen zwischen Ihnen und Herrn Nissen gab, auf der *Sturmmöwe*. Unsere Spurensicherung hat das Schiff genauestens unter die Lupe genommen und konnte eindeutige Beweise sichern. Sie haben sich nicht mal die Mühe gemacht, das Blut wegzuwischen!"

Jansen beließ es bei einem Schulterzucken.

„Und wir haben übrigens auch die Aussage von Herrn Wollesen, dem Sie an besagtem Morgen selbst erzählt haben, dass Sie sich auf den Weg zur *Sturmmöwe* machen."

„Na und? Ich hab Piet angerufen … ihn auch getroffen. Aber deshalb hab ich ihn noch lange nicht umgebracht."

Jörn durchsuchte den Stapel Papphefter, zog einen heraus und klappte ihn auf. Kurz darauf lagen mindestens zehn Fotos quer über den Tisch verteilt.

„Die Bilder stammen von Samstagabend", erklärte Ina. „Da war es natürlich schon dunkel, aber ich denke, man sieht trotzdem genug. Was meinen Sie?"

Jansen beugte sich ein Stück nach vorne, warf einen flüchtigen Blick auf die Fotos und fiel dann wieder zurück gegen die Stuhllehne.

Jörn war anzuhören, mit welcher Genugtuung er den sinnbildlichen Todesstoß vollführte: „Für mich sieht es so aus, als würden Sie da ein ziemlich großes und ziemlich schweres Paket von Bord der *Sturmmöwe* zerren. Wussten Sie denn nicht, dass die Lagerhalle bei den Liegeplätzen von Kameras überwacht wird? Einer davon sind Sie direkt vors Objektiv gelaufen."

„Womit wir insgesamt von drei Morden sprechen", vervollständigte Ina der Form halber. „Das macht uns zwar ein bisschen mehr Arbeit, aber ich an Ihrer Stelle würde doch über einen Anwalt nachdenken. Ihnen steht von Gesetzes wegen einer zu."

Jansen drehte sich zur Seite. Seine Wut entlud er plötzlich an eine ganz andere Adresse gerichtet. „Willst du Scheißkerl überhaupt nichts dazu sagen?"

Anscheinend nicht, denn Hans-Werner Matthies schwieg weiterhin, erwiderte nicht mal Jansens Blick.

Der pöbelte in Richtung der Ermittler weiter: „Falls ihr tatsächlich so schlau seid und die Einzelverbindungsnachweise gecheckt habt, dann sollte euch aufgefallen sein, dass ich mindestens fünfmal mit dem da telefoniert hab." Dieser Hinweis galt wieder Matthies, der nur froh sein konnte, dass Jansen Handschellen trug, die an einem Stahlring unter dem verschraubten Tisch befestigt waren. „Was die Schwarzbrote angeht, hab ich vielleicht 'n bisschen überreagiert ..."

„›Vielleicht‹?", wiederholte Jörn mit unüberhörbarer Fassungslosigkeit.

„Die haben doch angefangen! Und wenn ihr wissen wollt, wer Piet auf dem Gewissen hat, dann müsst ihr den Fettsack da fragen!"

Dieser Aufforderung folgte Ina bereitwillig: „Wollen Sie uns irgendwas sagen, Herr Matthies?"

Der kam gar nicht zu einer Antwort, denn Jansen fuhr noch wütender fort: „Ja, ich hab Piets Leiche entsorgt, das geb ich zu. Aber nur, weil der hier mich drum gebeten hat. Schaut doch nach, wer wen zuerst angerufen hat, dann kapiert ihr auch endlich, was Sache ist."

Hans-Werner Matthies wollte etwas sagen, doch dieses Mal kam ihm sein Anwalt übereilt zuvor. „Bevor es hier weitergeht, möchte ich in aller Ruhe mit meinem Mandanten sprechen. Das ist unser gutes Recht."

„Und kein Problem", erwiderte Jörn mit aufgesetztem Lächeln. „Am besten erklären Sie ihm bei der Gelegenheit auch gleich, dass alles andere als ein allumfassendes Geständnis keinen Sinn macht. Spätestens, wenn wir die DNA-Spuren an Bord der *Sturmmöwe* ausgewertet haben, wissen wir, wer Peter Nissen umgebracht hat."

Auf diesem letzten Hinweis kaute der Anwalt eine Weile herum und retournierte mit einer Frage: „Was können Sie uns denn im Gegenzug für ein Geständnis anbieten."

„Wieso Geständnis?", mischte sich Hans-Werner Matthies ein. Die Fassungslosigkeit war ihm anzuhören und anzusehen. „Ich bin doch nicht verrückt und ..."

Ina fuhr an den Anwalt gerichtet dazwischen: „Wenn überhaupt, dann darf sich Ihr Mandant eine Haftanstalt aussuchen. Mehr ist nicht drin!"

„Da soll noch mal einer sagen, wir wären kein gutes Team", lobte Jörn Ina und sich selbst, als die beiden wenig später auf dem Weg zur Kantine waren. „Jansen kann es gar nicht mehr abwarten, für ein paar Hafterleichterungen alles zu unterschreiben, was wir ihm vorlegen. Matthies und sein Anwalt können von mir aus tagelang Kriegsrat halten. Ich hab die Gesichter gesehen – in dem Punkt hat Jansen auf keinen Fall gelogen."

Ina blieb vor der Tür zur Kantine stehen, was bei Jörn für Verwunderung sorgte. „Was ist los? Neuerdings keine Lust mehr auf dünnen Kaffee und trockene Brötchen?"

„Ich soll bei Karsten antreten. Allein, hat er gesagt."

„Weißt du auch, was er will?"

„Vielleicht einen Dreier ... zusammen mit seiner Britta?"

„Hör bloß auf!", prustete Jörn und kriegte sich gar nicht mehr ein. Erst als er wieder regelmäßig Luft bekam, fuhr er fort. „Wenn der Chef einen alleine sprechen will, gehts immer um 'nen Anschiss oder ums Gegenteil."

„Oder irgendwas dazwischen", murmelte Ina und klopfte Jörn zum Abschied auf die Schulter. „Erst mal guten Appetit! Sehen wir uns später noch?"

„Das will ich doch schwer hoffen!"

50

„Ich wollte dich nur beglückwünschen", begann Karsten Bruhn ein paar Minuten später. Dazu setzte er eine gönnerhafte Miene auf und strich sich durch die obligatorisch gegelten Haare, bevor er fortfuhr: „Das war richtig gute Arbeit!"

„Dann sollte Jörn allerdings auch dabei sein", erwiderte Ina kaltschnäuzig. „Das war schließlich eine Teamleistung."

„Sei's drum. Die Spatzen pfeifen es schon von den Dächern: Ihr habt heute gleich das nächste Geständnis eingefahren. Wenn wir mal von den Startschwierigkeiten absehen, bin ich mit deiner Arbeit absolut zufrieden – mit eurer Arbeit, versteht sich."

Ina hätte sich gerne auf die Zunge gebissen, doch sie schaffte es einfach nicht. „Womit diese ›Startschwierigkeiten‹ zu tun hatten, wissen wir ja inzwischen."

„Willst du schon wieder davon anfangen?" Bruhn wirkte ein wenig verunsichert. „Ich habe veranlasst, dass Frau Krohnwald einer anderen Abteilung unterstellt wird. Eure neue Schreibkraft kommt nächsten Montag aus dem Urlaub zurück. Dann könnt ihr über sie verfügen."

Der eine oder andere Kommentar wäre Ina sicher noch eingefallen, aber sie verzichtete ganz bewusst darauf. Schließlich befand sie sich hier im Dienst und nicht im Krieg.

Auf der anderen Schreibtischseite war Bruhn ohnehin noch nicht fertig. Er nahm eine Mappe zur Hand und schlug sie auf. „Ich habe hier eine Anfrage vom Innenministerium mit Dringlichkeitsvermerk. Es geht um einen jungen Asylbewerber, für den du im Schnellgang ein Bleiberecht beantragt hast. Darf ich erfahren, wieso?"

„Der Junge heißt Akono und ist blitzgescheit", schwärmte Ina mit leuchtenden Augen. „Ihm haben wir es übrigens zu verdanken, dass wir den Fall so schnell lösen konnten – unter anderem."

„Okay ... und wie soll die Geschichte weitergehen?"

„Er will hier in Deutschland zur Schule gehen und dann studieren. Das schafft einer wie der mit links. Wer weiß: Vielleicht liegst du in zehn Jahren mit 'ner Blinddarmentzündung im Krankenhaus und er operiert dich."

„Besser nicht! Also ... das mit der Blinddarmentzündung." Dabei beließ es Bruhn zunächst und warf einen weiteren Blick in die Akte. „Du hast auch beantragt, dass seine Freundin aus Dänemark hergeholt wird und ebenfalls Bleiberecht bekommt. Hat die etwa auch geholfen, euren Fall aufzuklären?", kam es noch ein wenig höhnisch hinterher.

„Hat sie nicht", gab Ina mürrisch zu.

„Und warum ...?"

„Unter anderem, weil sie von zwei Mannschaftsmitgliedern der *Lütje Deern* auf brutalste Weise vergewaltigt wurde. Außerdem ist unser Akono bis über beide Ohren in sie verliebt. Kannst du dir sowas vorstellen?"

Bruhns Gesicht lief rot an. Diesen Wink mit dem Zaunpfahl hatte er zweifelsfrei verstanden, denn er nickte gequält. „Unser Innenminister ist so froh, dass wir spätestens Ende dieser Woche mit einer Presseerklärung für reinen Tisch sorgen können. Ich will nichts versprechen, aber wir dürfen wohl ein weiteres Mal auf seine Hilfe zählen."

„Das ist nett, danke!"

„Ist das dann alles oder hast du noch mehr Überraschungen parat?"

„Habe ich nicht." Ina stand bereits vor dem Schreibtisch. „Soll ich Jörn zu dir schicken, damit er auch was von deiner Begeisterung abbekommt?"

„Muss nicht unbedingt sein. Aber du kannst ihm gerne ausrichten, wie zufrieden ich bin und ..."

Ina schnitt ihrem Chef kurzerhand das Wort ab: „Mach ich, und ... Grüße an Frau Krohnwald."

Auf dem Flur fing Jörn sie aufgeregt ab. „Na endlich ... wir haben ein Problem."

„Was ist denn los? Hat Jansen sein Geständnis widerrufen?"

„Viel schlimmer: Dini hat sich in der Schule mit zwei Typen aus der zehnten Klasse angelegt. Heike hat am Telefon Rotz und Wasser geheult. Ich hab nur verstanden, dass sie auf dem Weg ins Krankenhaus ist."

„Und wir?"

„Auch gleich."

„Sie hat 'ne Gehirnerschütterung und ein paar Prellungen", begann Heike unaufgefordert, als Ina und Jörn eine halbe Stunde später auf dem Krankenhausflur vor ihr standen. „Die wollten noch auf sie eintreten, nachdem sie schon am Boden lag, aber da ist wohl ein Lehrer dazwischengegangen. Der hat auch was abbekommen."

„Wie reizend", kommentierte Ina. „Wenn ich in diesem Land Lehrerin wäre, würde ich nur noch mit Revolvergurt zur Schule fahren."

„Kann ich kurz zu ihr rein?", fragte Jörn, der die ganze Zeit nervös von einem auf den anderen Fuß stieg. Er zeigte auf die Zimmertür, vor der Heike mit hängenden Schultern stand. „Liegt sie da drinnen?"

„Wie gehts dir?", erkundigte sich Ina sanft, nachdem Jörn im Krankenzimmer verschwunden war. Sie nahm ihre Schwester in den Arm und drückte sie vorsichtig. „Mach dir keine Sorgen! So, wie sich das anhört, wird Dini wieder ganz die Alte."

„Das befürchte ich auch", presste Heike an Rotz und Tränen vorbei. „Aber vielleicht ist ihr das ja auch 'ne Lehre und sie geht solchen Typen in Zukunft lieber aus dem Weg."

„Nie im Leben!", widersprach Ina und wagte sogar ein Grinsen. „Ich will nicht sagen, dass das normal wäre, aber sowas passiert heute eben. Als Mutter kannst du nur versuchen, das Beste draus zu machen."

Heike tupfte sich die Tränen ab und schaute auf. „Wie siehts denn bei euch aus? Jörn meinte gestern Abend am Telefon, dass es mit eurer Arbeit endlich laufen würde."

„Stimmt ... das spielt jetzt allerdings überhaupt keine Rolle. Lass uns runter in die Cafeteria und was trinken."

Auf dem Weg zum Fahrstuhl begann Heike von Neuem: „Als mein Handy klingelte und die Schule dran war, wär ich beinahe in Ohnmacht gefallen. Ich war gerade auf der Arbeit und stand an der Heißmangel. Mustafa hat mich hergebracht; ich selbst hätte gar nicht fahren können."

Ina drückte ihre Schwester noch ein bisschen fester an sich, während die beiden auf den Fahrstuhl warteten. „Und da denke ich manchmal, mein Leben wäre 'n Abenteuer. Mit dir möchte ich nicht tauschen, Schwesterherz."

„Ich mit dir auch nicht."

„Dann sind wir uns ja einig." Ina warf einen flüchtigen Blick über die Schulter. „Wollen wir Jörn noch Bescheid sagen, wo wir sind?"

Heike überlegte kurz und schüttelte den Kopf. „Der kann sich ruhig mal um seine Tochter kümmern."

51

„Wir feiern hier ihre Entlassung aus dem Krankenhaus und das junge Fräulein hockt in ihrem Zimmer und postet ein Foto nach dem anderen, anstatt hier mit uns zu sitzen." Jörn hielt sein Smartphone hoch und zeigte mit der freien Hand wütend aufs Display. „Ich kann das hier alles sehen! Da ... noch ein neues, mit Kopfverband und Smiley."

„Sei doch froh, dass es ihr schon wieder so gut geht", erwiderte Heike im routinierten Ton einer Mutter, die so gut wie nichts mehr erschüttern konnte. „Stell dir mal vor, sie hätten ihr den Schädel eingeschlagen oder der Lehrer wäre nicht dazwischengegangen oder ..."

„Jedenfalls ist das Essen gleich kalt", schob Ina beiläufig ein. „Hat jemand was dagegen, wenn ich mir wenigstens schon mal Rotkohl und Kartoffeln auffülle?"

Zur Feier des Tages tischte Heike ordentlich auf. Ina hatte den Großeinkauf gesponsert und Jörn die Tüten nach oben getragen. In der Mitte des Tisches stand ein riesiger Blumenstrauß, der ebenfalls von Ina stammte.

„Womit hab ich den eigentlich verdient?", fragte Heike, vermutlich, um die Zeit zu überbrücken.

„Nur so … du hast doch sonst niemanden, der dir Blumen schenkt, oder?"

„Tust du normalerweise auch nicht", stellte Heike unmissverständlich klar. „Also, rück schon raus mit der Sprache! Hast du was angestellt?"

Ina schüttelte energisch den Kopf. Selbst ihr Interesse an Rotkohl und Kartoffeln hatte sich vorerst in Luft aufgelöst. Die Stille fing an zu drücken, deshalb übernahm Jörn das Geständnis: „Ich hab's ihr erzählt … notgedrungen."

„Die Geschichte von ihrem Ex und seiner Schnalle?"

„Wie gesagt: Ich musste!"

„Ohne diese Info dürften wir uns wahrscheinlich längst nach 'nem neuen Job umsehen", haspelte Ina zur weiteren Verteidigung. „Und vielleicht noch so viel: Ich musste Jörn auf Knien anflehen, damit der endlich mit der Wahrheit rausrückt. Ehrlich!"

„Ich weiß gar nicht, was ihr habt. Die Geschichte ist mir doch völlig schnuppe."

Jörns Mund stand offen. „Ach … plötzlich?"

„Wieso denn nicht, wenn Ina meint, dass es euch sogar geholfen hat?" Heike lächelte verschmitzt. „Außerdem war mir ohnehin klar, dass du's ihr früher oder später sagst."

Ina und Jörn tauschten einen Blick. In beiden Gesichtern machte sich Erleichterung breit. Für Worte fanden sie keine Zeit, denn Dini kam ins Wohnzimmer geschlurft. Ihr Kopfverband sah wie ein Turban aus. Den hatten ihre Freundinnen inzwischen mit allerlei Utensilien verziert.

Je näher sie kam, desto lauter wurde das Kreischen von irgendeiner Hip-Hop-Sirene.

„Wenn sie nicht gleich die Kopfhörer rausnimmt, dann dreh ich ihr den Hals um", zischte Jörn in die Runde.

Hierzu hatte Heike mahnende Worte parat: „Die neuen Dinger hast du ihr doch selbst geschenkt. Vielleicht überlegst du nächstes Mal lieber, ob …"

Ein Vorstoß von Inas Seite unterbrach den in Aussicht stehenden Vorschlag. Sie hatte Nadine am Arm gepackt, hielt sie auf ihrem weiteren Weg fest und wartete, bis das Mädchen zumindest einen der brandneuen *EarPods* herausgezogen hatte.

„Was soll das?", kam sofort die erste Beschwerde. „Ich hab Hunger!"

„Dann vergiss nicht, dass wir deinetwegen hier sitzen", betonte Ina Wort für Wort. „Kannst du nicht wenigstens beim Essen auf Musik verzichten?"

„Wenn's sein muss." Nadine zog auch den zweiten Kopfhörer heraus und warf ihn auf den Tisch. Er landete direkt neben der Schüssel mit Rotkohl.

Nachdem sich alle aufgetan hatten und schweigend mit dem Essen anfingen, erhob Heike ihr Glas und prostete in die Luft. Dazu schenkte sie ihrer Tochter ein Lächeln, wie es eben nur eine Mutter selbst in schwersten Zeiten vollbringt. „Wir sind froh, dass du wieder hier und gesund bist, Dini."

Die nickte gelangweilt, während sie in ihrem Essen herumstocherte.

„Sie hat sich diese Woche bei ihren Großeltern gemeldet", fuhr Heike stolz fort. „Hat fast fünf Minuten mit ihnen geredet."

An dieser Stelle hakte Jörn ein: „Die sind übrigens bereit, ihren Prachtkerl von Sohn auch in den nächsten Jahren finanziell zu unterstützen. Meine Mutter meinte, der Alte hätte 'ne Menge Geld an der Börse verdient und irgendwann würde ich ja sowieso alles erben, was noch da ist."

„Würdest du mit deinem Vater reden, dann könntest du solche Neuigkeiten auch aus erster Hand erfahren", fügte Heike neunmalklug hinzu.

„Danke für den Hinweis!" Jörn hätte vielleicht noch mehr gesagt, aber das verhinderte Nadine mit einem typisch teenagerhaften Vorstoß: „Darf ich aufstehen? Ich bin satt."

„Du hast doch kaum was gegessen", stellte Ina kopfschüttelnd fest. Dafür bekam sie einen vernichtenden Blick von ihrer Nichte und einen mahnenden von ihrer Schwester ab.

„Sie ist gerade in die Küche und hat sich einen Pudding aus dem Kühlschrank geholt", berichtete Jörn, der freie Sicht in den Wohnungsflur hatte. „Ist das normal?"

„In dem Alter ist alles normal", erklärte Ina.

Als sie eine halbe Stunde später neben Jörn im Auto saß, musste Ina Dampf ablassen: „Ich würde das keine zwei Tage aushalten. Dafür muss man sich wohl so ein dickes Fell wie Heike zulegen." Sie boxte Jörn im Spaß gegen die Schulter. „Übrigens danke, dass du das mit deinen Eltern geregelt hast. Die Herausforderung ist schon groß genug und wird nicht kleiner, wenn es auch noch an Geld mangelt."

Jörn schaute mit stoischer Ruhe nach vorne durch die Windschutzscheibe. „Ich stelle mir gerade vor, das müsste ich jeden Tag mitmachen – herzlichen Dank! Aber wenigstens hat sich Dini zum Abschluss darauf eingelassen, dass ich ihr Nachhilfe in Mathe gebe. Vielleicht wird sie so eine von ihren Fünfen los."

„Genau! Du musst dir immer die positiven Dinge vor Augen führen. Hat Heike mir verraten … macht sie auch so."

Allein dieser Hinweis sorgte dafür, dass sich Jörns Gesicht grundlegend veränderte. Ebenso seine Stimme. „Ich weiß noch … da muss Dini etwa zwei gewesen sein: Ich bin abends auf dem Sofa eingeschlafen und sie lag auf meinem Bauch. Morgens sind wir zusammen aufgewacht und sie hat gleich gelacht … ich hab Rotz und Wasser geheult. Und heute – muss ich ihr das neueste Handy kaufen, damit sie mich wenigstens mal richtig anguckt."

„Dann lass uns lieber über was Angenehmes reden", schlug Ina ein wenig unbeholfen vor. „Als Letzter hat gestern Hans-Werner Matthies den Mord an Peter Nissen gestanden, womit unser erster Fall erledigt wäre. Vielleicht sollten wir irgendwo hinfahren und drauf anstoßen. Was meinst du?"

„Ich weiß noch genau, wie Dini als Baby war … und als kleines Kind. Kann mich fast an jeden einzelnen Tag erinnern!" Jörn sprach leise, klang immer trauriger. „Verrätst du mir, wo die Zeit geblieben ist und was ich falsch gemacht hab?"

„Ausgerechnet ich, die Rabentante, die ohnehin nur noch nervt?"
Ina schüttelte den Kopf energischer als je zuvor. Plötzlich lag ihre
Linke auf Jörns Oberschenkel. Sie hätte nicht sagen können, wie
die dorthin gekommen war. „Wir alle machen Fehler, aber du warst
immer ein ganz passabler Vater. Dafür leg ich heute noch die Hand
ins Feuer."

„Wahrscheinlich kann man tun und lassen, was man will – ist
sowieso alles verkehrt."

Über diese letzten Worte dachte Ina kurz nach. „Irgendwann
ist sie wieder ganz die Alte. Spätestens, wenn sie mit der Pubertät
durch ist."

„Du meinst, dann schläft sie wieder auf meinem Bauch und lä-
chelt mich morgens als Erstes an?"

„Hoffentlich nicht. Dini hat in den letzten Monaten ganz schön
zugelegt. Liegt wohl am vielen Pudding."

„Du hast sie manchmal echt nicht mehr alle", lachte Jörn. „Wie's
scheint, ist Dinis Tante die mit Abstand Verrückteste von allen."

„Auf jeden Fall ist die Tante nach so viel Familienidyll erst mal
bedient. Und die könnte gut 'nen anständigen Whisky vertragen.
Wie sieht's bei dir aus?"

„Am liebsten gleich 'nen doppelten", murmelte Jörn.

„Dann fahr endlich los! Das Taxi nachher übernehm ich."

Jörn langte zwar zum Zündschlüssel, aber noch schwieg der Motor. „Und du bist dir sicher, dass es nicht an mir liegt?" Er schaute
Ina fragend an.

Sie hatte inzwischen ihre Hand weggezogen. Die klemmte zusammen mit der anderen zwischen ihren Knien. Ihren nächsten
Worten schickte sie ein Lächeln vorweg. „Hab ich dir schon erzählt, was Akonos Nachname bedeutet? Hab ich gestern gegoogelt."

„Du meinst dieses *Ubo Knubo Jubo*?"

„Eniyan Tiowa Idunnu."

„Dann sag mir, was der Name bedeutet! Vorher gibst du ja sowieso keine Ruhe."

„Sinngemäß ›Der, der nach dem Glück sucht‹ … oder so ähnlich."

„Klingt jedenfalls schön", kam Jörn nach kurzem Überlegen zu einem Ergebnis. „Sieht so aus, als würde er mit deiner Hilfe sein Glück finden."

„Wie kommst du darauf?"

Jörn konnte sich nur mit Mühe ein Lachen verkneifen. „Ich hab doch gestern mitbekommen, wie du am Telefon versucht hast, 'ne Bude für deinen Akono und seine Freundin zu organisieren. Hat das eigentlich geklappt?"

„Hat es", erwiderte Ina zufrieden. „Wollen wir losfahren und uns auch auf die Suche machen?"

„Nach dem großen Glück? Meinst du, dabei hilft ausgerechnet Whisky?"

„Ich hoffe!"

EPILOG

EIN PAAR WOCHEN SPÄTER

Unterdessen war es selbst in Flensburg Frühling geworden. Manchmal wagten sich die Temperaturen sogar bis zur 20-Grad-Marke vor. An der Herausforderung, diese zu überwinden, scheiterten sie aber noch regelmäßig.

Ina trug zur Feier des Tages eine weiße Baumwollhose, kombiniert mit einem langärmligen Shirt. Um sich vor der tief stehenden Sonne zu schützen, hatte sie eine Sonnenbrille aufgesetzt. Sie nahm einen großen Schluck von ihrem Spezi und begann lachend: „Du quakst ständig über Geld und lädst mich dann zum besten Italiener der Stadt ein. Wie komme ich eigentlich zu der Ehre?"

„Wieso, gefällt es dir hier nicht?"

Ina schüttelte energisch den Kopf. Kein Wunder. Schließlich saßen die beiden auf der Terrasse dieses Nobel-Italieners, von wo aus man einen freien Blick über den Yachthafen *Sonwik* und einen Teil der Förde genießen konnte. Trotzdem ließ sie nicht locker. „Hast du im Lotto gewonnen?"

Jörn sah unentwegt auf seine Uhr, war nur halb bei der Sache.

„Hast du heute noch was vor?", moserte Ina.

Diese Frage schien ihr Kollege gar nicht gehört zu haben. Immer wieder schaute er übers Wasser stadteinwärts, wartete wohl auf etwas.

„Jetzt sag schon, was los ist! Sonst kannst du dir mein Essen gleich sparen."

„Da ist sie ja endlich", triumphierte Jörn. Er sprang auf und zeigte quer über die Förde.

Ina schob ihre Sonnenbrille so weit hoch, bis die auf ihrem blonden Strubbelkopf Halt fand. Sie kniff die Augen zusammen. „Was ist das?"

„Warte doch einfach ab!"

Eine halbe Minute später wurde ein Schiff, das augenscheinlich volle Fahrt machte, zunehmend größer.

„Ist das die *Lütje Deern?*", fragte Ina. Dabei war nicht zu überhören, dass sie es kaum glauben konnte. „Die ist doch Teil der Insolvenzmasse und ..."

„... mittlerweile an eine Gruppe von Umweltschützern verkauft worden", vervollständigte Jörn fröhlich. „Ich hab letzte Woche mit dem Insolvenzverwalter telefoniert. Der war ganz froh, weil er ansonsten wohl nur den Schrottpreis bekommen hätte. Und unser Stolz der Weltmeere heißt übrigens nicht mehr *Lütje Deern*, sondern *Rainbow Warrier V* ... wie bei Greenpeace."

„Hoffentlich haben die nichts dagegen", erwiderte Ina trocken. „Aber jetzt sag schon: Was haben die denn mit dem Kutter vor?"

„So genau weiß ich es auch nicht. Vielleicht Seehunde vor Holnis züchten?"

„In der Ostsee gibt es keine Seehunde."

„Eben ... deshalb ja."

Ina fiel zurück auf ihren Stuhl. „Bei dem Vater wundert es mich nicht, dass Dini im letzten Zeugnis 'ne Fünf in Bio hatte."

Inzwischen saß auch Jörn wieder. „Ich geb ihr jetzt seit zwei Wochen Nachhilfe. Gestern hat sie sogar zugehört – also, manchmal."

„Wir reden lieber über die Arbeit", stöhnte Ina, während der Kellner die kleinen Salatteller auf dem Tisch platzierte. „Karsten macht tatsächlich Ernst: Er meint, wir sind ein Opfer unseres Erfolgs und dürfen in Zukunft überall zwischen Nord- und Ostsee Mörder jagen. Das muss man sich mal vorstellen! Du und ich in ... was weiß ich, wo?"

„Die meisten Kripokollegen haben kaum Erfahrung mit Mordfällen", erwiderte Jörn unbeeindruckt, nachdem zwei geviertelte Tomaten in seinem Mund verschwunden waren. „Die überlegen doch schon lange, ob sie Kompetenzen zusammenführen, um am Ende alle ein bisschen zu entlasten."

„Heißt das, du hast kein Problem damit? Ich weiß zufällig, dass wir auch Nein sagen können und ..."

„Wieso sollte ich damit ein Problem haben?", unterbrach Jörn. „Ob ich hier in Flensburg in meiner winzigen Bude hocke oder sonst wo – das macht bei mir keinen Unterschied."

„Was ist mit Heike und Dini?"

„Was soll denn mit den beiden sein? Du hast doch eben von ›Nord- und Ostsee‹ gesprochen, nicht von … Paderborn und Wanne-Eickel. Falls Not am Mann ist, bin ich ruckzuck wieder hier in Flensburg und kann beim Löschen helfen."

„Dann meinst du es also ernst", flüsterte Ina, während sie lustlos in ihrem Salat stocherte.

Jörn musterte sie mit einem Anflug von Misstrauen. „Kann es sein, dass du mehr weißt als ich?"

Ina hob nicht mal den Blick und nuschelte: „Karsten hat mich vorhin angerufen ..."

„Und was wollte Herr Bruhn?"

Anstelle einer Antwort fischte Ina ihr Handy aus der Hosentasche, aktivierte das Display und schob es danach quer über den Tisch.

Jörn lehnte sich nach vorne und las laut vor: *„Grausamer Mord an Millionenerben aus St. Peter-Ording."*

„Ist noch ziemlich frisch und die Kollegen dort haben dringend Hilfe angefragt."

„Ich weiß nicht mal, wo dieses St. Peter-Ording ist."

„Zumindest hast du da die Chance, Seehunde zu sehen."

„Also Nordsee", übersetzte Jörn grinsend. „Bist du überhaupt schon bereit für dein nächstes Rodeo?"

„Für *unser* nächstes Rodeo! Ganz alleine würde ich mich wahrscheinlich nicht auf so ein Abenteuer einlassen."

Jörn ließ sich mit seiner Reaktion Zeit. Aus seinem Grinsen wurde ein aufmunterndes Lächeln. „Dann schwingen wir uns eben nach dem Essen in den Sattel und reiten nach St. Peter-Ording."

Ina schaute ihn prüfend an. „Weißt du wirklich nicht, wo das ist?"

„Doch, natürlich! Wollte dir nur 'ne Freude machen."

- ENDE -

TEIL 2 „GRÜNES GRAB"

Ihr zweiter Fall führt Ina Drews und Jörn Appel nach Sankt Peter-Ording, wo eine kopflose Leiche für Aufruhr sorgt. Auch die Ermittlungen im beliebten Ferienort an der Nordsee beginnen mit einer unangenehmen Überraschung: Passt doch die DNA der Leiche zu einem Mann, der bereits für einen anderen Mord hinter Gittern sitzt. Aber dabei bleibt es nicht, denn die Liste der Verdächtigen wächst beinahe täglich. Um den wahren Mörder zu enttarnen, müssen Ina und Jörn sämtliche Register ziehen und tief in der Vergangenheit aller Beteiligten graben. Was sie dabei zutage fördern, ist an Abscheulichkeit kaum zu überbieten …

DANKE

... an alle, die bis hierhin durchgehalten haben. Zum Abschluss möchte ich Euch auf eine kleine Reise entführen. Diese beginnt in einer Aula ... (da würde ich mich jetzt übrigens auch fragen, ob der Herzberg 'nen kompletten Vogel hat. Zumindest dann, wenn diese Frage noch nicht eindeutig beantwortet ist)

Aber bleiben wir doch ruhig mal in dieser Aula. Sämtliche Schulklassen haben sich an diesem Tag versammelt. Ebenso das komplette Kollegium, angeführt von der Musiklehrerin Gabriele Meier-Löwenstein (bis heute fragt sich jeder, wem die alte Jungfer ihren Doppelnamen zu verdanken hat), und auch die stolzen Eltern haben sich zahlreich eingefunden.

Der kleine Kevin – ein Musterschüler aus der fünften Klasse – betritt das Podium. Er öffnet einen Koffer, holt mit zitternden Fingern seine Geige daraus hervor und beginnt zu spielen. Nun kann ich natürlich nicht beurteilen, ob er gut spielt oder schlecht. Ob er seine Musiklehrerin stolz macht oder ihr gar Schande bereitet. Sagen kann ich allerdings, dass der kleine Junge fiedelt, als ginge es um sein nacktes Leben.

Irgendwann ist er fertig. Inzwischen schweißgebadet!

Er steht mit zitternden Knien auf dem Podium und schaut auf die Menschenmenge hinunter.

Und was passiert?

Nichts!

Es gibt keinen Applaus, nicht mal Buhrufe, keine – und sei es eine noch so kleine – Reaktion.

Jetzt fragt Ihr Euch zu Recht, was der komische Herzberg eigentlich will.

Ganz einfach: Ich bin Kevin … zumindest fühle ich mich wie dieser kleine Junge (auch, wenn ich meine Geige gegen eine Tastatur eingetauscht habe). Aktuell liegt mein Rezensionsschnitt bei ca. 200:1 … bedeutet, dass auf zweihundert gekaufte oder geliehene (und hoffentlich zum Teil auch gelesene) Bücher eine Rezension kommt. Natürlich habe ich volles Verständnis dafür, dass man auch etwas Besseres mit seiner Zeit anfangen kann. Und ich gebe ganz ehrlich zu: Auch ich rezensiere nicht jedes gelesene Buch. Meistens, weil mir die erforderliche Ehrlichkeit schwerfällt. Trotzdem möge sich jeder vorstellen, wie sich der kleine Kevin/Thomas wohl fühlen mag, wenn er seine Geige zurück in den Koffer legt.

Und deshalb möchte ich Euch um eine **ehrliche** Rezension in Eurem jeweiligen E-Book-Shop bitten. Vielleicht erfordert diese Tat eine Minute Aufwand, aber sie hilft nicht nur mir, sondern auch anderen Lesern. **Danke!**

Und falls es jemandem an Kreativität mangelt, habe ich hier ein paar Vorschläge:

(1 Stern)
- Das ist doch der größte Mist, den ich je gelesen habe
- Ey, Alder … Gruntschulniwoho
- hatte die Hose in Größe 42 bestellt und 38 bekommen. Frechheit!

(2 Sterne)

- wollte eigentlich ein anderes Buch laden. War gar nicht sooo schlecht
- Krimis sind nicht so meins
- habe mich durch das Buch gequält und erst am Ende festgestellt, dass es gar nicht von Rosamunde P… ist

(3 Sterne)

- kann man lesen, muss man aber nicht
- nicht spannend, nicht lesenswert, aber man muss ja irgendwas schreiben
- eigentlich dreht sich das ganze Buch nur um Sylt und Krimi … bei dem Titel hatte ich was anderes erwartet

(4 Sterne)

- schon klasse, aber leider zu kurz (das höre ich immer, aber nicht von Leserinnen)
- hab das Buch durch Zufall gelesen (weil kostenlos), vielleicht kaufe ich auch eins
- wurde von A… aufgefordert, hier irgendwas zu schreiben … bin noch gar nicht fertig mit dem Buch

(5 Sterne)

- einmal Herzog, immer Herzog (die Rechtschreibhilfe auf Handys korrigiert meinen Namen immer falsch)
- pünktlich geliefert, guter Service, sehr gut verpackt (das ist bei eBooks ja fast selbstverständlich, oder?)
- ich will ein Kind von dir, Herzberg! Meine Maße sind 90-60-90, ich bin 25 und komme aus … **Sorry Leute, muss weg!**

Hierzu sei vielleicht noch erwähnt, dass ich alle vorangegangenen Kommentare (natürlich bis auf den letzten) bereits erlebt habe.

Wer in Zukunft nichts versäumen möchte, der kann gerne auf eine der folgenden Möglichkeiten zurückgreifen:

Auf meiner Homepage (ThomasHerzberg.de) findet ihr einen Newsletter-Service. Ihr könnt mir auch gerne eine Mail an thomas-herzberg@online.de schicken, dann füge ich euch manuell hinzu. Und keine Angst: Ihr bekommt nur eine Nachricht, wenn ich wirklich etwas zu erzählen habe (so … alle 2 Monate)

EIN GROSSES DANKESCHÖN GEHT AN:

Bärbel, die von Anfang bis Ende dabei war (du bist einmalig und nicht zu ersetzen!)

Meine lieben Testleser/innen (in alphabetischer Reihenfolge): Anke (meine Praktikantin von nebenan), Antje (die ich ständig mit Anke verwechsle), Frau Schmidt (die man gar nicht verwechseln kann), Nicolas, Roswitha (aus der Uckermark)

Julie, Annika, Fabian & Tim

Hinweis: Wem dieser Küstenkrimi Spaß gebracht hat, den möchte ich herzlich einladen, mal in meine Sylt-Reihe reinzuschnuppern …

Das war's auch schon von mir. Ich bedanke mich ganz herzlich für eure Zeit und hoffe, dass ich euch ein bisschen unterhalten konnte. Vielleicht auf ein Wiederlesen …

Euer Thomas

DER AUTOR

Mit weit über 3 Millionen verkauften Büchern gehört Thomas Herzberg zu den erfolgreichsten Krimiautoren der letzten Jahre. Seine Wegner-Reihe hat Kultstatus, die Sylt-Krimis um Hannah Lambert sind auf gutem Weg dorthin. Als „leichte Kost" beschreibt er das, was er da tut. Wer probieren möchte, ist herzlich eingeladen …

Mehr zum Autor finden Sie auf www.ThomasHerzberg.de

Weitere Krimis
auf hoher See